KB230892

디지털 리터러시

DIGITAL LITERACY

조은하

디지털 리터러시

DIGITAL LITERACY

한국학술정보㈜

프롤로그

    업데이트에서 진일보한 업미니츠시대의 컴퓨터 매개 문화콘텐츠 발전 속도 및 전환양상과 관련된 파급효과는 시시각각 급변하고 있다. 여기서 특기할 사실은 컴퓨터를 매개로 하는 첨단의 전자문화가 초기의 구술문화와 놀랄 만큼 유사하다는 것이다. 컴퓨터를 매개로 하여 '쌍방향성'과 '상호작용성'을 강조하는 전자문화는 화자와 청자의 밀접한 상호관계를 통해 유지되는 구술문화의 특성을 고스란히 전자화한 것이라 해도 과언이 아니다.

    월터 J. 옹은 구술문화의 특징으로 첨가적 성격, 집합적 성격, 다변적 장황함, 전통적 보수성, 생활의 밀착성, 논쟁적 어조, 감정 이입과 참여, 항상성, 상황의존성 등을 들고 있다. 이들 특성은 구술적인 언어수행의 직접성과 대화적 특성으로 집약된다. 물론 구술언어의 경우 기억의 부담을 해결하는 방식으로 클리쉐(cliché)를 활용하고 일정한 패턴의 수사법이 발달한다. 이는 개인의 고독과 내면성으로 실천되는 문자문화의 언어수행과는 현격히 다른 점이다. 때문에 문자를 통한 기록문화시대에는 특정한 계층이 지식을 독점하고, 지식의 서열화·개별화가 가능했다. 물론 월터 옹은 구술문화와 문자문화의 상보적 관계성을 강조했으나, 본 고에서는 구술문화와 전자문화의 공통성에 보다 무게중심을 둔다.

전자문화시대의 디지털 구술성과 초기 아날로그적 구술성의 관계는 매체 및 기능적으로 비교할 가치가 있다. 우선 디지털 구술성은 아날로그 구술성과 마찬가지로 커뮤니티와 같은 강한 집단의식을 요구한다. 아날로그 구술성이 화자와 청자가 서로 공존할 수 있는 현실적 공간을 토대로 이루어지는 것처럼, 디지털 구술성 또한 정보제공자와 정보편집자가 서로 공존하는 가상적 공간, 즉 컴퓨터 매개 공간을 토대로 이루어진다.

미로의 본질은 출구를 찾는 데 있는 것이 아니라, 예기된 혹은 예기치 않은 방황의 가상체험에 있다. 컴퓨터 매개 문학은 독자들에게 바로 그러한 미로의 체험을 제공하는 데 가장 적합한 형식이다. 컴퓨터 매개 문학은 수많은 노드와 링크의 얽힘과 풀림으로 존재하며, 그러한 문학적 타래의 감김과 매듭의 과정을 반복함으로써 독자는 진정한 컴퓨터 매개 사고방식을 체득하게 된다. 모든 디지털은 아날로그를 꿈꾸지만, 디지털 구술성은 아날로그 구술성과 달리 공간적 제약을 받지 않는다. 이것이 둘의 가장 큰 차이이다. 한 마디로 네트는 광대하다. 따라서 미로를 제대로 탐험하기 위해서 누구나 손쉽게 읽을 수 있는 대중적인 안내서가 필요하다는 판단하에 이 책을 출판하게 되었다. 무엇보다 졸고를 출판하기까지 독려해 주신 이남호 교수님, 응원해 준 만겁의 인연들, 그리고 아낌없이 지원해 주신 한국학술정보(주)에 감사드린다.

2008. 2.

조은하

차 례　　CONTENTS

STEP 1

컴퓨터 매개 사회

최근 디지털 기술의 발달과 인터넷 통신망의 확산 등 컴퓨터 매개로 인해 시간구조들은 합의구조들보다 더 중요한 것이 되었으며 속도는 논증보다 중요한 것[1]이 되었다. 문학도 예외는 아니다. 구술언어의 시대에는 기억 및 표현능력에 따라 화자와 청자의 관계를 통해 화자의 발화 내용을 청자가 '청취'하고 '반응'하고 '기억'함으로써 지식 및 정보의 저장이 가능했으며, 문자언어의 시대에는 필사 및 인쇄술의 발달에 따라 작가와 독자의 관계를 통해 선형적으로 완결된 기록을 독자가 '구입'하고 '독서'하고 '감상'함으로써 인쇄물의 형태로 지식 및 정보의 저장이 가능했다.

디지털의 괄목할 발전은 매체의 유형과 전달방식의 변화를 유도하고, 매체의 진화는 문학의 생산과 수용, 그리고 유통과정과 방식에 지속적인 영향을 미친다. 문학과 미디어와의 관계는 문학이란 형태가 탄생하면서부터 불가분의 관계를 맺고 있다. 문학은 궁극적으로 소통을 지향하며, 매체는 이러한 소통을 원활하게 혹

---

1) 노르베르트 볼츠, 구텐베르크–은하계의 끝에서, 윤종석 역, 문학과지성사, 2000, 147면.

은 효율적으로 전달하기 위한 수단으로서, 다양한 정보와 자료를 다양한 방식으로 저장 및 유통하는 기술적 장치를 의미한다. 그러므로 문학은 매체와 불가분의 관계일 수밖에 없다.

문학의 테크놀로지를 말한다는 것은 단순히 문학이 테크놀로지 형태로 발전해 온 역사만을 말하는 것이 아니다. 그것은 표상 체계로서의 문학의 완결된 의미 형태, 현실에 대한 텍스트의 동일적 지시 관계라는 현상과 본질, 형식과 내용의 이분법적 사유가 문학의 존재방식을 사후 경직된 물적 형태로 추상화시키는 점을 비판하면서 글쓰기의 자기 욕망과 그 표현적 형태의 특이성들의 존재방식을 의미한다.

이때 테크놀로지는 육체적 감수성을 표현하는 하나의 장치로서, 전통적인 문학론에 대한 두 가지 새로운 문제들을 제기한다. 하나는 문학은 개인의 신념이나 정신의 산물이기 이전에 하나의 물질적인 존재 형태를 갖는다는 점이고, 다른 하나는 문학의 테크놀로지는 문학 외부의 기술적 수단만이 아니라 문학 내부의 구성 요인이라는 점이다. 말하자면 문학에서 테크놀로지의 문제는 외삽적 관계가 아니라 내재적인 관계이며, 그 형성의 동인은 문학의 형태를 규정하는 표현, 감각의 의미에서 찾을 수 있다.[2]

디지털기술을 통해 가능해진 다양한 매체실험은 구술이나 문자매체시대에서는 상상도 할 수 없었던 세계를 문학 영역에 열어주고 있다. 문학작품의 생산과 소통의 과정을 살펴보면, 먼저 작가

---

2) 이동연, "테크놀로지, 문학기계, 감수성의 생성, 실천에 대하여-문학에 대한 문화공학적인 질문들", 문화과학, 14, 1998. http://moonkwa.jinbo.net/journal13.html 참조.

가 바라보는 대상(자연, 객체, 현실, 역사적 소재)이 있고, 이를 작품화한 작가의 텍스트가 있으며, 이것이 독자에 의해 수용된 텍스트로서의 작품으로 이어져 결국 시대를 달리하는 독자층 혹은 수용자(청자, 관객)에게 전달되는 과정을 겪는다. 여기서 문학작품이란 대상을 언어로 인식하고 그 인식을 언어로 형상화하여 독자에게 제공되는 생산품이며 이 과정은 크게 다음과 같은 과정으로 세분화될 수 있다.3) 따라서 새로운 매체의 출현과 발달은 문학의 생산, 수용, 유통 전반에 걸쳐 유력한 파장을 형성하게 된다.

다니엘 벨(Daniel Bell)은 기술발전을 기준으로 사회발전단계를 산업화 이전 사회, 산업사회, 후기 산업사회(정보산업사회)로 구분하면서, 산업화 이전 사회를 인간과 자연의 관계 중심으로, 산업사회를 인간과 기계의 관계 중심으로, 후기 산업사회를 인간과 인간의 관계 중심으로 파악했다. 현시점에서 초점은 후기 산업사회, 즉 정보산업사회이며, 따라서 다니엘 벨의 관계를 중심으로 하는 단계구분은 휴머니티(humanity)가 아닌 커뮤니티(community), 즉 정보의 역할과 교환 및 전달가치에 대한 중시로 이해된다.

이와 관련하여 빌렘 플루서는 시대적 대세가 이미 구텐베르크적 문화에서 텔레마틱 사회(Telematic Society)로 이행하고 있음에 주목한다. 여기서 텔레마틱은 인공두뇌학(Cybernetic)과 자동화에 입각한 텔레커뮤니케이션(Tele-Communication)과 정보학(Infomatics)의 합성어로, 컴퓨터 중심의 탈중심적이고 대화적인 네트워크망 속에서 구성원 모두가 상호 연결되어 끊임없이 정보를 생산하고, 생산된 정보를 교환하며 필요에 따라 언제든 또 다른 정보의 형태로 편집하는

---

3) 유종윤, "디지털 테크놀로지시대의 문학", 사이버문화연구소, 2000.

유기적인 정보사회를 의미한다.

본래 미디어의 등장은 특권계급이 독점하던 지식을 대중에 확산시켰다는 데 역사적 의미가 있다. 15세기 중반 금속활자의 발명 이후 인쇄술의 발전에 따른 지식과 정보의 보급은 구체제 타파, 시민혁명 등 일련의 역사전개를 이끌어 간 원동력이었다. 인류사상 최고의 발명으로 인쇄기술을 꼽는 것도 이 때문이다. 19세기 초만 해도 소수계층이 이용했던 미디어는 19세기 후반부터 상품의 대량생산에 의한 자본주의 경제의 발전과 함께 정보와 지식의 대량생산이 가능해지면서 질적인 변화가 일어났다.

20세기는 세계대전과 혁명, 이념대결의 시대이자 세계적 규모의 커뮤니케이션 혁명이 진행된 시대이며, 매스미디어는 과학·기술의 발전과 함께 정치·사회·문화 등 모든 분야에 걸쳐 큰 파장을 형성한다. 특히 '열린사회'를 표방하는 선진 자본주의 국가의 경우, 매스미디어는 자유민주체제의 상징이자 전체주의에 대한 강력한 대항무기로 여겨졌다. 그러나 소외된 대중의 욕망을 충족시켜 준 매스미디어의 상업주의 경쟁은 할리우드로 상징되는 서구 대중문화의 세계 지배를 가능케 했으며, 미디어의 공익성과 상업성에 대한 끝없는 논란을 야기했다.

20세기 후반에는 인터넷, 위성방송, 디지털, 멀티미디어 등 이른바 '뉴미디어'가 세계화의 흐름과 맞물려 국경을 붕괴시키면서 새로운 파장을 예고하고 있다. 신문·방송 등 제1·2세대 미디어에 이어 출현한 뉴미디어는 정치적 의사를 표현하는 사이버 운동권의 무대로 활용되기도 하고 인터넷 상거래, 주식거래 등 '사이버 마켓'도 형성되고 있다. 일각에선 인간의 미디어 지배가 미디어의 인간 지배 구조로 바뀔 것이라는 우려가 나오는가 하면, '생산관계의 총체'라는 마르크스의 인간개념도 '커뮤니케이션 관계의 총체'로 수정돼야 한다는 주장도 나온다.

이처럼 커뮤니케이션 혁명은 잠자던 대중을 일깨워 정치적 변혁의 소용돌이에 몰아넣음으로써 '닫힌사회'의 개방에 결정적 기여를 했다. '닫힌사회'의 허위와 기만은 점차 사라져 가고 있으나, 대신 '열린사회'의 무한한 가능성과 불확실성을 함께 예고하는 21세기의 대중사회가 도래하고 있으며, 이미 그 한가운데에 있다고 해도 과언이 아니다. 장차 미디어를 장악하는 것은 국가나 정치권력, 인간이 아니라 인간이 만든 시스템이나 제도, 문화 등 새로운 성격의 '빅 브라더'가 될 것이며, 이것과의 끊임없는 갈등과 긴장관계가 '열린사회'의 중요한 테마가 될 것이라는 전망도 나온다.

> 새로운 문명이 형성되고 있다. 그러나 우리는 어느 위치에서 이 문명에 적응할 수 있을까? 오늘날의 기술변화와 사회적 격변은 우애, 사랑, 헌신, 공동체, 보살핌 등의 종식을 의미하는 것은 아닐까? 내일의 전자공학적 경이들은 인간관계를 지금보다 더 공허하고 간접적인 것으로 만들지 않을까? 이러한 질문들은 정당한 것이다.[4]

앨빈 토플러는 정보화시대의 도래를 알리며 정보화가 기업의 미래를 좌우하게 될 것이라고 예측했다. 토플러는 토지를 비롯한 자연물을 소유하는 것이 사회를 움직이는 힘이었던 농경사회를 제1의 물결이라 명명하고, 건물 · 공장 · 자본 등의 생산수단을 소

---

4) 앨빈 토플러, 제3의 물결, 이규행 역, 한국경제신문사, 1989, 442면.

유형태의 기본으로 갖는 산업사회를 제2의 물결, 그리고 무형의 첨단기술과 정보가 중요한 소유형태가 되는 사회를 제3의 물결이라고 정의했다. 따라서 제3의 물결에서 사회의 성패를 좌우하는 요인은 교통수단이 아니라, 통신기술이다. 세계는 재화와 서비스를 이동하는 새로운 방식을 끊임없이 개발하고 있으며, 이러한 추세에 편승하는 조직과 기업, 사회와 국가만이 살아남게 된다. 결국 이러한 통신기술의 발달은 정치, 경제, 사회, 문화는 물론이고 개인의 삶의 방식도 바꾼다.

> 정보 폭발이 우리 한가운데서 폭발하여 우리에게 이미지의 파편이 소나기처럼 쏟아지는 가운데 우리가 세계를 인식하고 행동하는 방법에 근본적인 변혁이 일어나고 있다. '제2의 물결' 정보 영역에서 '제3의 물결' 정보 영역으로 이행해 가는 가운데 우리 자신의 정신구조가 변혁되고 있다. 우리들 각자는 머릿속에 현실에 관한 정신적 모델을 만들고 있다. 이것은 말하자면 이미지의 창고라고 할 수 있다. 그중에는 시각적, 청각적인 것도 있고 촉각적인 것도 있다. 또 '지각적'인 것도 있다. 곁눈질로 얼핏 쳐다본 푸른 하늘처럼 환경에 관한 정보의 흔적 같은 것이 그것이다.[5]

이러한 과정에서 제기되는 문제는 정보사회로의 이행이라는 사회적 변동과 뉴미디어라고 하는 새로운 테크놀로지 사이의 관계이다. 양자가 서로 영향을 미치는 방향에 따라, 기술결정론자들의 주장처럼, '뉴미디어 → 사회변동' 또는 역으로 '사회변동 → 뉴미디어'라는 일방적 관계와 '뉴미디어 ↔ 사회변동'이라는 쌍방향적

---

5) 앨빈 토플러, 같은 책, 196면.

관계를 생각할 수 있다.6) 분명한 것은 현대 사회가 컴퓨터 매체의 등장과 발전에 따라 정보화 사회이자 뉴미디어시대, 디지털시대라고 일컫는 역사적 발전 단계로 진입하고 있다는 사실이다.

A. 컴퓨터 매개 통신

이러한 변화를 주도하는 주목할 만한 요소는 눈에 보이지 않는 논리적 차원의 대전환 '디지털화'이다. 디지털은 아날로그와 대응되는 개념으로서 0과 1이라는 신호체계로 구성된다. 아날로그 방식의 신호와 디지털 방식 신호의 특징을 정리하면, 아날로그 방식은 연속적이며 기계적인 반면, 디지털 방식은 단속적이며 논리적이다. 이러한 단속적이며 논리적인 계산을 특징으로 하는 방식은 미래 디지털시대상을 반영하는 것으로, 디지털의 시대적 특성을 이해하기 위해서는 디지털 정보화에 대한 이해가 선행되어야 한다.

정보를 디지털로 표시한다는 것은 정보의 자유로운 논리적인 활용과 가공이 가능하다는 것을 의미한다. 디지털 정보가 지니고 있는 가장 중요한 속성은 인쇄매체의 아날로그적 속성과 정반대로 텍스트 내에서 정보의 생산자와 소비자(사용자)가 상호작용할 수 있는 양방향성을 실현한다는 점이다. 텍스트의 내용 구성도 시작에서 끝에 이르기까지 고정된 순서에 따라 이어지는 선형성이 아닌, 방사상의 비선형을 특징으로 하며, 이러 비선형성(non-linear)이 디지털 정보의 가능성을 증폭시킨다. 또한 디지털 정보

---

6) 김경동, "정보통신혁명의 사회적 합의", 정보화 사회, 서울대학교 출판부, 1986, 4면.

는 단일한 감각에 의존하는 것이 아니라, 두 가지 이상의 감각을 통해 구현되는 공감각적인 멀티미디어 성향을 가지기 때문에 매체 기술의 발달에 순기능을 한다.

ⓐ 디지털 정보화

디지털 정보화의 특징은 비트적 균등성, 네트워크를 통한 관계성, 과정적 구성성, 상호작용적 양방향성, 탈기능적 물질성 등으로 요약할 수 있으며, 특히 네트워크를 통한 관계성은 디지털 정보화의 기능적 중심이라고 할 수 있다. 따라서 디지털을 전면에 내세운 시대는 사회기반의 중심축이 정보와 지식 중심으로 이동하는 시대이며, 초고속 통신망의 구축을 통해 누구나 빛의 속도로 정보검색과 수집 및 이용이 가능해지기 때문에 시간, 공간, 속도의 제약에서 벗어나 인터넷을 통해 언제, 어디서나 빠르고 자유롭게 시간을 활용하는 시대이다. 디지털을 화두로 하는 컴퓨터 매개시대는 디지털시대와 동일한 의미이며, 컴퓨터 매개시대의 특성을 요약하면 다음과 같다.[7]

첫째, 산업시대의 제품의 대량생산은 통일된 그리고 반복적인 방법으로 특정의 공간과 시간에서 제한되어 이루어졌으나, 컴퓨터 매개시대는 비트의 제조가 현실적 의미의 공간에서 이루어지는 것이 아니기 때문에 공간에 대한 고려를 하지 않는다. 이러한 공간적 확장은 정보입수와 커뮤니케이션 방법을 보다 원활하고 신속하게 만든다. 이와 관련지어 현실과 비현실의 경계가 모호해지는 가상현실이 실제현실에 대한 대안적 공간성을 확보하면서 새

---

7) 서정옥, "정보기술의 현재와 미래", 과학사상, 18, 1996, 72면.

로운 철학적 담론으로 부각된다.

둘째, 디지털화에 의해 가능해진 하이퍼텍스트의 비연속적인 글쓰기 방식은 선형적인 정보조직의 한계를 극복하여, 정보들 사이에 유기적인 연결망[8])을 구축하여 다양한 아이디어의 결합을 유도하고, 나아가 사고의 유기적 연상을 통해 정보를 연결할 수 있게 한다. 이것은 지금까지의 논리적 사고, 즉 순서적 배열의 논리적 틀을 파괴한다.

셋째, 컴퓨터와 사용자 간의 상호작용은 다양한 가상공간에서 광활하게 이루어진다. 사용자는 정보의 소비자이면서 동시에 적극적인 정보의 편집 과정을 통해 생산자와 동등한 지위를 확보하게 된다. 결과적으로 정보의 소비자와 생산자, 정보의 제공자와 수용자의 역할과 층위 구분이 불가능하게 되고, 작가와 독자가 상호작용을 통해 서로 통교하는 쌍방향 커뮤니케이션에 의한 협동업무 및 협동학습이 가능하다.

넷째, 디지털시대의 청중이나 대상은 지금까지의 대단위에서 벗어나 소그룹이 되고, 이러한 소그룹은 보다 세분화되어 마침내는 개인화되면서, 모든 것은 맞춤형·주문형으로 변모하게 된다. 정보의 경우에도 일방적인 대량의 정보제공이 있는가 하면, 상세한 정보는 계층화·그룹화·개별화된다. 정보의 개별화는 현실적으로 상당한 수준으로 구현되고 있지만, 정보의 선택성을 높이기 위하여 계속 발전할 것으로 전망한다.

이와 같이 정보와 지식의 코드화·편집화가 용이한 디지털화된

---

8) 진교훈, "정보화 사회의 윤리문제", 과학사상, 18, 1996, 98면.

정보사회로의 변화는 생산방식뿐만 아니라, 생활방식, 사고방식에
까지 내밀한 영향을 미치고 있으며, 정보를 생산, 가공, 분배, 매
개, 전달, 소비하는 정보 관련 산업이 중심 산업으로 대두된다. 따
라서 정보처리를 위해 대두하여 체계적으로 발달한 컴퓨터의 역
할이 정보화시대를 맞이하면서 극대화되는 것은 필연적 귀결이다.

b 컴퓨터 상용화

아날로그시대에서 디지털시대로 급속도의 개념전환이 이루어지
면서 컴퓨터는 사회문화 전반에 걸쳐 다양하게 변주되어 그 세력
을 확장시키고 있으며, 정보사회의 메카로서 일체 매체의 구심점
이라 해도 과언이 아니다. 컴퓨터의 상용화와 초고속 네트워크의
보급으로 인한 디지털 테크놀로지의 괄목할 성장은, 현재 강도 높
은 사회·문화적 진파를 형성하면서 각 분야에 걸쳐 새로운 변혁
의 실마리 혹은 잠정적 매듭을 형성하고 있다.

이처럼 거대한 변화의 물결, 그 단초에는 컴퓨터 문화를 주도
하고 컴퓨터 문명을 선구한 미국에 큰 공로가 있으나, 초고속 네
트워크의 보급률과 개인 컴퓨터 보급률, 그리고 새로운 컴퓨터 문
화의 구축에 있어서, 최근 몇 년 사이 기하급수적인 성장가도의
공로는 미국이 아니라 한국에 있다. 한국을 차세대 컴퓨터 문화산
업에 종주국으로 부각시킨 주요 동인을 살펴보면, 컴퓨터·모니터
·스캐너·프린터 등 막강한 일련의 하드웨어와, 다양한 프로그램
의 제작·보급을 통한 소프트웨어의 발달, 초고속 전용선과 대용
량 서버를 필두로 하는 신속한 네트워크의 성립, 그리고 양질의
하드웨어와 소프트웨어를 통한 최적의 편의시설을 갖춤으로써 인

터넷의 대중화와 여가방식의 개선을 유도한 PC방 문화 등을 들
수 있다.

디지털시대의 도래는 컴퓨터 관련 산업뿐만 아니라, 제반 학문
분야에 지각변동을 예견하며, 특히 문학에 있어서 기존 전통적인
방식으로 저자와 독자가 명확하게 위계화되고 문자매체에 의해
주도되던 종이책의 시대에서, 점차 플라스틱 및 전자매체를 활용
한 새로운 형태의 출판물들이 등장하여 빠르게 발전함으로써 종
이책 및 문자매체와 공존하게 되고, 창작 과정에 독자가 능동적으
로 참여하는 하이퍼 픽션의 경향이 작품뿐만 아니라 철학적 담론
을 이루고, 나아가 디지털의 멀티미디어적 상호작용성에 기인한
문학의 생산과 소비의 구분해체를 디지털시대의 문학적 특성으로
예견한다.

이상과 같이 다양한 인문·사회과학 분야에서 진단하는 디지털
시대의 특징들, 즉 가상공간에서의 주체·객체 간의 경계상실, 멀
티미디어가 유발하는 감성적 이미지들의 영향, 컴퓨터 시스템과의
상호작용을 통한 쌍방향 커뮤니케이션의 능력, 미디어 개념의 재
정립, 분화 및 전문화와 공존하는 집단화와 거대화 조직의 문제
등을 보면, 학문의 특성에 따라 패러다임 전환의 양상은 다르지
만, 각 학문의 당대적 가치 구현과 발전적 대안을 마련하기 위해
서 디지털시대에 편승하는 연구주제와 연구방법의 변화가 불가피
하다는 것을 공통적으로 피력하고 있다.

특히 문학은 본질적으로 개체와 전체, 양자의 내밀한 관계를
어떤 식으로든 반영해 왔으며, 그 과정에서 당대의 기술발전으로
발명되고 발전된 매체에 따라 다양한 영향을 받아 왔다. 때로는

매체에 굴복하고, 때로는 극복하면서 매체를 문학적 매질로서 융통성 있고 창의적으로 활용해 왔다. 컴퓨터 매체를 통해 문학은 어떠한 인간과 사회를 반영할 것이며, 그 발전적 대안은 무엇인지 검토할 필요성이 바로 여기에 있다.

ⓒ 컴퓨터 매개 통신

여기서 본 고는 컴퓨터의 상용화로 대두된 문학 현상을 통칭하는 개념으로 '컴퓨터 매개 문학(CML: computer mediated literature)'이라는 용어를 제안한다. '컴퓨터 매개 문학'이라는 용어는 기존의 여타 지나치게 협의 혹은 광의의 정의에 비해, 컴퓨터 매체에 의한 문학의 패러다임 전환양상을 조망하는 데 보다 유리한 측면이 있으며, 컴퓨터와 네트워크 등의 하드웨어적 지원을 초석으로 삼는다. 그러한 추세의 선도역할을 담당한 개념이 바로 기존 커뮤니케이션에 미치는 컴퓨터의 매체성에 초점을 둔 컴퓨터 매개 통신(Computer-Mediated Communication)이며, 컴퓨터 매개 문학은 컴퓨터 매개 통신의 정의방식에 어느 정도 의지하고 있다.

컴퓨터 매개 통신은 컴퓨터를 이용하여 인간 사이에서 발생하는 각종 커뮤니케이션을 뜻하는데, 좁은 의미에서는 개인 간의 정보 교환을 의미하지만, 넓은 의미에서는 정보의 교환뿐만 아니라, 방대한 전자 데이터베이스에서의 정보 인출이나 웹 사이트의 구성과 같은 다양한 방식의 정보조작을 포함하는 모든 종류의 컴퓨터 작용을 의미한다.9) 컴퓨터 매개 통신은 도구개념으로서의 컴

---

9) 김성일, "사이버스페이스에서의 의사소통, 인지 및 학습 패러다임의 변화", 가상공동체 의식과 정보화 사회에의 적응, 한국심리학회 춘계심포지엄, 1997, 100면.

퓨터 매체성에서 출발하여, 최근 컴퓨터 네트워크의 급속한 성장과 사회구성요소로서 인터넷의 영향력과 중요성이 대두되면서 미디어 논의 과정 중에 정의된 개념이다.

픽시 페리스(Pixy Ferris)는 컴퓨터 매개 통신을 컴퓨터와 작업이 연결되어 있거나 또는 개인 간의 커뮤니케이션 행위가 컴퓨터에 의해 이루어지는 것으로 파악하면서, 컴퓨터와 DB를 통한 정보의 조작, 복구 및 저장 등을 포괄하면서, 개인이나 메인프레임 컴퓨터를 이용한 커뮤니케이션, 전자우편이나 전자게시판 등을 이용한 비동기적 커뮤니케이션과 온라인 대화나 그룹 소프트웨어 이용 등의 동기적 커뮤니케이션으로 세분화한다. 이에 비해 존 디셈버(John December)[10]는 컴퓨터 매개 통신을 단지 기술적 차원이나 도구적 수단으로 보지 않고, 컴퓨터를 이용한 인간 커뮤니케이션의 과정이며, 이는 사람, 특수한 상황이란 조건하에서 다양한 목적을 위한 일정 형태의 매체를 이용하는 커뮤니케이션의 전 과정을 포함하는 것이라고 정의한다.

컴퓨터 매개 통신의 유형은 텍스트 기반, 그래픽 기반, 시청각 기반, 혼합 기반 등 상호작용의 방식에 따라 크게 구분된다. 우선 텍스트 중심의 상호작용 유형으로 전자우편(E-Mail), 전자게시판(BBS: Bulletin Board System), 인터넷대화(IRC: Internet Relay Chat), 머드(MUD: Multiple User Dimension) 등이 해당되고, 그래픽 중심의 상호작용 유형으로는 월드와이드웹(WWW: World Wide Web), 데이터베이스, 그래픽 머드 등이 해당된다. 시청각 중심의 상호작용은 리얼오디오(Real Audio)나 원격화상회의 씨유씨미(CUSeeMe)[11]

---

10) 윤준수, 인터넷과 커뮤니케이션 패러다임의 대전환, 커뮤니케이션북스, 1998, 25-28면.

등이 해당되고, 혼합된 형태는 넷미팅(NetMeeting)[12]이나 쿨토크 (CoolTalk)[13] 등이 해당된다.

이 중에서 가장 대표적인 유형을 살펴보면, 이메일, 전자게시판, 컴퓨터회의(Computer Conferencing)가 해당된다. 이들은 네트워크 상으로 연결된 송신자와 수신자가 컴퓨터를 이용하여 메시지를 교환한다는 측면에서는 유사점을 갖고 있으나, 접근의 제한 정도 와 참여할 수 있는 이용자 수의 제한에 있어서는 상이하다. 전자 우편은 사적인 면이 좀 더 강조되고 일대일 메시지 교환에 치중 하고, 메시지에 대한 다른 이용자들의 접근이 제한되어 있으며, 교환되는 메시지에 대한 특정한 주제가 설정되어 있지 않다. 전자 게시판은 공공의 성격이 강해서 접근에 대한 제한 없이 이용자들 에게 항상 개방되어 있으며, 따라서 메시지의 내용은 공개적이다. 컴퓨터회의는 조직적 차원에서 많이 이용되기 때문에 보다 많은 사람들이 참여할 수 있으나 전자우편과 같이 접근에 제한을 두며 특정한 주제를 설정하고 그 주제와 관련된 메시지들이 교환된다.

---

11) CUSeeMe(SeeYouSeeMe)는 미국 코넬대학에서 개발한 소프트웨어로서 인터넷 화상회의에 사용된다. 실시간으로 오디오와 오디오 및 텍스트 를 전송해 주는 기능을 가지고 있으며, PC용 비디오 캠코더 카메라와 마이크, 스피커 등의 장치가 필요하다. 비디오카메라가 없는 경우 상대 의 화상은 볼 수 있으나, 자신의 화상은 보여줄 수 없다.

12) 미국 마이크로소프트(Microsoft)사가 개발한 인터넷 네트워크에서 음성 이나 영상으로 대화하기 위한 툴(tool)이다. 대화상대에게 마이크와 스 피커를 사용해서 전화하거나, 문자로 대화하거나, 흑판 같은 화면에 문 자 또는 회화를 그려서 통화한다. 또한 한쪽에서 상대방 PC의 애플리 케이션을 사용하는 소프트웨어 공유 기능도 있다.

13) 미국 넷스케이프(Netscape)사의 도우미 프로그램인 쿨토크는 실시간 문 자·음성·화상을 이용한 통신툴로, 양방향 음성 전송이 가능하다. 인 터넷 폰과 같이 음성 전송이 가능하고, 음성 채팅뿐만 아니라 프로그 램의 공유와 화상을 공유할 수 있는 화이트보드를 지원한다.

　이를 토대로 컴퓨터 매개 통신의 특성을 몇 가지로 요약해 보면 다음과 같다.[14] 첫째, 쌍방향성(interactivity)을 들 수 있다. 컴퓨터 매개 통신에서는 송·수신자가 동시에 참여할 수 있기 때문에 대면 상황 못지않은 쌍방향 기능이 부여되고 다른 매개 통신 유형에 비해 쌍방향성의 정도가 매우 높다. 그러나 대면 상황에서의 쌍방향 기능과 달리, 직접적인 메시지 교류에 의한 쌍방향 의사소통이 진행되는 것이 아니라 컴퓨터라는 기기에 의해 쌍방향 의사소통이 이루어진다는 점에서 차이가 있다.

　둘째, 비동시성(asynchronism)이다. 비동시적 커뮤니케이션은 컴퓨터의 기술적인 특성인 메시지 저장 능력으로 가능하다. 그러므로 송신자는 상대방, 즉 수신자를 의식하지 않고 어느 때라도 편리한 시간대를 선택하여 메시지를 발송할 수 있으며, 반면에 수신자들은 언제라도 저장된 메시지를 검토하여 반응할 수 있다. 동시적 시간대의 제한성에서 탈피한 컴퓨터 매개 커뮤니케이션의 융통성 있는 시간대 활용은 의사 전달에 있어 시간적 여유를 갖게 하므로 보다 진지하고 체계적인 의사 교환이 가능하다.

　셋째, 공간적 거리감의 극복(subjugation of space limit)이다. 즉 전화보다 한층 더 진보된 컴퓨터 매개 통신은 물리적인 공간의 이동 없이도 기술적으로 가능한 커뮤니케이션 상황을 만들어 참여자들이 각기 다른 물리적 공간에서 아무런 불편 없이 메시지를 송수신할 수 있게 한다.

　넷째, 비언어적 요소의 부재(absence of nonverbal constituent)이다. 즉 컴퓨터 매개 통신에서는 신체로 표현하는 행위적 신호와

---

14) 김유정, 컴퓨터 매개 커뮤니케이션, 커뮤니케이션북스, 1998, 26면.

분위기로 전달되는 상황적 신호 등 커뮤니케이션의 비언어적 요소가 존재하지 않는다. 따라서 컴퓨터 매개 통신에서는 송수신자 간의 심리적 상태와 상호 간의 관계에 대한 정보를 제공하지 못하기 때문에 특정한 사회적 환경에 대한 암시력이 떨어진다.

다섯째, 익명성(anonymousness)이다. 컴퓨터 매개 통신의 참여자는 대개 신분노출을 꺼려할 뿐만 아니라, 상대의 신분파악에 관심을 두지 않는다. 전형적인 컴퓨터 매개 커뮤니케이션의 메시지는 별명, 가명 또는 전자 우편 주소를 통해 송수신자의 신원을 확인하게 된다. 신분이 노출되거나 확인되지 않는 익명에 의한 커뮤니케이션 상황은 참여자들에게 심리적으로 편안한 상태를 유도하고 참여자 모두의 신분을 평등하게 만들기도 하지만, 서로의 존재에 대해 확인할 수 없는 비인격적인 커뮤니케이션 상황을 유발하기도 한다. 이러한 익명성 때문에 컴퓨터 매개 통신의 메시지들은 간혹 왜곡되고 과장된 표현과 상스러운 표현을 담고 있다.

여섯째, 문서화(written style)이다. 컴퓨터 매개 통신의 표현 방식은 글이다. 따라서 글로 표현되는 커뮤니케이션에 재생 능력과 편집 능력이 덧붙여진 컴퓨터 매개 커뮤니케이션은 말을 매개체로 하는 인간 커뮤니케이션의 약점을 보완해 준다.

일곱째, 지배력의 약화(weakening control)이다. 대면 커뮤니케이션 상황에서는 개인의 신분과 사회적 지위가 중요한 역할을 하기 때문에 커뮤니케이션 상황이 영향을 받는 반면, 컴퓨터 매개 통신에서는 직접 대면이 필요하지 않기 때문에 참여자들의 개인 신분이나 지위는 중요하지 않다. 사회 규범적 요소가 배제된 컴퓨터 매개 통신에서는 특정 개인의 영향력이 미미하기 때문에 지배 효과가 크게 작용할 수 없다. 따라서 컴퓨터 매개 통신에서는 참여자 간의 지배 혹은 불평등 관계가 형성되기 어렵다.

여덟째, 사회적 실재감의 저하(decline of social reality)이다. 사회적 실재감은 매체가 커뮤니케이션 행위시에 참여자들에게 신체적 존재, 비언어적 또는 사회 규범적인 상징물들을 어느 정도까지 반영해 주느냐에 달려 있다. 따라서 직접 만남은 사회적 실재감이 높은 반면, 컴퓨터 매개 커뮤니케이션은 매체나 익명을 사용하여 상대방의 존재를 인식하지 못한 채 기계를 통하여 커뮤니케이션을 하기 때문에 사회적 실재감이 상대적으로 낮다.

이상에서 살펴본 바와 같은 컴퓨터 매개 통신의 특성을 반영하면서 다양하고 발전적인 하드웨어적 설비를 갖춘다고 해서 컴퓨터 매개 문학의 배경이 설정 완료되는 것은 아니다. 텍스트 위주의 문학, 작가의 일인 창작 위주의 문학은 작업 공간은 작가 개인의 사정이며, 독서 공간 또한 독자 개인의 사정이다. 어느 때, 어느 장소에서 창작과 독서가 이루어지는가는 각 개인의 영역이다. 그러나 컴퓨터 매개 문학은, 작가의 창작 공간과 독자의 독서 공간 나아가 유동 공간까지도 컴퓨터에 의해 매개되어 구축된다는 점에서 기존의 문학 행위와는 변별된다.

즉 작가는 컴퓨터 워드프로세서 기능을 이용하여 작품을 생산하고, 인터넷에 접속하여 온라인 네트워크를 통해 작품을 업로드(upload)한다. 독자는 특정 사이트에 접속하여 원하는 작품을 클릭(click)하고, 적당한 저장 공간에 다운로드(download)하여 감상한다. 그리고 허용된 전자게시판에 의견을 개진하거나 공개된 작가의 이메일 주소에 의견을 송달하기도 한다. 출판업자는 업로드된 작

가의 작품과 다운로드한 독자의 조회수를 적절히 참고하여, 적당
한 방식으로 출판과 유통을 도모한다.

B. 컴퓨터 매개 공간

지금까지 컴퓨터와 인터넷이 문학에 미치는 영향에 대한 거시
적인 접근과 전망들은 반복적으로 이루어졌지만, 그 영향이 실제
문학 텍스트에 미치는 미학적 부분에 대한 치밀한 접근은 제대로
이루어지지 않았고, 생산적인 담론의 장을 만들어 내지는 못하였
다.[15) 컴퓨터를 매개로 하는 문학에 대한 기존의 연구 또한 최근
다양한 분야에서 다양한 관점으로 접근을 시도하고 있으나, 용어
사용과 개념 정의에 있어서 매우 다난하다.

외국의 경우 '컴퓨터를 이용하여 창작한 문학'이라는 뜻으로
'컴퓨터 생성 문학(CGL: computer generated literature)' 혹은 이와
유사한 맥락에서 '컴퓨터 생성 원고(computer generated scripts)'라
는 용어를 사용하기도 하고, 인터넷을 통한 웹이나 TV 등 주로
온라인에서 활발하게 문학 행위가 이루어지므로 '온라인 문학
(online literature)'이라고 칭하기도 한다. 이밖에도 작가의 다중
성, 즉 공동창작에 무게중심을 둔 '다중작가 문학(poly‒auctorial
literature)', 작가와 독자의 상호작용에 초점을 맞춘 '인터랙티브

---

15) 2001년 월인에서 ≪사이버문학론≫이, 집문당에서 ≪사이버문학의 이
    해≫라는 단행본이 비슷한 시기에 출간되었는데, 두 책 모두 출판 의
    도가 기왕의 사이버문학 논의를 정리하거나 점검하는 수준에 그쳤다.
    (이용욱, "문학일반", 문예연감, 한국문화예술진흥원, 2004, 441면.)

문학(interactive literature)', 동활자학(animated typography)과 소리·공간의 시학(sound and spatial poetry)을 포함하는 '컴퓨터 생성 시학(computer generated poetry)' 등 다양한 연구 분야를 포함하는 광범위한 용어가 사용되기도 한다.

국내의 경우는 하이텔, 나우누리, 천리안, 유니텔 등 메이저급 통신사의 컴퓨터 통신망을 통해 작품을 발표하는 경향에 초점을 맞추어 '통신 문학', 'PC 통신문학'이라는 용어를 사용하기도 하며, 컴퓨터를 도구로 하는 워드프로세서(word processer) 기능에 초점을 맞추어 'PC 문학(PC literature)', '컴퓨터 문학(computer literature)'이라는 용어를 사용하기도 하며, 아날로그적인 방식에 대한 디지털적인 측면을 강조하여 '디지털 문학(digital literature)', '전자 문학(electronic literature)'이라는 용어를 사용하기도 한다.

또 통신망(network)을 통해 편집·보급·유통 및 관리되는 방식에 초점을 맞추어 '네트워크 문학(network literature)', '인터넷 문학(internet literature)', '온라인 문학(on-line literature)'이라는 용어를 사용하기도 하고, 기존의 텍스트에만 의지하는 텍스트 기반(text-based) 창작 및 독서방식에서 급진하여, 텍스트에 멀티미디어적 접목을 시도하는 하이퍼텍스트 기능에 초점을 맞추어 '하이퍼텍스트 문학(hypertext literature)'이라는 용어를 사용하기도 하며, 웹상에서 소통되는 가상공간 개념에 무게중심을 두어 '사이버문학(cyber-literature)'이라는 광범위한 인지도를 획득한 용어를 사용하기도 한다.

즉 컴퓨터 네트워크를 활용한 문학 현상에 대해 기존의 접근방법이 다양했던 만큼 연구자의 전공에 따른 복잡한 출신성분의 신조어들이 난무하게 되었고, 용어상의 개념정립조차 학문적으로 이루어지지 못하는 결과를 낳았으며, 따라서 대개 학술적 연구라기보다는 인상적 단상이나 구호적 단언에 가깝다. 그만큼 용어 선택과 의미부여는 연구의 중심이자 과제인 만큼, 본 연구를 위한 연구사 검토는 관련 용어의 변천사라고 해도 과언이 아니다.

ⓐ 컴퓨터 네트워크

우선 '(PC)통신문학'이라는 용어를 지지하는 견해로 황찬욱[16]은 "통신상에 자신의 새로운 작품을 발표하는 기성작가들의 작품이나 아마추어 작가들의 아직은 덜 다듬어진 글들, 그리고 통신을 통해서 기성문단에 참여하게 된 작가들의 글" 등 통신상으로 발표된 작품들을 모두 '(PC)통신문학'이라고 정의한다. 그의 견해는 출판·유통에 관련된 기존 문학과의 변별성을 어느 정도 반영하고 있다. 여기서 이정실[17]은 '통신문학'의 문체에 주목하면서 "순수 통신작가의 글에는 문어체나 일상적 구어체와도 다른 채팅방에서 흔히 접하는 통신용어가 사용"되어야 하며, 통신문학과 정통문학은 '매체'가 아니라 '작가'에 따라 변별되기 때문에, 하이텔 문학관에 연재되는 기성작가들의 작품을 통신소설이라 할 수 없다고 주장한다.

그러나 기성작가들이 원고를 출판사에 송달하는 방식에서, 작가가 자유롭게 텍스트(원고)를 동호회 게시판에 '업로드'하여 창작 및 출판행위가 이루어지는 방식으로 달라진 점, 그리고 독자들

---

16) 황찬욱, "컴퓨터와 문학", 문학정신, 90, 1994. 4, 6면.
17) 황찬욱, 같은 글, 30면.

이 이미 발행된 도서를 구입하여 독서·감상하던 방식에서, 독자가 동호회 '게시판'을 통해 아직 간행되지 않은 원고를 '다운로드'하여 독서행위가 이루어지는 방식으로 달라진 점에 초점을 맞출 필요가 있다. 따라서 디지털시대, 컴퓨터 매체를 활용하면서 대두된 문학의 중요한 변화의 중심에는 '작가'가 아니라 '매체'가 있다.

또한 통신문학은 결과적으로 '통신망상의 문학(literature on net)'으로서, 당시의 '제한적인 통신망'의 의미와, 현재 네트워크를 통한 문학 현상에서의 '무제한적인 네트워크'가 의미역이 다르다는 것을 배제하고 있으며, 또 외국의 경우 하이퍼텍스트 문학의 개념을 설명하기 위해 사용하는 'literature on net(영어)' 'litterature sur reseau(불어)'라는 용어와 다소간의 혼동을 야기할 우려가 있다. 통신망상에서 이루어진다는 현상만으로 통신문학이라고 명명하는 것은 시사적인 용어로서는 일정한 의의가 있겠으나, 문학용어로서는 재고되어야 한다.

김성재[18]는 "문학은 두 가지 의미의 '매체'에 의존하여 존재하는 인간 삶의 표현양식"으로, 그 하나는 제도로서의 언어라는 느슨하게 결합된 요소들로서 아직 문장의 형식을 갖추지 않은 상태의 어휘이고, 다른 하나는 이 어휘들의 견고한 결합 구조인 문장이라는 형식이 유포되는 대중매체라고 주장한다. 작가에 의한 문학작품의 창작이나 작품이 독자나 시청자들에 의해 이해되는 과정은 "언어 매체의 공통된 축적을 전제"로 하고, 그 전달 과정에는 다양한 문명사적 매체가 필요하다. 그는 여기서 전달 과정에

---

18) 김성재, "문학과 멀티미디어", 문학정신, 91, 1994. 5.

요구되는 "새로운 매체의 등장은 우리를 새로운 방식을 통해 새로운 세계로 이끌고, 우리의 환경을 변화시킨다는 점"을 강조한다. "작가와 독자 사이에 긴 메시지가 오가고, 필요하다면 배경음악까지 패키지로 불러올 수 있는 문학의 장르"를 '컴퓨터소설' 또는 '멀티미디어소설'이라고 명명하면서, 작가와 독자의 소통문제를 보다 부각시킨다.

장석주[19]는 김성재가 거론한 '컴퓨터 문학'이나 '멀티미디어 문학'이 'PC 통신문학'보다 더 넓은 범주를 포괄하는 것이라고 말하면서, "PC 통신문학이란 한마디로 문학과 컴퓨터가 결합되어 나타난 새로운 창작방법과 유통양식의 문학"이며, "소박하게 말하면 컴퓨터를 글쓰기의 도구로 이용하는 것뿐만 아니라, 컴퓨터 통신망을 통해 발표되고 읽혀지는 문학을 PC 통신문학의 범주에 넣을 수 있다"고 본다. 장석주의 견해는 그 용어 사용에는 동의할 수 없으나, 의도에 있어서는 본 고의 논점에 가장 근사(近似)하다. 즉 문학과 컴퓨터의 결합으로 발생한 것은 기존 문학과 다른 '또 다른 문학양식'이 아니라, '또 다른 유통방식'이다.

김병익[20]은 'PC문학'의 결과물들이 보여주는 지나친 주변 장르성과 소재 편향성을 지적하고, 본격문학으로 인정받기 위해서는 질적 수준의 향상이 필요하다고 강조한다. 다만 질적 수준에 관한 검토는 비단 'PC문학'만이 아니라 고스란히 본격문학에도 적용된다. 즉 질적 수준의 향상을 이룬 'PC문학' 작품은 모두 본격문학

---

19) 장석주, "글쓰기와 글읽기 혁명적 전환-PC통신과 미래 문학", 문학사상, 265, 1994. 11, 117면.
20) 김병익, "신세대와 새로운 삶의 양식, 그리고 문학", 문학과사회, 30, 1995 여름, 677면.

이 될 수 있는가, 본격문학의 수준은 언제나 '본격적'인가 등의 질문이 가능하다. 따라서 김병익의 견해는 오히려 'PC문학'을 본격문학의 대척점에 놓고, 불가능한 균형을 잡으려는 시도로 보인다. '불가능한 균형'이라는 표현을 사용한 것은 N세대들에 의한 'PC문학'을, 기성문학에 대해 주제 면에서 실험정신으로 무장한 소위 '신세대문학'과 동위(同位)로 둘 수는 없기 때문이다. 'PC문학'의 개별 작품들이 괄목할 질적 수준의 향상을 보여준다고 해도, 그 개별 작품의 본격문학 진입은 가능할지라도, 'PC문학'이 장르적 개념으로 인식되는 한, 본격문학과 동위의 논의 대상이 될 수는 없다. 'PC문학'은 문학의 미학적 층위에서 논의될 것이 아니라, 출판 및 유통방식의 변화라는 매체·방법론적인 측면에서 의의를 가진다.

ⓑ 사이버스페이스

'사이버문학'이라는 용어를 지지하는 이용욱[21]은 컴퓨터 매개문학 연구에 있어서 '사이버문학론'이라는 이론정립을 위해 나름의 초석을 놓은 공로는 인정되나, 검증받지 못한 수많은 신조어의 양산과 논의를 위한 논의들을 무분별하게 인용하면서 오히려 수많은 논쟁과 논란을 야기한 혐의가 있다고 하였다. 그는 '통신문학'이라는 용어가 "통신 공간 내의 문학 행위를 공간적 지엽성으로 몰아넣을 위험성"이 있음을 지적하면서 "기성문학과 통신문학이라는 일방적인 이분법으로 인해 주변부 문학으로 오인"될 가능성을 들어 통신문학이라는 용어의 지시적 한계를 피력하고, "사이버

---

21) 이용욱, 사이버문학의 도전, 토마토, 1996, 90면.

문학이라는 초지시적인 용어를 사용할 것"을 주장한다. 그는 실제 현실과 의사현실(擬似現實)을 포함하는 새로운 리얼리티를 '통신적 상상력(commugination)'을 통해 구축하는 것이 용어적 한계를 극복하는 진정한 사이버문학의 개념이라고 주장한다.

그러나 문학은 현실을 반영하는 거울이라는 명제를 빌지 않더라도, 어떤 식으로든 작가의 '눈'을 통해 바라본 '현실'을 보여줄 수밖에 없다. 문학작품을 통해 우리가 '환상'을 본다 할지라도 그것은 언제나 유효하다. 이용욱은 기성문단이 의도적으로 상상력을 논의의 주안점으로 두지 않음을 강변하면서, 동시에 '통신적 상상력'이라는 명제를 통해 상상력을 가둔다. 디지털 테크놀로지에 의한 사회상을, 멀티미디어 메커니즘의 시대상을 반영한다는 전제조건을 굳이 두지 않더라도 작가는 늘 자신의 눈을 통해 투과된 리얼리티를 작품화한다. 따라서 그것이 '어떤' 상상력이냐는 것으로 문학을 대상화하고 나아가 장르화하는 것은 불가능하다.

우찬제[22]는 '사이버문학'이라는 용어를 지지하면서, 'PC 통신문학'에 대해 광의와 협의로 잠정적 정의를 내린다. 광의의 정의는, 책이라는 고전적 미디어가 아닌 컴퓨터 화면이라는 뉴미디어를 통해 접촉한다는 코드의 변화에 초점을 두고, "컴퓨터 화면을 매개로 한 소통 중심으로 생각하면, 고전적 양식의 문학부터 새로운 문학까지 모두를 포괄할 수도 있다"고 본다. 협의의 정의는, 컴퓨터라는 새로운 문학(문명) 환경조건과, 디지털 자연을 대상으로 한 스토리, 작가와 독자 사이의 '통신'이라는 대화적 상호작용의

---

22) 우찬제, "디지털시대의 새로운 감각, 그 인공화학적 합성지도", 비평공간, 1999.

측면에 초점을 두고, "컴퓨터와 더불어 상상하며 새로운 사이버스페이스, 혹은 하이퍼리얼리티(hyper-reality)의 세계를 이전의 문학 경향과는 달리 전위적으로 실험할 수 있으며, 그런 문학 내용과 형식들을 작가와 독자의 열린 소통 체계 속에서 형성해 나가는 문학"이라고 본다.

즉 기존의 닫힌 체계와는 달리 창작과 감상이 분리되지 않고, 컴퓨터 시스템의 도움을 통해 동시적인 상호작용이 가능한 문학 형태를 지칭한다. 결론적으로 우찬제는 'PC 통신문학'이 문학의 소통 경로만을 강조하는 감이 있기 때문에 '사이버 문학'이라는 용어가 보다 적당하다고 본다. 다만 사이버문학이란 용어 또한 학술적으로, 특히 인문학의 용어로 정립되려면 보다 치밀한 검토가 요구된다.

이에 비해 김흥년[23])은 통신문학의 원격성에 무게중심을 두고 '텔(레)문학(Tele-Literature)'이라는 새로운 용어를 제안하는데, 그 이론적 근거로 "통신문학은 개인용 컴퓨터와 통신망과의 연결이 보편화됨에 따라 컴퓨터로 쓴 글을 통신망을 통해 소통하는 '통신망상의 문학(literature on net)'을 지칭하는 단순한 술어"로서 'PC 통신문학'의 약칭이며, "일부에서는 '통신문학'을 '사이버문학'이란 술어로 부르기 좋아하지만, 사이버문학 역시 통신 공간의 문학을 가리키는 통신문학과 하등 다르게 정의될 이유가 없다"고 주장한다. '텔(레)문학'은 일정하게 떨어진 두 장소를 연결한다는 의미에서 전화로 은행업무를 취급하는 텔레뱅킹(telebanking)의 경우처럼 전화선 모뎀으로 통신을 하는 방식에서는 가능한 용어지만, 텔레

---

23) 김흥년, "통신문학에 대해", 한국통신작가협회 심포지움, 1997.

뱅킹 역시 최근에는 전화가 아닌 인터넷으로 은행업무를 취급하는 추세에 따라 인터넷뱅킹(internet banking)으로 용어가 바뀌었음을 감안하면 '텔(레)문학'이라는 용어는 지나치게 즉단적이다.

전봉관[24]은 디지털 매체와 문학을 관련시킬 때, 문학의 디지털화와 소위 '사이버문학'의 구분은 필수적이라고 전제하고, 그러한 구분을 위해서는 문학의 개념을 재확인할 필요가 있다고 주장한다. 최근 문학과 디지털 매체를 연결시키려는 다양한 시도가 꾸준히 계속되고 있고, 그 가능성에 대해 지나친 기대를 걸거나 맹목적인 거부감을 표시하는 문학인들의 논쟁이 첨예하게 대립하고 있는 상황에서 아이러니하게도 '문학이란 무엇인가?'라는 보다 근본적인 질문이 배제되고 있었음을 지적한다. 따라서 하이퍼텍스트 문학의 기술적·상업적 가능성을 묻기 이전에 고정되지 않은 휘발성 텍스트가 문학의 영역에 포함될 수 있을 것인지에 대해 진지하게 고민할 필요가 있다는 것이다.

ⓒ 하이퍼텍스트

이런 상황에서 최근 보편적 현상에만 치우쳤던 이론적 관심이 문학 텍스트의 스토리텔링이나 내러티브, 미학적 의미 등 서사 구조로 옮겨 가게 된 것은 논의의 틀이 구체적이고 치밀해졌다는 점에서 의미 있는 시도라 할 수 있다. 이론으로 무장한 '하이퍼텍스트 문학(hypertext literature, hyper-literature)'은 단순한 문학이론에서 이제 활발한 창작을 통해 하나의 문학 혹은 문학의 좌표로

---

24) 전봉관, "디지털 시대의 문학과 그 정체성 문제", 사이버문학론, 월인, 2001, 282면.

서 진화하고 있다. 특히 권위 있는 학회 학술지에 관련 논문이 실린 것은 대학의 보수적인 학문 풍토가 엄숙주의에서 탈피하여 긍정적으로 변화하고 있음을 보여준다.

특히 장창영[25]은 디지털 텍스트의 형성 배경과 그 문학적 의미에 주목하면서, 디지털 세대들의 텍스트 읽기 방식의 변화를 방사성 수사라는 독특한 구조로 파악하고 그 의미를 규명한다. 비록 '아햏햏'이라는 인터넷문화 현상과 몇 년 전에 시도된 하이퍼텍스트 프로젝트 '언어의 새벽'을 대상으로 하여 텍스트의 적합성과 시의성이 떨어지기는 하나 디지털문화의 특성을 텍스트와 연관지어 미학적으로 목록화한 작업은 분명 유의미하다.[26]

류현주[27]는 디지털 영상문화의 첨병인 컴퓨터게임을 통해 하이퍼텍스트 문학에 접근한다. 컴퓨터게임은 탄생배경부터 컴퓨터로 창작하고 모니터와 마우스 혹은 조이스틱을 통해 능동적으로 상호작용하는 등 미래 문학의 쌍방향성을 가장 잘 보여주는 창이며, 비선형적 서사로 현대인의 복합적인 삶을 충분히 표현할 수 있는 장이다. 류현주는 이러한 컴퓨터게임의 속성에 주목하면서, 게임을 공식적·통시적으로 분석하여 컴퓨터게임의 서사성에 대해 내러티브 이론으로 고찰하고 게임의 구체적인 사례와 설문 조사로 이를 실증했다. 그동안 청소년층을 위한 엔터테인먼트나 IT산업과 연계하여 산업적 측면에서 치우친 컴퓨터게임 연구가 서사이론, 매체이론 등 여러 방면의 인문학적 접근으로 지평을 넓히고 충분한 공감대를 확보했다는 데에 의의가 있다.

---

25) 장창영, "방사상 수사와 디지털 텍스트 읽기", 한국언어문학, 2003. 12.
26) 이용욱, "문학일반", 문예연감, 한국문화예술진흥원, 2004, 441면.
27) 류현주, 컴퓨터 게임과 내러티브, 현암사, 2003.

이인화[28]는 디지털 기술을 매체 환경이나 표현 수단으로 수용하여 이루어지는 디지털 스토리텔링[29]에 초점을 두고, 상호작용성, 네트워크성, 정보복합성 등의 특성을 갖는 디지털 스토리텔링이 콘텐츠 산업 현장의 다양한 분야에서 어떻게 실현되고 있는지를 점검하고 콘텐츠 창작에 도움이 될 실천적 대안을 모색한다. "디지털 미디어는 시간적인 원리의 예술성에 기울어졌던 전통적인 스토리텔링을 공간적인 원리의 예술성을 강조하는 새로운 스토리텔링으로 진화"시켰으며, 컴퓨터게임을 비롯한 디지털 스토리텔링은 독자 및 사용자의 역할이 강화되는 '매체 민주성'과 서사, 그림, 동영상, 상호작용성이 결합되는 '매체 통합성'을 가진 새로운 이야기 예술이라고 주장한다.

최혜실[30]은 디지털시대 영상과 스토리텔링의 조우를 산업과 기술, 예술의 소통 방식, 그 원인과 과정을 짚어내며, 제3의 개념으로 종래의 서사학과는 다른 스토리텔링의 개념 매체에 따른 차이를 디자인, 패션, 디지털 스토리텔링, 만화, 영화 등 장르별로 살펴보았으며, 문자·영상·디지털 리터러시의 문제와 남북한 문화제도의 비교, 디지털 매체가 문학에 미친 직접적인 영향 등을 다루고 있다. 이러한 다양하고 진지한 접근을 통해 컴퓨터와 인터넷을 매개로 하는 새로운 방식의 문학 현상이 구체화되고 있으며,

---

28) 이인화 外, 디지털 스토리텔링, 황금가지, 2003.

29) 디지털 스토리텔링은 1996년 미국 콜로라도에서 열린 '디지털 스토리텔링 페스티벌'을 계기로 알려지기 시작했다. 웹 환경의 매체 민주주의적 속성에 착안한 소수의 지식인들이 이 페스티벌을 통해 '모든 사람들이 자기 이야기를 웹에 올려 작가가 되어 보자'는 즐거운 실험을 전개했으며 그 뒤 이 용어는 여러 방면으로 확산되었다.(이인화, 같은 책, 12면 참조.)

30) 최혜실, 디지털 시대의 영상문화, 소명출판, 2003.

이 새로운 방식은 앞으로는 컴퓨터를 매개로 하는 문학 및 예술 행위의 구조를 파악하는 데 중요한 이론적 근거가 될 것이다.

이상에서 살펴본 것처럼 컴퓨터 네트워크를 통해 생산·소비· 유통되는 문학 현상에 대해 학자들에 따라 다양한 용어가 사용되고 있다. 그런데 여기서 중요한 것은 각 연구자의 중점 분야를 차치하고 '통신망상에서 문학 행위가 이루어지는 문학'이라는 광의의 정의를 일면 수용한다 하더라도, 문학작품 자체의 질적 검토를 배제한 상태의 논의는 무의미하다는 사실이다. 게시판에 작품을 업로드하는 자체만으로 창작행위라고 할 수 없으며, 게시판에서 작품을 다운로드 받는 자체만으로 독서행위라고 할 수 없다. 그러한 업로드와 다운로드를 문학 행위 혹은 문학 현상으로 수용하기 위해서는, 매체의 변화에 따른 문학 패러다임의 수용양상에 초점을 맞추는 논지의 일관성이 요구된다.

그렇다면 작품과 유리된 곡학아세적 문학이론 및 용어 사용이 여전히 소모적으로 반복되면서, 통일된 개념으로 정의되지 못하고 학자에 따라, 혹은 논의의 초점에 따라 각기 다르게 거론되는 이유는 무엇일까. 그것은 컴퓨터 매체에 의한 문학의 전환양상에 관련된 제반연구가 학문적으로 이론화 체계화의 초기에 있기 때문이며, 동시에 이러한 양상이 지속적인 연구 대상으로 학계에 수용되지 못하고 일시적인 문화 현상으로서 이해되고 있기 때문이다. 그러나 컴퓨터의 매체성에 의해 영향을 받고 있는 작금의 문학 현상은, 단순히 육필(肉筆)에서 타자(打字)로 변모했다고 보는 저작도구의 변화와 같은 기술문명의 일파로만 치부할 수 없는 복잡한 얼개가 있다.

협의로서 컴퓨터의 매체성은 손으로 '쓰는' 방식에서 타자로 '치는' 방식으로의 창작방식의 전환을 포함하면서, 광의로서 작가 1인에 의한 창작방식과 독자 1인에 의한 독서방식이라는 내적인 '수렴'에서 컴퓨터 네트워크를 통한 동시다발적인 '확산'을 포함한다. 또한 텍스트 형태로 창작하고 텍스트 형태로 독서 및 독해하던 '텍스트 위주'에서, 다양한 시청각과 나아가 촉각까지를 접목시키는 '통합 매체' 경향을 포함한다. 이처럼 컴퓨터 매체성의 다양한 파장을 모두 포함하는 개념을 구축하기란 용이하지 않다.

'통신문학'이나 '네트워크 문학'이라는 용어는 통신망을 통한 문학작품의 교류 및 유통방식에 초점을 두고 있으며, '컴퓨터 문학'이나 '전자 문학'이라는 용어는 지나치게 광의로 적용될 수 있는 개념이기 때문에 문학용어로서 학문적 논의 대상이 되기에는 부적당하다. 현재 가장 이론적으로 무장하여 활발하게 논의되고 있는 '하이퍼텍스트 문학'은 근본적으로 문학의 미래를 짊어지는 차세대 문학이라는 평가를 받고 있으나, 하이퍼텍스트가 기존 텍스트의 대안이 될 수 있을지언정 기존 문학을 대체할 수는 없다. 하이퍼텍스트는 분명 위력적인 진파와 잠재성을 가지고 있으나, 이러한 잠재성은 전의(轉意)하면 잠정적으로 텍스트의 기술적 진보를 의미하는 것이며, 그것 자체만으로는 기존 문학의 패러다임 전환에 직결되는 것은 아니다.

같은 이유에서 기존 광범위한 인지도를 얻고 있는 '사이버문학'이라는 용어를 배제하고자 한다. 사이버문학은 '구술문학'이나 '기록문학', '고전문학'이나 '현대문학'과 같은 상위개념에 대해, 즉 유구한 시공의 검증을 받은 공고한 위상에 대해 함량미달의 전복적 파장을 형성할 수 있을 뿐만 아니라, 제대로 자리 매김을 하기 위해 사회적 지표가 아닌, 문학적 좌표하에서의 본질적인 변수들을 해결해야만 하기 때문이다. 사실 컴퓨터를 이용한 새로운 문학 형태는 굳이 컴퓨터, TV, 모바일, 통신 공간 혹은 인터넷이라는 특정한 공간의 명칭을 접두사로 사용할 필요가 없다.

이처럼 컴퓨터 매개 문학이 온전히 설정되기 위해서는 컴퓨터를 매개로 하여 구축되는 독자적인 영역이 요구된다. 이러한 '컴퓨터 네트워크를 통해 구축되는 제3의 공간'을 지칭하는 개념과 번역은 다양하다. 사이버스페이스(cyber space), 가상세계(virtual worlds), 가상공간(virtual space), 가상환경(virtual environment), 합성환경(synthetic environment), 인공환경(artificial environment), 인공현실(artificial reality) 등과 동의로 사용되면서 다양한 번역어를 양산하는 주요 개념 중 하나가 되었다. 이들 용어들이 표방하는 공통점은, 현실 공간에 대해 '가상성(virtuality)[31]의 지배를 받는 공간'을 칭하고자 한다는 점이다.

그러나 '가상'은 다양한 분야에서 오랫동안 나름의 의미역을 가지고 존재해 왔으며, 각 분야에서의 개념 또한 지나치게 공고하다. 또한 우리가 표기하고자 하는 이 제3의 공간은, 기존의 현실

---

31) 가상(假想)은 현실과 일정한 관련을 맺는다는 점에서 환상(幻想)이나 환각(幻覺)과는 변별되고, 현실과 일정한 거리를 둔다는 점에서 현상(現象)과도 구별되는, 모호한 경계의 개념이다. 무엇을 가상으로 보는가는 그것에 대립되는 현실적인 것으로서 무엇을 상정하느냐에 따라 여러 종류의 가상이 성립될 수 있는데, 지적 현실에 대한 '심적 가상(心的假想)', 일상적 현실에 대한 '미적 가상(美的假想)', 논리적 규범에 대한 '논리적 가상(論理的假想)', 이성의 한계에 대한 '초월론적 가상(超越論的假想)'이 있다.

세계와 전통적 연구 대상과는 다른 영역이며, 아직 개발가능성이 무궁한 미개지 혹은 신천지와 같다. 따라서 컴퓨터를 매개로 구축되는 이 제3의 공간에 적확한 용어를, 이미 타 영역에서 독자적인 의미부여가 이루어진 가상이라는 개념어에 기대어 통일할 수 있는 근거는 현시점에서 희박하다.

차선책으로 기존의 외국학자들에 의해 사용되어 꾸준한 공증 절차를 거치고 있는 '사이버(cyber)'라는 접두어에 주목해 보면, 어원적으로 미지의 땅, 즉 인간의 발길이 닿지 않는 무인도를 의미한다. 여기서 점차 발전하여 '동물 및 전기적으로 조작되는 자동기계에 있어서의 제어와 전달의 이론 및 기술을 비교 연구'하는 인공두뇌학(Cybernetics)에서 적극적으로 활용되고, 이후 사이버가 접두어로서 인정을 받으며 급속도로 전파된다. 물론 인문학적 공신력을 획득하게 된 결정적 계기는 1984년 윌리암 깁슨(William Gibson)이 자신의 소설 ≪Newromancer≫32)에서 '사이버스페이스(cyber – space)'라는 용어를 사용하면서부터이다. 깁슨은 소설 속에

---

32) 윌리암 깁슨이 자신의 소설에서 묘사하는 사이버스페이스는 다국적 기업의 데이터를 3차원의 비디오 게임으로 나타나게 한 것인데, 등장인물들은 직접적으로 뇌파가 연결될 수 있도록 머리에 전극을 꽂고, 전극에 연결된 컴퓨터 단말기를 통해 시스템 속으로 들어가게 된다. 결국 등장인물의 두뇌(정신)와 육신은 분리되어 각기 활동하면서, 두뇌는 컴퓨터시스템 속의 매트릭스(matrix) 안을 돌아다니고, 육체는 현실 속에서 계기판을 두드려 좌표를 입력한다. 이처럼 육체로부터 분리된 두뇌가 돌아다니는 컴퓨터 매트릭스 안의 공간이 바로 '사이버스페이스'이다. 소설 속의 등장인물은 매트릭스 속에서 오히려 자유를 만끽하고, 현실 속의 육체는 컴퓨터 매트릭스의 수동적인 구성 재료처럼 느끼게 된다. 이 소설은 사이버스페이스에서 펼쳐지는 남녀 간의 애틋한 사랑을 다루고 있다. 남자는 여자를 만나 사랑하게 되지만, 결국에는 여자를 잃고 모든 것을 상실한 채, 사이버스페이스에 홀로 남는다는 줄거리를 갖고 있다.

서 사이버스페이스를 "상호 연결된 다양한 가상현실을 구축할 수 있는 광범위한 네트워크"로 규정하고 있으며, 이는 우리가 정의내리고자 하는 '컴퓨터 네트워크에 의해 구축되는 제3의 공간'과 일맥상통한다.

그러나 사이버는 깁슨의 조어로서 작품 속에서 그가 부여한 의미역을 그대로 수용하는 경우에만 온전히 자리 매김할 수 있다. 따라서 타당한 학문적 어원상의 검토를 통해 학문적 용어로 정착하기에는 무리수가 따른다. 아직까지 사이버라는 접두어를 번역할 적확한 언어를 마련하지 못하고 있으며, 적절한 언어가 마련되지 않는 현시점에서 컴퓨터를 외래어로 수용했듯이 사이버 또한 외래어로 수용하는 것도 방법이 될 수 있으나, 다만 이러한 추세에 편승하여 사회 문화 전반에 걸쳐 앞 다투어 사이버를 접두어로 사용한 신조어를 무분별하게 양산하여 첨단의 선봉을 자처하는 곡학아세의 세태 또한 문제로 지적하지 않을 수 없다.

따라서 본 고에서는 디지털 정보화시대의 신천지로서 전통적인 가치관과 이념에 진지한 변화의 진파를 형성하는 이 공간을, 컴퓨터 매체에 의해 매개되는 가상성에 초점을 두어 '컴퓨터 매개 공간(CMS: computer mediated – space)'[33)]으로 규정한다. 컴퓨터 매개

---

33) '컴퓨터 매개 공간(Computer Mediated – Space)'이라는 용어를 지지하는 국외 학자들의 견해를 살펴보면, 우선 닐 크리스텐슨(Neil Blair Christensen)의 <*Inuit in Cyberspace: Practising and Constructing Computer – mediated Space*>에 개념이 설명되어 있다. '<u>In this computer – mediated space people are engaged in practising the utilization of space; physical and mental.</u> Space rather than spaces, even though it might disrespect the scientific notion of different philosophical, anthropological, geographical, sociological or ethnographic spaces. As argued by Lefebvre, it is time to reconcile mental and social space as they are part of the same real.(컴퓨터 매개 공

공간은 컴퓨터와 네트워크에 의해 창조되고 유지되는 신세계이며, 어떤 종류의 컴퓨터를 통해서도 접근이 가능한 국경 없는 공간이며, 누구나 컴퓨터를 통해 자신이 원하는 상황에서 자신이 원하는 것을 얻기 위해 동참할 수 있는 차별 없는 공간이며, 어디에나 있으면서 또한 아무데도 없는 가상 세계에 존재한다. 따라서 이 공간은 합의와 혁명, 규범과 실험에 의해 교대로 구축되는 공동의 지적 지리학이며, 지능이 전류를 타고 흐르는 곳은 어디에서나 데이터가 수집·저장되고, 모든 이미지나 단어, 숫자, 사건, 사고 등이 네트워크 상태에서 유기적으로 증가하는 공간이다.[34]

C. 컴퓨터 매개 출판

마샬 맥루한[35]은 활자인쇄술의 사용은 인간의 모든 감각기관들이 공감각적으로 상호작용할 수 있었던 문화를 파괴하고 시각 중심의 문화로 변모시켰으며, 이와 더불어 과거 신속하고 정확하게 텍스트들을 재생할 수 있는 활자인쇄술의 발달은 결국 통일된 동질성 혹은 획일성을 중시하게 함으로써, 일상 언어가 본래 지니고 있었던 독특성, 다양성, 이질성 등을 폄하하게 만들었다고 본다.

간에서 인간은 물심양면으로 공간활용에 개입한다.)'.(밑줄 및 번역 필자. http://home.worldonline.dk/nbc/arcus.html 참조) 리암 배넌(Liam Bannon)도 *<Privacy —related Issues in Computer —Mediated Spaces>*에서 이에 대해 학문적으로 접근하여 체계적으로 언급하고 있다.(http://www.ul.ie/~idc/library/ papersreports/LiamBannon/25/CSCW94.html 참조)

34) Michael Benedikt, "Introduction", *Cyberspace: First Steps*, The MIT Press, 1991, p.1.

35) 마샬 맥루한, 구텐베르크 은하계, 임상원 역, 커뮤니케이션북스, 2001.

이제 전자언어의 시대가 도래하면서 컴퓨터 관련 기술의 괄목할 발달에 따라 정보제공자와 정보편집자의 관계를 통해 제공된 정보를 검색하고 선택하고 편집함으로써 지식 및 정보의 저장과 공유가 가능하게 되었다. 따라서 전자미디어시대는 활자문화에 의해 상실되었던 다양성, 공감각성, 그리고 획일화되지 않은 독특한 개성들의 회복을 가능하게 할 것이라는 관점이 생기는 것이다.

> 산업화시대가 도래하기 이전에 책의 저자로 가장 인기를 끌었던 이상적 인간형은 폭넓은 교양과 종합적 사유능력을 갖춘 '교양인'이었다. 달리 말하면 문사철(文史哲: 문학·역사·철학)에 통달한 선비들이었다. (……) 그러나 디지털 정보혁명이 이뤄지면서 한 개인의 머릿속에 있는 지식의 양은 아무런 의미가 없게 되었다. 아무리 탁월한 두뇌를 가진 사람이라 할지라도 디지털 공간 속에 내재된 방대한 정보의 양과는 경쟁이 될 수 없기 때문이다. 무수한 개인은 이미 디지털 공간에 '저장'된 엄청난 정보를 제대로 '검색'하기만 하면 경쟁력을 키울 수 있게 되었다. 즉 정보를 가지의 머릿속에 '직접' 소유하지는 못했다 하더라도 필요한 정보를 잘 가려내 습득하고 이를 체계적으로 정리한 뒤 꼭 필요한 곳에 가장 적절한 시기에 제대로 활용하는 능력을 갖춰야만 하는 시대가 되었다. 좋은 정보를 감식할 수 있는 능력과 정보를 장악하고 적재적소에 분배하는 능력이야말로 21세기를 살아가는 사람에게는 최고의 덕목이 될 것이다.[36]

한 시대의 지배적인 언어 코드와 전승 방식은 당대시대와 매체, 과학기술의 발달에 따라 영향을 받기 마련이다. 컴퓨터를 필두로

---

36) 한기호, 디지털과 종이책의 행복한 만남, 창해, 2000, 56면.

하는 과학기술의 발달에 힘입은 전자언어의 시대에는 단순한 특
정한 개인 혹은 계층의 지식독점이 아닌, 지식의 정보화, 공유화
가 진행된다. 디지털 정보혁명으로 인해 더 이상 문자시대의 사유
화된 지식은 점차 시대적 가치를 상실하고 있으며, 전자시대의 공
유화된 지식 혹은 다양한 지식의 공유화 방법에 대한 연구는 종
족보존의 생물학적 욕망만큼이나 절실한 현안이 되고 있다.

ⓐ 전자언어

전자언어의 디지털적 사고가 갖는 사고의 분절과 단편성, 몰개
성화, 단기간의 기억, 성취감의 소멸 등은 근본적으로 글쓰기 자
체에서 주체를 소외시킨다. 글쓰기는 타자화되며, 전자언어 글쓰
기의 영향하에서 글쓰기의 주인으로서의 작가의 주체성은 심각한
훼손을 경험한다. 일차적으로 글을 쓰는 과정에서, 작가는 자신의
생각을 문자로 표현하면서도 다시 그것을 쉽게 수정하거나 삭제
할 수 있다. 따라서 작가는 그것이 공간적으로 가변적이며 시간적
으로 동시적이란 의미에서 정신의 내용이나 구어와 아주 유사한
재현물과 마주치게 된다. 작가와 글, 주체와 객체는 서로 근접하
여 동일하게 되는데, 객체인 화면과 주체인 글쓰기는 단일의 가변
적인 모사물로 합체되면서 작가의 정체성마저 위태롭게 된다.[37]

이차적으로 글을 읽는 과정에서는, 독자가 자유분방하게 텍스
트에 접근할 수 있음으로 해서, 텍스트의 가역성을 작가의 의도와
는 무관하게 확인시켜 주게 되고, 텍스트의 생산자라는 작가의 권
위는 독자에 의해 심각한 도전을 받게 된다. 예를 들어, 작가가

---

37) 마크 포스터, 뉴미디어의 철학, 김성기 역, 민음사, 1994, 210−211면.

전자언어로 창작한 작품을 독자가 자신의 컴퓨터에 저장해 두고, 전자언어를 사용하여 스토리나 플롯을 자의적으로 변경할 수도 있다고 할 때, 작가와 독자의 구별은 더 이상 유효하지 않을 뿐만 아니라, 원저자와 원작의 권리는 찾을 길이 막막해지고, 작가의 정체성까지 위협받게 된다. 마이클 하임(Michael Heim)은 전자언어로 이루어진 디지털 텍스트가 책의 틀을 대신함으로써 야기되는 탈주체성을 다음과 같이 설명하고 있다.

> 그것은 다루기 어려운 물질에 대한 장인의 주의를 자동화된 조작으로 대치하며, 사적인 표현보다는 알고리즘적 절차라는 보다 더 일반적인 논리 쪽으로 주의를 돌리며, 관조적인 관념의 확고한 공식화를 여러 가지 다양하고 역동적인 가능성들로 바꾸며, 내성적인 읽기와 쓰기를 통해 향유하던 사적인 고독을 공적인 네트워크로 바꾸는데, 이 공적인 연계망에서는 원저자에게 필요했던 사적인 상징적 틀이 인간적 표현의 전체적인 텍스트성과 연결되어 그 정체성을 위협받는다.[38]

글쓰기의 타자화와 작가의 주체성 훼손은 문학적 상상력에 있어서 작가 고유의 독창적인 상상력 대신에 기왕의 상상력에 의존하여 주어진 정보를 문맥에 맞게 재배치하거나 익숙한 상상력을 차용하는 등 상상력의 비주체성을 자연스럽게 발현시킨다. 상상력의 기시감은 두 가지 경우에 나타나는데, 하나는 실제로 작가가 기왕의 상상력을 차용해 온 경우이며, 다른 하나는 글쓰기의 타자화와 작가의 주체성 훼손이 독자에게 뚜렷이 인지되어 실제로 전

---

38) Michael Heim, *"Electric Language: A Philosophical Study of Word Processing"*, New Haven, Yale University Press, 1987, p.191.

에 읽어 본 적이 없음에도 불구하고 읽었던 것처럼 인식되는 경우이다. 두 경우 모두 상상력의 비주체성을 보여주는 것으로 컴퓨터 매개 저작도구를 사용하여 창작 작업을 하는 작가들의 상상력이 타자화되는 과정을 잘 드러내 준다.

따라서 전자언어 글쓰기는 글 쓰는 주체를 새롭게 구성한다고 할 수 있다. 주체는 분산과 복수화, 탈중심화를 통한 경계 지대에서 새로운 글쓰기를 체험한다. 주체는 무수히 분산된 복수 자아들과 타자들, 그리고 컴퓨터라는 '큰 타자'와 상호작용 혹은 경쟁하면서 메시지들을 생산해 낸다. 결국 글쓰기의 타자화와 작가의 주체성 훼손은 주체의 소멸이라는 부정적인 측면이 아니라, 오히려 역동적인 복수 주체의 다성적인 글쓰기라는 긍정적인 측면으로 이해되어야 하며, 비주체적인 상상력 또한 컴퓨터라는 매체 자체가 갖는 비주체성과 밀접한 연관을 맺고 있는 것이다. 컴퓨터는 그 스스로 사고할 수 없으며, 정보화 사회 인간은 컴퓨터 없이 일상을 영위할 수 없다. 결국 워드프로세서라는 저작 도구를 통한 창작 작업은 필연적으로 컴퓨터라는 '타자'와 작가라는 '타자' 사이에서, 상상력의 비주체성을 동반할 수밖에 없는 것이다.[39)]

> 언어는 경험을 저장할 뿐만 아니라 한 형태에서 다른 형태로 번역한다는 의미에서 은유이다. (……) 특별한 기술적인 도구에 대해 우리가 지불하는 대가는, 이들 '감각의 거대한 확장'이 폐쇄적 체계를 만든다는 사실이다. 사적인 한 개인으로서 우리의 감각은 폐쇄적이지 않으며, 그들은 우리가 공유

---

39) 우찬제, "정보화시대의 문학", 정보예술의 미래, 한국정보문화센터, 1995, 57면.

의식(consciousness)이라고 부르는 경험 속에서 이 감각 내용을 저감각 내용으로 끝없이 서로 번역한다. (……) 구형의 지각과 판단 형식에, 새로운 전자시대의 형식들이 완전히 스며들었을 때 나타날 메커니즘과 문자성의 새로운 배열(configuration)의 모습은 어떻게 될 것인가? 사건에 대한 새로운 전자적 은하계가 이미 구텐베르크 은하계 속으로 깊이 이동해 들어와 있다. 아무런 충돌이 없다 하더라도 기술과 인지의 공존은 살아 있는 모든 사람들의 마음에 상처와 긴장을 안겨 준다.[40]

활판인쇄술을 토대로 하는 문자적 은하계와 컴퓨터 매개기술을 토대로 하는 전자적 은하계는 현재 첨예하게 교직되고 있으며, 이것은 어느 일방의 승패가 아닌, 차라리 정반합의 원리에 가깝다. 그 과정에서 앓게 되는 문학을 포함한 인문과학과 사회과학 전반의 크고 작은 소요들은 일종의 성장통이다. 전자적 은하계에서의 독서는 선형성의 텍스트에서 벗어나 비선형의 하이퍼텍스트로 전환되며, 독자가 선택하는 지점이 독서의 시작이며, 독서의 끝은 존재하지 않는다. 물론 작가에 의해 기획된 스토리는 있으나, 독자에 의해 선택 및 전개되는 스토리는 독자적이며 개체적이다.

전자언어와 이를 통한 디지털 사고방식으로 인해 결과적으로 문학은 작가와 독자를 구분할 수 없고, 원본과 사본을 구분할 수 없는 혼돈을 경험하게 된다. 하늘과 땅이 아직 나누어지지 않은 혼돈의 상황에서는 사물이나 사건의 사리분별이 확실하지 않아서

---

40) 마샬 맥루한, 구텐베르크 은하계, 임상원 역, 커뮤니케이션북스, 2001, 21면 – 528면.

갈피를 잡을 수 없다. 이러한 막막함과 두려움은 이성에 대한 확신으로 오만해질 대로 오만해진 인간의 유한성에 일침을 가하는 각성제와도 같다. 그러나 자음과 모음, 음절과 단어, 지식과 정보, 작가와 독자가 두서없이 난무하는 혼돈은 만물이 정체된 '죽음'의 한 형태라기보다는, 오히려 정돈할 수 없을 만큼 살아 움직이는 본연 그대로 날것인 '삶'에 가깝다.

중국의 기서(奇書) ≪산해경(山海經)≫[41] <서차삼경(西次三經)>에 등장하는 제강(帝江)은 혼돈의 신으로, 형상만 보면 붉은 푸대자루를 닮았으며 다리가 여섯, 날개가 넷이며, 이목구비가 없기 때문에 얼굴을 찾을 수 없다. 외관상 전후좌우를 구분할 수 없으니 이것이 바로 혼돈의 본질이다. 혼돈의 제강은 남해의 숙(儵)과 북해의 홀(忽)과 친분이 두터워 그들을 언제나 극진하게 대접했는데, 이에 감복한 숙과 홀은 감사의 표시로 제강에게 얼굴을 만들어 주기로 결정을 내린다. 그날 이후, 매일 숙과 홀은 제강의 얼굴에 이목구비(耳目口鼻)를 차례로 뚫어준다. 그러나 7일째 되던 날, 일곱 개의 구멍이 모두 완성되자 제강은 그만 죽고 만다.

---

41) 중국 최고(最古)의 지리서로 작가는 하(夏)나라 우왕(禹王) 혹은 백익(伯益)이라고도 한다. <오장산경(五藏山經)>에서는 천하의 명산을 산맥을 따라 기술하고 실측·동물·괴물 등을 적었으며 보옥·동철(銅鐵)·약초 등의 산물이 기술되어 있으므로 전국시대에서 진(秦)시대에 걸쳐 성행하였던 방사(方士)의 연단술(鍊丹術)과의 관련을 생각할 수 있다. <해외경(海外經)> 등에는 먼 나라의 주민과 그에 관한 신화·전설을 실었다. 특히 보도 듣고 못한 희귀한 신(神)과 동물, 괴물이 등장하는데 그 종류는 이루 헤아릴 수 없을 정도로 많다. 이 책은 고대 중국의 자연관을 아는 데 귀중하며 신화의 기재(記載)가 비교적 적은 중국 고전 중 예외적 존재로서도 중시되며, 설화적 지식은 그 존재 자체만으로도 무한의 의미가 있음을 보여준다.

무위적인 혼돈을 인위적으로 정돈하려는 의지는 결국 제강을 죽음으로 이끈다. 비록 정돈은 혼돈의 죽음이지만, 제강의 죽음으로 인해 세상은 카오스에서 코스모스로 개화된다. 인간은 궁극적으로 혼돈을 정돈하려는 의지를 가지며, 이러한 의지는 인간을 진화로 이끄는 긍정적인 에너지로 작용한다. 이제 디지털시대와 전자시대가 도래하면서 정돈을 다시 혼돈으로 만드는 리트로에너지(retro-energy)가 작용하려 한다. 이것은 일종의 순환이며 윤회에 가깝기 때문에, 인간의 정신사에는 큰 혼란을 가져올 수 있으나, 한편으로는 가장 자연스러운 만유의 상태가 아닐 수 없다.

따라서 디지털시대의 작가는 과학의 발달과 문명의 이기라는 유혹의 선악과로 인해, 형이상학적 철학을 내포한 정통문학의 낙원에서 추방당한 아담이 아니라, 오히려 디지털시대의 작가는 경쟁에서 살아남기 위해 형을 죽인 패륜을 저지르고 저주의 낙인을 이마에 새긴 채 신천지를 찾아 방랑하는 카인에 가깝다. 비록 정통의 잣대로는 영원한 변절자이지만, 정통을 고수하고 일말의 회의조차 없이 정해진 계보를 따르던 아벨의 무기력함에 비해 카인의 변절은 상징적이다. 작가의 역할은 동서고금을 막론하고 자신이 속한 시공에 대한 반영과 반성이다. 그렇다면 디지털시대를 살아가는 작가의 역할은 명약관화하다. 바로 디지털로 코드화된 이 시대에 대한 적극적인 반영과 치열한 반성이어야 할 것이다.

ⓑ 전자책

컴퓨터와 커뮤니케이션 기술의 결합으로 기존의 가치 체계를 토대로 하여 정보라는 새로운 가치를 창출하는 정보화 사회에서는,

정보를 축적·가공하여 전달하는 일이 사회활동에서 매우 중요한 위치를 차지하게 된다. 정보화 사회의 이러한 역할은 대체로 컴퓨터를 매개로 하는 새로운 축적 및 전달 매체에 의해 수행되고 있다. 기존 아날로그시대의 출판환경과 관행으로 컴퓨터 기술의 발전과 이를 적용한 디지털화된 출판물의 수요와 환경변화에 적절하게 대응할 수 없다. 이에 따라 현재 출판 분야의 화두는 디지털출판 개념을 적극적으로 반영한 형태의 컴퓨터를 이용한 출판행위, 즉 '컴퓨터 매개 출판(Computer-Mediated Publication)'이다.

그러나 현재 디지털출판 분야는 개념의 정립이나 현황의 분석·파악, 발전 방향의 수립 등에서 여전히 미진한 실정이다.[42] 일반적으로 출판물은 인쇄형태에 따라 나무펄프나 화학펄프로 만든 종이에 인쇄한 종이출판물, CD-ROM이나 DVD에 저장하여 상품으로 출판하는 디스크출판물,[43] 국내통신망 전자게시판(BBS: Bulletin Board System)이나 국제통신망 인터넷(WWW)에 업로드 방식으로 출시되는 화면출판물로 구분된다.[44]

전자출판물은 광의로 볼 때, 모든 전자적 매체를 통한 출판형식으로서 오프라인 형태의 CD-ROM 등과 온라인 형태의 인터넷과 PC통신을 이용한 출판을 포괄하는 개념[45]으로 볼 수 있으며, 협의

---

42) 이용준, "온라인 출판과 정보 서비스업으로서의 출판산업", 출판연구 9호, 한국출판연구소, 1997, 50면.

43) CD-ROM 출판의 경우, 외형적으로는 타이틀 제작의 양에 있어서 높은 성장률을 보이고 있으나, 과잉공급과 수요둔화로 인해 판매가격이 하락하고, 자금압박으로 개발업체의 투매(投賣)가 급증하는 등 유통구조상 많은 문제점을 안고 있다.

44) 노병성, "한국 전자출판산업의 현황과 영향에 관한 연구", 출판학연구, 1997, 308면.

로는 인터넷 표준언어 HTML과 차세대 표준언어 XML(eXtensible Markup Language)[46]을 응용하여 디지털 파일로 제작하여, 인터넷에서 전자책판독기(E-Book Reader)를 사용하여 읽거나, PC·PDA 등에 다운로드 받아 읽을 수 있도록 한 새로운 개념의 출판물이다.

[표 1] 국내외 전자책의 현황

구분		특성
미국	eBookMan	멀티미디어리더. 콘텐츠플레이어. 흑백. 200X240.
	Rocket EB	흑백 / 칼라. 105dpi. 4.5X3". 1.25파운드. 버튼 / 터치스크린.
	SoftBook	흑백 / 칼라. 72dpi. 8X6". 2.9파운드. 버튼 / 터치스크린.
	EB Dedicated Reader	투톤칼라스크린. 450dpi. 13" LCD. 3.7파운드. 투페이지 방식의 터치스크린. 다양한 윈도우환경 지원.
	MS Reader	윈도우 전용 뷰어
영국	GoReader	칼라. 9.5X12.6". 5파운드. 교재 활용 중심.
프랑스	Cybook	칼라. 10" LCD.
일본	DB-P1(NEC)	흑백 / 칼라. 5.6" 액정화면. 130X30X169mm. 본체340g.
한국	Hi 이북리더	흑백. LCD. 터치스크린. 480X320. 페이지 버튼.
	이젝스	서브노트북 사이즈. 1kg.
	파피루스	무선인터넷＋휴대폰＋PDA＋MP3 복합기. PDF뷰어. 5.6"
	이키온	Linuxrl반. 6" LCD. 640X480. 내장스피커. 3cm 두께.

45) 신용언, "E-Book 현황 및 정책적 대응방안", International E-Book Forum, dicobiz 7th, 2000. 7. 14., p.85.

46) XML은 1996년 W3C에서 제안한 것으로서, 웹에서 구조화된 문서를 전송 가능하도록 설계된 표준화된 텍스트 형식이다. 이는 기존의 HTML의 한계를 극복하고, SGML의 복잡함을 해결하는 방안으로써 HTML에 사용자가 새로운 태그를 정의할 수 있는 기능을 추가했으며, 인터넷상뿐만 아니라 전자 출판, 의학, 경영, 법률, 판매자동화, 전자도서관, 전자상거래 등 광범위하게 이용될 전망이다.

특히 가장 잘 알려진 전자출판물인 전자책은 이북(E-Book), 디지털북(Digital Book), 온라인북(Online Book), 파일북(File Book) 등 다양한 이름으로 불리며 서비스되고 있다. 호칭은 다르지만, 지칭하는 바는 동일한데, 주로 전용 뷰어(Viewer)를 통해 읽을 수 있도록 제작된 문서가 전자책으로 불린다. 국내의 경우는 전자적 읽기장치로서의 전자책이 아직 개발 및 보급단계로서 전자책이 활성화되기까지는 어느 정도 국가적 차원의 장기적인 개발계획과 홍보기획이 필요하다.47)

전자책과 전자출판물은 출판환경의 급격한 변화 속에서 살아남기 위한 출판계의 자구책으로서, 전자책 출판에 따른 하드웨어, 소프트웨어 개발, 마케팅, 유통 등에 앞 다투어 동참했다. 전자출판 포털사이트들은 각종 행사를 기획하면서 전자책의 시대를 환영한 반면, 기존 문단과 문인들은 종이책의 죽음과 인문학의 죽음을 방정스럽게 속단하며 급기야 자숙이 아닌 자폐에 이르렀다. 당시 인터넷서점으로 전자책 상품화에 앞장선 북스포유(Books4U)는 신경숙, 하재봉 등 문단 문인의 작품들을 서비스했으며, 국내 최초의 전자책 전문서점을 표방한 바로북(BaroBook)으로 전자책의 대중화와 국내외 전자책 서비스를 선도한다고 홍보하며 관심을 끌었다.

전자책 전문사이트 웹폭스(WebFox)도 이순원, 구효서, 박상우, 윤대녕, 전경린, 하성란 등 기성문인의 작품을 전자책으로 출판하고자 시도했으며, 에버북(EverBook)은 민음사·중앙M&B·까치·청림출판·한국프뢰벨 등 5개 출판사와 해외 도서 저작권 중개회

---

47) 서보윤, "하이퍼미디어로서의 전자책", 출판@디지털커뮤니케이션, 이진, 2001, 215-216면.

사인 에릭양 에이전시·클래식음악 MP3 서비스업체 미디어스태이션의 컨소시엄으로 화려하게 전자책서비스를 시작했다. 골드북(GoldBook)은 한국대표문학선과 이인화의 소설을 전자책으로 선보였으며, 와이즈북(WiseBook)은 이레출판사·문학과지성사 등 35개 출판사와 제휴를 맺고 전자책을 출판했으며, 북토피아(Booktopia)는 한길사·현암사·김영사·사계절·들녘 등 100여 출판사의 공동출자로 설립되어 신경숙, 황석영 등의 전자책을 서비스했다.

그렇다면 이제 당시 전자출판 시장에 대한 산업적 이해와 실수요가 확보되지 않은 상태에서 의욕적으로 출발했던 전자책 산업의 허와 실을 점검해 볼 필요가 있다. 전자책 상품화에 앞장섰던 북스포유는 인터넷서점 알라딘(Aladdin)과 웹사이트 운영대행에 관한 계약을 하고 통합되었으며, 전자책 전문서점을 표방한 바로북은 무협과 추리 장르에 국한하여 전자책을 판매하고 있으며, 웹폭스는 이우혁의 《퇴마록》 등을 전자책으로 만들어 서비스했지만, 인식부족으로 전자책 사업을 접고 회사명을 예스24(Yes24)로 바꾸고 본격적인 인터넷 서점으로 개편하였다. 골드북은 오프라인 서점의 보조로 구조조정을 했으며, 와이즈북은 북토피아와 통합되었다. 대부분이 전자책 출판업체들은 구조조정을 통해 아예 사업을 접거나, 규모를 축소하여 업종을 전환하거나, 기존 인터넷 서점에 통합되는 형태로 겨우 명맥을 유지하고 있는 형편이다.

그럼에도 불구하고 전자책의 장점 기존의 종이책이 물리적인 측면 때문에 본질적으로 가질 수밖에 없었던 많은 단점들을 가볍게 극복할 수 있다. 정보의 전달과 보존이라는 책의 핵심적인 역할만을 놓고 볼 때 전자책은 기존의 책에 비해 전혀 손색이 없거나 오히려 더 나은 특징을 가지고 있다. 전자책을 담을 수 있도록 고안된 메모리칩이나 디스크 등은 기존의 종이보다 적게는 수십 배 혹은 거의 영구적으로 보관이 가능하며, 그 크기에서 볼 때 수백만 혹은 수억 배 작게 만들 수 있다는 엄청난 장점을 가지고 있다.

또한 전자책은 편집에 소요되는 시간을 단축할 수 있으며, 현재의 인터넷 속도를 감안한다면 소설 한 권을 전송하는데 불과 몇 분이 소요될 뿐이므로 유통이나 물류라는 문제가 발생하지 않는다. 종이책의 경우 한 권을 만들어낼 때마다 비용이 드는 반면 복사와 재생에 있어서 아무런 질적인 손실이 없는 전자책은 사실상 적은 비용을 들여 무한대로 생산·유통할 수 있다는 엄청난 장점을 가지고 있다. 즉 제작비와 유통비를 절감할 수 있고, 재고 부담이 적으며, 상호작용적인 화면구성으로 영상세대 독자들에게 친근할 뿐 아니라, 관련 내용의 업데이트도 용이하고, 품절이나 품귀 현상으로부터 자유로울 수 있다는 점은 전자책의 장점이다.

그러나 전자출판이 활성화되기 위해선 저작권과 표준화에 관한 문제가 남아 있다. 무한복제가 가능한 전자책의 장점은 저작권료의 측면에서는 전혀 장점으로 작용하지 못한다. 최근 디지털 기술의 발전으로 이 저작권료 문제는 많은 부분이 해소되고 있는 과정에 있지만, 대부분의 저작권자들은 이를 전적으로 신뢰하지 못하고 있는 것도 사실이다. 이와 연장선상에서 기존의 책에는 표준화가 큰 문제로 대두되지 않았다. 종이에 인쇄된 문자나 도형을 읽기 위해 필요한 것은 책을 펴고 들여다보는 것뿐이었다. 그러나 전자책은 일단 정보처리장치를 동작시켜야 한다는 사전준비가 필요하다. 즉 전자책이 일반 독자에게 보급되기 위해서는 전자책을

처리할 처리장치가 구비되어 있어야 하며 그 조작방법에 익숙해
야 하며, 익숙해지기 위해서는 조작방법 혹은 처리방식이 표준화
되어 있어야 한다.[48]

무엇보다도 전자책은 기존 종이책과는 다른 단말기를 활용한
방법은 게임이나 플래시 같은 영상적·오락적 측면으로 먼저 인
지되기 때문에 문학작품의 감상을 위한 최적의 환경을 제공하지
못하는 단점이 있다. 영화를 감상하는 마음가짐으로 독서를 한다
는 것은 책에 대한 근본적인 인식의 변화를 가져오는 문제인 만
큼 보다 조심스러운 접근이 필요하다. 그리고 전자책의 출판경향
을 보면, 순수문학보다는 추리나 무협, 판타지 장르 등 장르의 편
중화가 심하기 때문에, 전자책의 활성화가 오히려 문학, 나아가
인문학 분야 출판계의 사양세를 부추길 우려가 있다.

ⓒ 전자도서관

이러한 원천적인 정보자원으로서 책의 형태 및 유통의 진화, 그
리고 본격적인 전자적 대안 매체의 대두는, 책을 통한 지식과 정
보의 보고(寶庫) 혹은 교량의 역할을 담당해 온 도서관의 개념에도
영향을 미친다. 도서관이나 정보센터에서의 컴퓨터 매체 활용은
도서관의 개념을 새로이 정립하지 않을 수 없게 하였으며, 이러한
환경의 변화는 결국 전자도서관이라는 새로운 시도를 가능하게
하였다. 전자도서관은 디지털 도서관(digital library), 가상도서관
(virtual library), E-도서관(electronic library), 멀티미디어 도서관

---

48) 박지수, "디지털시대의 책-종이책에서 전자책으로", 디지털문화와 독
    서교육의 과제, 교육마당21, 2000. 10.(http://www.madang21.or.kr/edu/0010
    /44/44.html 참조.)

(multimedia library) 등과 동의어로 사용되고 있으며, 단순한 정보운영 도구로써 디지털화된 장서만을 의미하는 것이 아니라, 자료·정보·지식에 대한 생성·사용·보존의 전 사이클을 지원하는 장서, 서비스 그리고 사람을 포함하는 환경을 통칭하는 개념이다.

미국의 연구도서관협회(Association of Research Libraries)가 채택한 전자도서관의 특성[49]을 보면, 첫째, 전 세계에 분산된 디지털 형태의 정보자원·정보원 등 복수의 실체들로 구성된다. 둘째, 텍스트를 비롯하여 이미지, 소리, 동영상 등과 같은 멀티미디어 형태의 객체를 효율적으로 처리할 수 있는 기술이 필요하다. 셋째, 편리한 인터페이스를 통해 쉽게 접속하고 활용할 수 있다. 넷째, 전 세계에 분산되어 있는 다양한 형태의 디지털 객체들을 이용자의 검색 단말기에서 손쉽게 검색할 수 있다. 다섯째, 전문(full text) 데이터베이스를 기본으로, 모든 형태의 정보를 디지털화하여 처리함으로써 정보의 형태에 따른 이용상의 제약을 근본적으로 극복할 수 있다.

미국이나 일본에서는 이미 전자도서관 시스템을 구성하고 있으며, 정보산업의 중점 사업으로 연구, 개발 중에 있다. 다우린(K. E. Dowlin)[50]은 이에 대해 앞으로의 도서관은 전자화상 중심의 네오그래픽시대(Neo-graphic Age), 원격지와 문헌정보의 상호 이용을 즉석에서 가능하도록 하는 '서지적 이상향(Bibliotopia)', 그리고 세계적 상호 이용 시스템(Global Village Library)[51]으로 진화한다

---

49) 정영미·안현수, 전자도서관 구축론, 구미무역출판부, 1998, 126-33면.
50) K. E. Dowlin, *The Electronic Library: The Promise and Process*, Neal-Schuman, 1984.
51) 박준식·김정현, 뉴미디어와 도서관, 계명대학교 출판부, 3-4면, 1992.

고 예견한다.

이처럼 출판문화도 패러다임의 전환기를 맞고 있다. 특히 매체에 대한 출판적인 이해와 다양한 매질 연구 등을 통해 기존 인쇄출판물 형태에서 벗어나 영상과의 결합, 전자출판물의 시도 등 변신을 도모하고 있다. 더불어 유통구조의 혁신을 가져오면서 제작비와 유지비를 절감하고, 재고로 인한 부담을 해소하는 등 순기능을 담당하고 있다. 또한 이러한 출판 환경의 변화는 단순한 정보 운영 도구로써 디지털화된 장서를 수록하는 기존 도서관의 확장 형태에서 보다 구체적으로 자료·정보·지식에 대한 생성·사용·보존의 전 사이클을 지원하는 장서, 서비스 그리고 사람을 포함하는 전자도서관을 구축하기에 이르렀다.

STEP 2

컴퓨터 매개 문학

컴퓨터 매개 문학은 독자와 작가의 원활한 상호 소통을 가능하게 한다. 그로 인해 작가의 독립적 주체성이 해체되면서 작가와 독자의 소통구조는 작가의 일방적 커뮤니케이션에서 벗어나, 작가와 독자의 상호작용과 작품에 대한 독자의 적극적 개입을 통한 능동적 독자(positive reader) 개념을 형성하게 된다. 능동적 독자는 작가의 글에 대한 비판적 읽기가 가능한 전통적인 독자집단을 포함하면서, 여기서 진일보하여 편집을 통해 적극적으로 창작에 개입함으로써 작가의 권위에 도전하는 집단까지를 포함한다.

정신문화와 기술문명의 관계를 보면, 둘 중 어느 하나의 독점적 우위는 근시적 판단이었을 뿐, 때로는 상보적으로, 때로는 상충적으로 내밀하게 관계하면서 유기적으로 세상을 발전 혹은 변화시켰다. 음성과 기억에 의존하는 구술문화의 시대, 문자기록과 인쇄 및 소장에 의존하는 문자문화의 시대를 거쳐 이제 컴퓨터 매개 전자언어에 의한 전자문화시대에 직면하고 있다. 그동안 문학의 주체와 객체, 작가와 독자의 관계는 외적으로는 미미하지만,

내적으로는 충격에 가까운 변화를 겪어 왔다. 기존 정통적인 관점에서부터 디지털시대 진화하는 독자의 관계까지 작가, 독자, 작품의 삼각관계를 도표화하면 다음과 같다.

[표 2] 구술문화시대

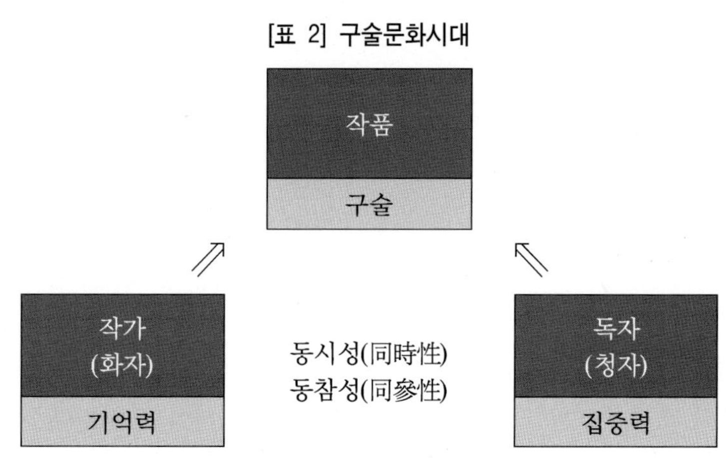

상기 도표를 통해 알 수 있듯이, 구술문화시대에는 독자(청자)와 작가(화자)의 관계가 형성되기 위해서 일정한 환경적 조건이 충족되어야 한다. 제 아무리 오랜 경험을 통해 많은 콘텐츠와 숙련된 표현능력을 가지고 있는 작가(화자)라 할지라도, 독자(청자)와 동일한 장소와 동일한 시간대에 공존하지 못할 경우 창작행위(발화행위)는 본질적으로 불가능하다. 일단 작가와 독자가 함께 공존하는 '공동의 장(場)'이 형성되어 일정한 동시성이 가능해지고 나서야 비로소 작가(화자)의 발화행위가 가능해지고, 독자(청자)는 작가(화자)의 발화 내용을 일방적으로 전달받게 되는데, 그 시대의 '좋은 독자(청자)'는 제대로 듣기(읽기) 위한 고도의 집중력이 필요하다.

　물론 전달형태로 보면 작가(화자)에 의한 일방적 형태이지만, 실상 동시적이기 때문에 독자(청자)의 반응이 매우 주효하게 작용한다. 작가(화자)는 독자(청자)의 반응을 살피면서 상황에 따라 임기응변하는 경우가 많고, 이러한 즉흥성과 상호작용성은 구술문화의 중요한 특징이 된다. 또한 작품은 일회적이며, 소유하거나 저장할 수 없다. 그렇다고 하더라도 구술문학의 주체적 우위는 작가(화자)에 있다. 반복을 통한 훈련과 경험을 통한 습관화, 탁월한 기억력을 소유한 작가(화자)는 구술문화시대의 주역이다.

　문자문화시대는 필사(筆寫)의 시대와 활자(活字)의 시대로 크게 이분할 수가 있다. 필사의 시대는 문자를 사용하고 기록할 수 있다는 것 자체가 신분과 직결되는 판단기준이었으며, 따라서 문자는 지배계급의 고유한 영역 혹은 도구라고 해도 과언이 아니었다. 우선 작가는 집필을 위해 고가(高價)의 종이와 펜, 잉크를 '소유'해야 했고, 집필 내용에 있어서도 구술문화에서처럼 단순한 일회성이 아닌, 기록 형태로 반영구적 '소유' 혹은 '보관'이 가능하기 때문에 고도의 전문성이 요구되었다. 이렇게 심혈을 기울여 필사된 '책'은 최고의 소장가치를 가진 일종의 지적 재산이었으므로, 작품을 '구입'하여 '소유'하는 독자도 상응하는 자본력을 갖춘 계층일 수밖에 없었다.

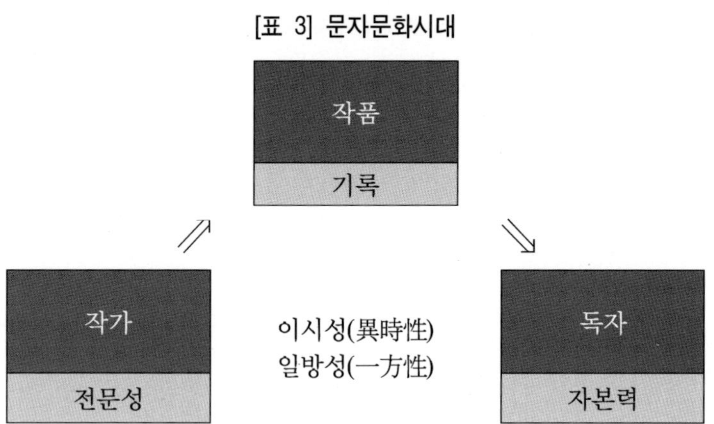

[표 3] 문자문화시대

　　상기 도표를 통해 알 수 있듯이, 책의 형태로서 지식이 특수한 계층에 의해 독점되던 필사의 시대 이후, 인쇄술이 발달하면서 활자의 시대가 도래하게 된다. 인쇄술의 발달은 책의 대량보급을 가능하게 함으로써 작품의 '소유'를 통한 계층의 구분은 점차 무의미해졌다. 문자문화의 시대에는 일단 출판된 작품은 이후 독자의 감상이나 비판이 있을지라도 교정이나 개정할 수 없었기 때문에, 작가는 독립 혹은 고립된 '자기만의 방(房)'에서 독자의 반응 따위에는 전혀 구애받지 않고 자신만의 허구를 구축할 수 있었으며, 따라서 독자는 작가에 의해 일방적으로 완결된 허구의 세계에서 불청객으로 전락한다. 문자문화시대의 주권은 여전히 작가에 있다.

　　전자문화시대는 외관상 구술문화시대와 유사한 구도를 갖는다. 물론 세부적인 내용은 구술문화시대와 변별되지만, '틀'에 있어서는 구술문화에 대한 초혼(招魂)이라 해도 과언이 아니다. 작가가 '자기만의 방(房)'에서 작품을 창작한다는 점에서는 문자문화시대와 동일하다. 다만 독자도 '자기만의 방(房)'에서 작품에 동참한다

는 점이 다를 뿐이다. 또한 작가와 독자는 각자 '자기만의 방'에
서 작품에 임하지만, 실상 누구의 소유도 아닌 '공동의 장(場)'에
작품을 업로드함으로써 결과적으로 물리적 거리감을 떠나 작가와
독자는 동시적으로 창작에 참여하는 셈이 된다.

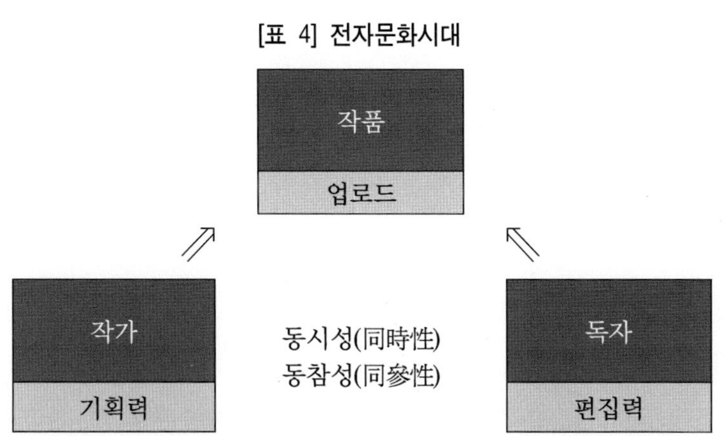

[표 4] 전자문화시대

  여기서 업로드는 한 컴퓨터 시스템에서 다른 시스템으로 파일
을 전송하는 것을 말하는데, 보통 소규모 시스템에서 대규모의 시
스템으로 파일을 이동하는 작업을 말한다. 따라서 독자는 작가가
업로드한 파일을 다운로드하여 읽고, 재편집하거나 공격적으로 비
평하여 다시 업로드하는 방식으로 창작에 개입하게 된다. 그러면
다시 작가는 독자가 업로드한 파일을 다운로드하여 읽고, 독자의
의견을 수렴하거나 적극적으로 방어하는 방식으로 독자의 참여를
유도한다. 이처럼 전자문화시대의 주권은 작가나 독자, 일방의 독
점이 불가능하다. 모든 것은 '공유'된다. 작품 자체도 웹상에 업로
드되는 형태가 대부분이거나 파일형태로 전달·유통되기 때문에
항상 유동적이다.

구체적으로 능동적인 독자의 참여로 형성되는 컴퓨터 매개 문학의 사례를 살펴보면, 작가와 독자의 공동창작 형태, 즉 커뮤니티 문학의 일환으로 기획된 '릴레이 창작'을 들 수 있다. 릴레이 창작은 실험적 시도이자 동시에 컴퓨터 매개 문학의 일면을 보여주는 사례이다. 커뮤니티를 중심으로 이루어지는 릴레이 창작은 말 그대로 릴레이하듯 창작을 하는 경우로, 첫 번째 주자(走者)는 가장 '순수한' 의미의 작가가 된다. 두 번째 주자부터는 1차적으로는 (첫 번째 주자가 업로드한 작품을 다운로드해서 읽는) 독자이고, 2차적으로는 (첫 번째 주자의 작품을 토대로 재구하여 작품을 업로드하는) 작가이다.

물론 대부분의 독자들이 이렇게 능동적일 수는 없으며, 오히려 이전과 마찬가지로 고정된 선형적인 구조를 가진, 작가에 의해 완결된 작품을 선호할 수도 있다. 다만 모든 것이 빠르게 진화하는 디지털시대, 작가와 독자의 구분을 비롯하여, 주류와 비주류, 정통과 이단, 순수와 통속의 고답적 이분법은 더 이상 유효하지 않다. 결과적으로 전문가와 비전문가의 경계도 와해된다. 이것은 전문성에 대한 판단유보로 인해 촉발된 현상으로, 일신우일신(日新又日新)의 업데이트에서 진일보한 업미니츠시대의 가변성으로 인해 촉발된 것이다. 문학에서도 이러한 경계는 무뎌진 지 오래이다.

구술문학의 일회성과 문자문학의 반영구성과는 다른, 전자문학의 유동성은 디지털시대의 가변성을 그대로 닮아 있다. 이제 더 이상 완성된 구조나 작품의 완결, 나아가 고정불변의 가치가 미덕으로 간주되지 않는다. 창세기 이후 석판의 불멸성에 의지했던 구약(舊約)의 시대에서, 개인의 마음에 계율을 새기는 신약(新約)의 시대로의 이행은, 결과적으로 물질의 불변성에 기대는 의사적(擬似的) 불멸이 아닌, 인류의 전승을 통해 연속적 불멸의 획득을 의미한다. 따라서 불멸은 순환을 통해서만 가능한 원형적 상상력을 토대로 형성된다. 그렇다면 불멸이란 애초부터 불변성이나 고정성이 아닌 가변성과 맥 닿아 있으며, 지식과 정보를 '공유'하여 끝없이 순환시키는 디지털시대야말로 신약적 의미의 연속적 불멸의 시대라고 할 수 있다.

A. 생산방식의 변화

최근 컴퓨터와 디지털 문화의 발달로 전달 매체는 기술적으로 상상할 수 없을 정도로 발전하고 있으며, 그 종류도 매우 다양하여 하나의 매체뿐 아니라 다양한 매체가 같이 사용되는 다중매체에 대한 논의 역시 활발히 진행되고 있다. 디지털 기술의 발달과 인터넷 통신망의 확산은 문학에도 지대한 영향을 준다. 문자문화시대에서 전자문화시대로 접어들면서 문자를 대신해 소리·이미지·전자가 사용되고, 수천 년 동안 문자와 종이책의 특성으로 군림해 온 기억의 저장기능과 유통기능을 이제는 디지털 전자언어와 컴퓨터 저작도구가 대체[52]하였으며, 그 결과 전통적 작법과는 전혀 다른 '이단적' 작법에 준한 하이퍼텍스트(hyper-text), 하이퍼픽션(hyper-fiction), 공동창작 형태의 온라인 소설(online fiction), 전자책(e-book) 등이 개발되면서 종이책과 저자의 죽음이 공공연

---

52) 유종윤, 디지털 테크놀로지시대의 문학-문학과 미디어의 패러다임 쉬프트, 사이버문화연구소, 2000. http://cyberculture.re.kr 사이버문화연구소 게시판 참조.

히 논의될 정도이다.

이처럼 과학기술의 발달로 인해 개발된 미디어들은 문학에 지속적인 영향을 끼쳤으며, 소통을 위해 존재하는 문학의 본질상, 문학과 매체의 관계는 불가분이다. 문학은 소통을 가능하게 하는 전달 매체 없이는 한낱 독백에 불과할 뿐 본래의 기능을 발휘할 수 없다. 다시 말해 동시대뿐 아니라 시대를 이어가며 수용자(독자)에게 문학적 메시지를 전달 및 전승하기 위해서 문학은 문자나 종이책 등의 인쇄매체와 TV, 영화 등의 영상매체와 상보관계를 유지할 수밖에 없다. 또한 매체의 발전에 따라 문학에 사용되는 매체 역시 다양한 변화와 발전양상을 보여주게 된다.

특히 디지털기술을 통해 가능해진 다양한 매체실험과 변화의지는 위력적인 파장으로 정치, 경제, 사회, 문화 전반에 걸쳐 일정수준 이상의 파장을 형성한다. 여기서 매체란 정보ㆍ소식ㆍ의견ㆍ자료 등을 문자ㆍ소리ㆍ이미지 등으로 전파하는 전달 및 소통수단이자 기술적 장치이며, 구체적으로는 청각매체(말ㆍ강연ㆍ연극 등), 시각(인쇄)매체(신문ㆍ잡지ㆍ책ㆍ화보집ㆍ사진 등), 시청각매체(라디오ㆍ영화ㆍ비디오ㆍ텔레비전ㆍ녹음기ㆍ음반ㆍCDㆍ인터넷 등)로 구분할 수 있다. 이 같은 초고속의 매체 변화를 주도하고 있는 것이 컴퓨터이며, 업데이트에서 진일보한 업미니츠시대의 컴퓨터 매개 문화콘텐츠 발전 속도 및 전환양상과 관련된 파급효과는 시시각각 급변하고 있다.

이러한 시대상을 반영하는 컴퓨터 매개 문학은 지나치게 확산되거나 수렴될 우려가 상존하는 현재의 문학 현상을 시효 적절하게 제어해 주는 상위개념으로서 융통성을 갖춘 개념으로, 이를 보다 면밀히 고찰하기 위해 일반적 분류기준을 적용하되 형식과 내용에 따라 구체적인 분류가 가능하다. 컴퓨터 매개 문학의 하위개념은 컴퓨터의 매체성이 문학에 미치는 영향관계를 조망하기에 적절하고, 나아가 여타 상세 항목을 일정범위 포용할 수 있어야 한다.

우선 기존의 전통적인 출판 및 제작 방식에 대해 컴퓨터 매개 문학의 변화된 출판 및 유통방식에 초점을 맞춘 '커뮤니티 문학(community literature)', 기존의 전통적인 구상 및 집필 방식에 대해 '컴퓨터 매개 문학'의 변화된 집필 및 생산방식에 초점을 맞춘 '하이퍼텍스트 문학(hypertext literature)', 기존의 전통적인 독서 및 감상 방식에 대해 '컴퓨터 매개 문학'의 변화된 독서 및 수용 방식에 초점을 맞춘 '컴퓨터게임 문학(computer game literature)'으로 대별한다. 순서상으로는 생산, 수용, 유통의 단계적 검토가 논리적으로 타당하겠으나, 각 분야의 발생배경과 발생연한을 고려하여 기존 문학에 있어서의 유통, 생산, 수용에 일정한 파장을 형성하고 일정한 기여도를 가진 분야를 한정하여 변칙적 접근을 시도하고자 한다.

컴퓨터 매개 문학은 컴퓨터와 작업이 연결(task-related)되어 있거나, 또는 창작 및 독서 행위가 컴퓨터 매개 공간에서 이루어지는 문학으로, 메인 프레임 컴퓨터와 전자우편, 전자게시판 등을 이용한 비동기적 문학 활동, 온라인 대화나 그룹 소프트웨어 등의 동기적 문학 활동, 그리고 컴퓨터와 전자데이터베이스를 통한 정보의 조작(manipulation) · 복구(retrieval) · 저장(storage) 등을 포괄한다.

또한 컴퓨터 매개 문학은 단지 기술적 차원이나 도구적 수단에 국한되는 것이 아니라 컴퓨터를 이용한 제반 문학 활동이며, 특수한 상황하에서 다양한 목적을 위해 일정 형태의 매체를 이용하는 생산·소비·유통 등 문학 활동의 전 과정을 포함하는 개념이다. 컴퓨터 매개 문학이 이루어지기 위한 배경은 다양하게 접근할 수 있는데, 우선 그 물리적 환경은 컴퓨터의 발달과 보급, 그리고 초고속 통신망의 대중화이다.

컴퓨터를 매개로 하는 매체의 급속한 성장은 하이퍼미디어와 미디어믹스, 자동복제 및 무한재생의 새로운 방식을 배태했으며, 이와 같이 컴퓨터 매개 매체의 혁명은 문학의 생산과 수용, 유통에 지대한 영향을 미치게 된다. 한마디로 문학과 매체에 있어서의 패러다임의 변화 양상이 대두한 것이다. 본 고는 컴퓨터가 지닌 매체성에 주목하여, 기존의 전통적 방식으로 보존되어 온 문학의 영역이 컴퓨터에 의해 매개됨으로써 어떻게 변화했는가에 초점을 맞추고자 한다. 이를 통해 컴퓨터의 매체성에 대한 기본적인 이해와 더불어 매체 환경 변화에 따른 문학의 전환양상, 즉 컴퓨터를 매개로 하는 문학에 대해 비판적으로 접근하고자 한다.

문학은 크게 두 가지 의미의 매체에 의존하여 존재하는 인간 삶의 표현 양식이라고 할 수 있다. 그 하나는 제도로서의 언어라는 느슨하게 결합된 요소들로서 아직 문장의 형식을 갖추지 않은 상태의 어휘이고, 다른 하나는 이 어휘들의 견고한 결합 구조인 문장이라는 형식이 유포되는 대중매체이다. 작가에 의한 문학작품의 창작이나 이 작품이 독자나 시청자들에 의해 이해되는 과정은 언어 매체의 공통된 축적을 전제로 하고, 이 작품이 대중에게 도달하기 위해서는 활자를 이용한 인쇄 매체나 금세기에 발명된 전파 매체를 필요로 한다. 여기서 우리가 직시해야 할 사실은 후자인 유포 매체에 있어서, 새로운 매체의 등장은 우리를 새로운 방식을 통해 새로운 세계로 이끌고, 우리의 환경을 변화시킨다는 점이다.53)

텍스트의 디지털화는 필연적으로 책과 운명을 같이해 온 문학의 형질 변화를 초래하고 있다. 특히 대표적인 전통장르 시, 희곡, 소설 등은 문학이 구술문화시대에 머무르지 않고, 문자문화시대에 적응하면서 나타난 것이라고 할 수 있다. 당시로서는 문자문화시대로의 전환이 글이라는 새로운 테크놀로지를 익히는 엘리트화 과정을 의미하며, 고대에서 문학을 의미하던 시와 희곡의 생산과 소비는 소수에 국한될 수밖에 없었다. 이런 상황은 소설이 대중화되는 근대에 들어오면서 크게 달라지지만, 이 변화 또한 문자 해독 능력의 확산이라고 하는 문어적 상황이 작용한 결과라고 볼 수 있다. 구어 대신 문어가 문학생산의 주요한 수단이 됨으로써 문학에 커다란 형질 변화가 발생했다는 점을 감안한다면, 지면에서 화면으로의 텍스트 이동이 문학의 또 다른 형질변화를 초래하리라는 예상이 충분히 가능하다.54)

언어는 인간의 본질적 존재조건이다. 기본적인 삶을 이루어 나가는 데에 있어서는 물론이고, 문화의 창조와 전승에 있어서도 언어의 역할은 본질적이다. 그런데 이러한 언어는 몇 단계의 변화를 겪어 왔다. 문자의 발명과 인쇄술의 발달 그리고 전자기기의 발달로 인해 말로 된 언어의 역동성, 즉 구술성이 약화되었다. 현재

---

53) 김성재, "문학과 멀티미디어", 문학정신, 91, 1994. 5, 10면.
54) 강내희, "디지털시대의 문학하기", 문화과학, 6(1996년 봄), 76면 발췌.

향유하는 언어문화는 언어의 원초적인 모습인 구술성보다는 시각화된 문자언어를 바탕으로 하고 있다. 그 결과 문자언어에 과도한 우위를 부여하게 되었다. 따라서 구술문화의 전통을 초혼하며 새롭게 대두되는 전자언어를 통해 이미 신구 세대교체를 끝내고 고착된 구술언어와 문자언어의 관계를 새롭게 조망하면서 보다 폭넓게 언어문화의 현상을 진단할 필요성이 대두된다.

컴퓨터 매체는 작가의 창작 과정에 기여한다. 워드프로세서와 같은 언어기계를 활용함에 따라 수정과 교정이 용이하여 창작의 속도와 단어 및 문장 사용의 정확성을 높인다. 또한 데이터베이스 기능을 이용하여 시간을 절약할 수 있으며, 대량의 정보를 가공하고 복제하여 패러디나 패스티시 등의 일탈적 작품을 생산할 수도 있다. 뿐만 아니라 탈시공적 하이퍼 리얼리티나 사이버 리얼리티로 작가의 새로운 리얼리티 요구를 가속화시킨다. 특히 작가의 창조적 상상력은 인문적 상상력과 과학적 상상력 및 추리적 상상력을 상보적으로 결합시켜 문학의 영역을 확대한다.

정보혁명과 더불어 나타난 새로운 사고방식을 예감하는 방법은, 새로운 기호들을 전자기적 장(場)들 속으로 새겨 넣는 장치들을 조작하는 일련의 집단들을 통해 관찰할 수 있다. 그들은 언어기계를 통해 글쓰기를 하고, 이러한 언어기계를 통해 쓰인 글들은 일종의 프로그램에 가까운 형태를 보여준다. 빌렘 플루서는 이러한 디지털적 사고와 글쓰기에 편승하지 않는 사람들을 '퇴행적'이라고 표현하면서도, 그러한 퇴행성이야말로 글쓰기와 사고의 '본질'이라고 우회적으로 지지한다.

　　결국 플루서에 따르면, 아날로그적 코드로부터 디지털 코드로 코드 변환하는 과정 중에 필연적으로 상실하게 되는 '어떤 것'이야말로 바로 글쓰기와 작가의 '본질'이라는 주장이다. 물론 일리가 있다. 디지털적 사고와 글쓰기는 글쓰기의 대중화를 지향하지만, 대중적인 글쓰기와 대중의 작가화가 과연 문학적으로나 문화적으로 얼마나 의미 있는가에 대해서는 회의적일 수밖에 없다. 또한 정체성(停滯性)을 정체성(正體性)으로 삼는 작가의 아날로그적 사고를 디지털적 사고로 변화시키는 과정에서 발생하는 후유증은 글쓰기의 일관성과 문학의 본연성을 중대하게 훼손시킨다. 특히 사고의 단편화를 조장하고 작가의 정체성을 위태롭게 한다. 이러한 디지털로의 지각변동은 전적으로 하드웨어적인 부분에서 시발된다. 즉 디지털 코드가 글쓰기 도구에까지 영향을 미치면서 글쓰

---

55) 빌렘 플루서, 디지털시대의 글쓰기, 윤종석 역, 문예출판사, 1998, 107
　　－117면 발췌.

기의 디지털 코드화가 대두되었으며, 글쓰기 도구의 디지털화는
사고방식의 디지털화를 유도한다.

> 기술이나 인간 능력의 신장이 새로운 환경을 창조한다고
> 말하는 것은 매체가 곧 메시지라고 말하는 것보다 훨씬 더
> 좋은 방식이다. 게다가 이러한 환경은 항상 '눈에 보이지 않
> 는' 것이고, 그 내용물은 언제나 낡은 기술이다. 그 낡은 기
> 술은 새로운 기술의 감싸기 작용에 의해서 많이 변모된다.[56]

맥루한은 환경의 내용이 새로운 기술에 의해서 겪게 되는 변형
들에 주목한다. 그는 보이지 않는 배경으로써의 기술이 세계를 구
성하는 실재를 정의하고 구성하는 데 중요한 역할을 하는 것을
지적하고 있다. 이는 기술이 이전의 낡은 환경을 격렬하게 바꾸는
것이 아니라, 아무런 변화도 없는 것처럼 위장하고 다가온다. 결
국 과거를 현재로 변형하는 동안에 미래는 과거를 흡수하고, 환경
자체가 인공물이 되어 간다. 글쓰기의 기술은 다른 어떤 도구들보
다도 생활의 일부로서 인간에게 속해 있음을 부정할 수는 없다.
기술이 변화해서 그 도구를 변형시킬 때 필연적으로 우리의 일부
를 원하던 원하지 않던 바꾸게 된다.[57]

> 전자매체는 우리의 일상적 삶을 급격하게 바꾸어 놓았고,
> 또 계속 바꾸고 있다. 붓, 펜, 연필, 만년필, 볼펜, 사인펜, 타

---

56) 마셜 맥루언, 맥루언 서신, 민음사, 1987, 309면.
57) 김대익, "하이퍼텍스트 – 비순차적 글쓰기, 코드변환", 아크포럼, 9910
   (1999. 10).

따라서 글쓰기 도구의 변화는 기존 문학의 패러다임에 지각변동을 일으키는 매질이 된다. 프리드리히 니체는 글쓰기 도구가 사고에 영향을 미친다는 사실에 대해 이미 오래 전에 예언했다. 니체는 페터 가스트에게 보낸 편지에서 "우리가 쓰는 글쓰기 도구가 우리의 사고에 함께 가담한다"고 진술한다. 글을 쓰는 것은 일종의 정신작용이지만, 글을 쓰기 위한 도구나 방법론에 따라 작가는 부지불식간에 자신의 정신 체계를 '검열'하게 된다.

육필(肉筆)의 시대에는 글쓰기 절차와 재료, 환경의 번거로움으로 인해 사고 자체 또한 함축적 상징적으로 자체 검열된다. 활자(活字)가 개발되고 인쇄기술이 발달되면서 점차 사고는 여유로워지고 자유로워진다. 급기야 문서 활동을 보조해 주는 타자기 등의 언어기계가 발명되고, 이후 워드프로세서와 같은 고급 언어기계로 진화하면서 글쓰기와 글쓰기 위한 사고방식은 방종에 가까운 자유도를 경험하게 된다.

구체적으로 살펴보면, 우선 전자언어는 접근의 용이함을 강점으로 동일한 매수를 쓰는 데 있어서 건반을 두드리는 것이 '오락'

---

58) 이남호, 문화제국쇠망약사, 생각의나무, 2004, 25면.

이나 '운동'에 가깝다면, 이에 비해 필기도구를 쥐고 움직이는 것은 '노동'에 가깝다. 저작도구의 편의로 인해 교정과 편집이 자유로운 만큼, 전체적인 글의 맥락이나 흐름 따위는 미리 강박적으로 구상하지 않아도 된다. 중요한 내용이나 발상은 별도로 메모하지 않아도 되고, 집필을 위해 기존에 읽고 밑줄 친 자료들을 거창하게 책상 위에 쌓아두지 않아도 된다. 수시로 기록된 단문들과 참고서적의 일부 내용들은, 필요하면 언제든지 인용할 수 있도록 파일로 데이터베이스화되어 있기 때문에, 일단 글쓰기를 시작하고 나서 적당한 문맥과 단락에서 자료를 '불러오기' 하면 된다.

피아노 건반을 두드리듯 경쾌하게 제 흥에 겨워 써 내려가는 바람에 설익은 사상의 오류, 주제에서 벗어난 단락, 문법에 맞지 않는 비문(非文) 등에 대해서도 연연할 필요가 없다. 소프트웨어의 환경설정만 해 두면 자동으로 맞춤법을 교정해 줄 뿐만 아니라, 프로그램 자체 내에 옥편과 영한사전 등의 사전류가 내장되어 있기 때문에, 특별히 교육을 받지 않은 상태에서도 선입견으로부터 자유롭게 글쓰기에 집중할 수 있다. 또한 언제든지 '복사'하고 '첨가'하고 '삭제'할 수 있으며, 원본의 가필 흔적 없는 완전범죄가 가능하다.

이 밖에도 보관의 편리와 복사의 용이를 들 수 있다. 물론 물리적인 요인으로 인해 쓴 글을 송두리째 잃어버릴 수 있는 위험성은 문자언어보다 높아졌지만, 한 권 이상의 분량을 단 한 장의 디스켓에 저장하고, 무한대로 복사하여 유통할 수 있음은 전자언어의 효용성을 단적으로 보여준다. 바로 이 부분에서 저작권의 문제가 발생하게 되는데, 파일 형태로든 출력된 형태로든 원본과 사본의 원론적인 경계가 와해되기 때문이다.

뿐만 아니라 시각적으로 악필과 명필의 구분 없이 개개인의 고유한 필체 대신에 다양하면서 미려한 서체를 제공해 줌으로써 비록 개성은 사라지지만, 글쓴이로 하여금 자신의 글에 대한 심리적 안도감을 느끼게 한다. 그것은 자신이 전자언어라는 사회적 약속 안에서 글쓰기를 하였다는 안도감이며, 동시에 정돈되고 규칙적인 문장의 배열이 무의식적으로 텍스트 자체의 객관성이나 논리의 일목요연함으로 인식되기 때문이다.[59]

이러한 언어기계의 사용은 사고방식에도 영향을 미친다. 개인의 취향과는 무관하게 결과적으로 아날로그적 사고방식은 디지털 코드화된다. 디지털적 사고는 음성으로 전달하거나 펜으로 종이에 글을 쓰는 아날로그적 사고에 비해 사고의 분절과 단편성을 특징으로 한다. 모니터라는 제한된 시각 탓에 텍스트 전체의 폭넓은 통찰이 어려워지고, 단어와 문장의 교체가 손쉬워짐으로써 오히려 문맥의 내적 연관성을 훼손시킬 위험이 높다. 그리고 일관된 글자체, 좌우 여백, 들여쓰기, 행간과 자간 등을 사용함으로써 문체의 몰개성화 또는 평준화 현상이 발생한다.

따라서 전자언어는 기본적으로 언어의 함의보다 정보 자체를 부각한다. 정보는 의미 있는 컨텍스트를 전제로 하지만, 컴퓨터의 빠른 처리 속도로 인해 전달이나 저장이 아닌, 의미의 흔적만을 지닌 파편화된 모습으로 무시로 교정되기 위해 대기한다. 어쨌든 이러한 과정을 통해 얻어지는 정보로 변형된 글들은 '정보의 바다'를 형성하고, 이 과정에서 컴퓨터의 처리 속도에 비해 부실한

---

59) 한국정보문화센터 편, 전자미디어사회, 1994, 54면.

인간의 의미처리 능력은 좌표를 상실한다.

마르틴 하이데거는 바로 이러한 언어기계와 저작도구, 그로 인한 표준화 및 규격화 과정에 주목하면서 형이하학적인 과학기술이 형이상학적인 철학사상을 지배하는 사태에 대해 예견하며 경종을 울렸다. 물론 당시에는 컴퓨터는 초기 단계에 불과했으나, 타자기의 발명을 통해 워드프로세싱(word processing), 워드에디팅(word editing) 등 일련의 컴퓨터 매개 저작도구의 초기 현상을 예견하고, 그러한 저작도구가 인간의 정신작용과 저작활동에 어떠한 영향을 미치게 될지 논의하고 있다.

> 근대인들이 타자기를 '가지고' 쓰거나 기계에게 '받아쓰게' ─'받아쓰다(dictate)'는 '창조적으로 발명하다(Dichten)'와 같은 단어이다─한 것은 우연히 이루어진 일이 아니다. 이러한 글쓰기 종류에 대한 '역사'는 단어가 점차 파괴되어 가는 주된 이유를 제시한다. 단어는 더 이상 정통적인 방식으로 글 쓰고 움직이는 손을 통해서는 빠져나가지 않지만, 손의 기계화된 압력을 통해서는 잘 빠져나온다. 타자기는 손의 본질적인 영역으로부터 손의 필체를 앗아 갔다. ─그리고 이것이 의미하는 바는 손이 단어의 핵심적 영역으로부터 제거되었다는 사실이다. 이제 단어는 '타이프된' 어떤 것이 되었다. 그럼에도 불구하고 기계적인 필적은, 손으로 쓰인 것을 보존하기 위한 단순한 필사이거나 '인쇄'를 대체하는 타자필적으로 봉사하는 그 자신의 제한된 중요성을 갖는다.[60]

타자기가 처음 확산되기 시작했을 때, 기계로 타이프된 개인적

---

60) Martin Heidegger, *Parmenides*, Gesamtausgabe, Bd.54, Vittorio Klostermann, 1942.

인 편지는 교양 없는 행위나 일종의 모욕적인 행동으로 간주되었으나, 오늘날 손으로 쓰인 편지들은 배송 기간이라든가 수작업의 노고, 필체에 따른 해독의 지연 등 특별한 상징적 의미를 제외하고서는 소모적으로 간주되는 실정이다. 하이데거는 인간과 단어의 관계를 변화시키는 요소로써의 기계의 힘을 충분히 인식하고 있었으며, 실질적으로 반복과 즉각적인 인식을 강조하는 언어기계의 표준화에 관심을 집중시키면서 기술의 본질이 그 무엇보다도 인간의 실존에 파고든다는 점을 강조한다.

그러면서 기계화된 쓰기법이 기록된 단어의 영역에서 손의 존엄성을 박탈하고, 단어를 단순한 의사소통의 수단으로 전락시켰다고 비판한다. 기술이 지닌 위험한 속성은 앞서 지적했듯이 우리가 모르는 사이에 인간의 행위와 욕구를 변형시킨다는 데 있다. 그는 더 나아가서 표준화 과정의 난관을 차치하고 인간은 언어기계를 필연적으로 받아들이게 되며, 어떠한 형태로든 종속될 것을 예견하고 있다.

> 언어기계는 기계적인 에너지와 기능을 통해 가능한 언어 사용 방식을 미리 규제하고 조정한다. 언어기계는 현대 기술이 언어의 양태와 언어세계를 지금처럼 조절하는 하나의 방식이다. 그러는 동안에도 인간이 언어기계의 주인이라는 인상이 여전히 유지되고는 있다. 그러나 언어기계가 언어를 관리감독하고, 인간의 본질을 지배하게 되리라는 것이 사실이다.[61]

물론 언어기계로 글쓰기 하는 것은 그 기술이 인간의 사고 처리에 유연하게 들어맞기 때문에 일종의 새로운 '계산기'로써 언어

---

61) Martin Heidegger, *Hebel −der Hausfreund*, Pfullingen: Neske, 1957.

를 새롭게 다룰 수 있는 방식을 제공한다는 측면에서 명확한 이점을 제공한다. 그러나 하이데거는 이러한 유형화와 표준화로 누리게 된 진보의 결과로 갖게 되는 이득은 결과적으로 그것에 상응하는 어떤 상실을 초래함을 날카롭게 지적한다. 확실히 저작도구를 활용하는 글쓰기는 육필과는 다른 방식으로 생산되고 소비되며, 결과적으로는 저작도구의 적절한 활용이 아닌 저작도구에 전적으로 의존하는 글쓰기로 귀결되기 십상이다.

B. 수용방식의 변화

19세기 산업사회의 뒤를 이어 지식이 핵심적인 역할을 하는 세계적 규모의 변혁이 진행 중이다. 전 세계 규모의 사회경제적 변혁은 이미 1980년대 중반부터 시작되었으며, 변혁의 핵심은 산업사회에서 전통적인 생산요소로 간주되었던 토지, 노동, 자본에 대신하여 지식이 경제성장의 가장 중요한 요소로 등장하였다는 점이다. 여기서 지식이란, 기술과 정보를 포함한 지적 능력과 아이디어를 총칭하는 광범위한 개념이다. 즉 정보가 시공을 초월한 지(知)의 흐름 또는 내용을 의미한다면, 이에 비해 지식은 지의 축적을 의미하는 종합적이고 체계적인 개념의 집합체라고 할 수 있다. 최근 신지식인을 비롯하여 지식 사회(knowledge society) 혹은 지식 기반 사회(knowledge-based society)라는 용어가 보편화된 것도 지식사회의 본질과 지식기반 산업의 중요성이 부각된 결과라고 할 수 있다. 또한 현재 보편적 추세가 된 세계화(globalization)와 자유화(liberalization)도 정보기술의 발전을 촉진시키고, 정보기

술의 발전을 통해 세계화와 자유화가 강화된다는 측면에서 지식
기반 사회의 원인이자 결과라고 할 수 있다.

지식사회는 1962년 다니엘 벨이 탈산업화론을 전개하면서 언급
한 개념으로, 최근의 확장된 논의는 피터 드러커(Peter Drucker)에
의하여 촉발된 것으로 볼 수 있다. 드러커는 정보와 지식에 기반
을 둔 '탈자본주의 사회'를 지식사회라 명명하고, 21세기의 사회
성격을 전망하면서 이미 탈자본주의 사회가 도래하고 있다고 주
장한다.62) 그는 미래의 탈자본주의 사회에서는 과거 자본주의 체
제하의 생산수단이었던 자본·노동·토지가 아니라 지식이 핵심
적인 생산수단이 될 것이며, 아울러 미래 사회는 전통적 자본가가
아니라 지식근로자가 주도하는 사회가 될 것으로 예측하였다. 이
처럼 드러커는 미래사회의 부(富)의 원천으로 지식의 위상을 부각
시키고 지식경영을 통한 생산성 향상과 혁신을 강조하면서, 유능
한 자본가는 가치 있는 분야에 자본을 투자하듯이 유능한 지식인
은 가치 있는 분야에 지식을 투자하여, 유능한 지식경영자·지식
전문가들이 지식사회의 주역이 될 것이라고 예언한다.

블루칼라의 급속한 몰락을 지적하면서 혁신과 경쟁의 주체로서
'지식노동자(knowledge worker)'의 중요성을 역설하는 이러한 지식
사회와 지식노동자에 대한 논의는 1990년대 중반 이후 인터넷이
일반화되고 디지털 경제가 활발하게 전개되자 더욱 활성화되고
있다. 디지털 경제론, 혹은 신경제론은 최근의 미국 경제 활황에
힘입어 주목받게 되었다. 이처럼 지금 세계는 과거 제조업 중심의
산업사회에서 지식·정보 중심의 지식기반사회로 빠르게 이전하

---

62) 백욱인, "21세기 디지털 문명을 이해하는 12가지 언어", 중앙일보,
    2000. 3. 28.

고 있으며, 지식과 정보가 국가의 부와 경쟁력 창출의 핵심요소가 되고 있다. 선진국에서는 20세기 후반부터 지식기반국가를 건설하기 위한 노력을 경쟁적으로 전개하고 있으며, 우리도 기존의 경제발전 전략으로는 21세기에 선진국으로 진입하기 어렵다는 한계에 직면해 있다.

이러한 시점에서 정부를 비롯하여 일반 국민, 기업, 사회단체 등 각 주체들이 21세기 창조적 지식기반 선진국가 건설에 적극적으로 동참하기 위해, 1999년 제2건국범국민추진위원회의 '제2건국운동'이 실천단계에 들어가면서 '신지식인 운동'을 추진했다. 여기서 신지식인이란, 자신이 맡은 분야에서 업무를 개선·개발·혁신하는 방법을 알고 있으며, 기존 사고의 틀에서 벗어나 새로운 발상으로 속한 분야의 업무처리방식을 혁신적으로 개선하고, 그에 관련된 지식을 기록 및 활용하여 공유함으로써 능동적으로 부가가치를 창출하는 사람이다. 신지식인 운동은 협의로는 각자가 맡은 분야에서 신지식인이 되고자 하는 개인적 차원의 운동이며, 광의로는 모든 국민이 창의력과 발상전환을 통하여 새로운 지식인이 되기 위한 사회적 차원의 운동이다.

즉 기존 통념상 지식인의 지배적인 준거로 우위를 점유해 온 학력 만능주의의 폐해를 적극적으로 시정하기 위한, 일종의 대국민차원의 의식개혁운동이라고 할 수 있다. 따라서 신지식인으로서 필요한 지식을 체득 및 저장하고, 적극적으로 활용 및 공유하여 사회적 부가가치를 창출하는 주역이 되기 위해서는 그에 적합한 정신자세와 기본능력의 획득과 숙련이 필수적이다. 또한 세계화시대에 부응하여 외향적 성향과 다양한 시각을 수용하고 타인의 의견을 수렴하는 개방적인 마인드가 요구된다. 이러한 지식사회와 신지식인에 대한 논의는 1990년대 중반 이후 네트 사용이 일반화되는 한편 디지털 경제가 활발하게 전개되자 더욱 활성화되고 있다.

현대사회는 컴퓨터 통신기술을 바탕으로 대량의 정보에 무제한으로 노출된 정보사회이며, 동시에 이러한 정보를 적절하게 취사선택하는 지식의 리트머스를 구축할 방법론이 요구되는 지식사회이다. 정보사회가 전 단계의 사회와 구별되는 것은 무엇보다도 정보의 생성과 유통이 급격하게 증가하고 이로써 정보가 사회의 발전을 위해 중요한 역할을 한다는 점이다. 정보와 지식은 상호적이며 병렬적인 관계를 유지하는데, 경험으로 귀납되어 일반적 타당성을 검증받은 것이 지식이며, 구체적 경험이 아닌 상호 교환을 위해 생산·유통되는 것이 정보이다. 활용 가능한 구체적 지식은 이성의 작용으로 과학적이며 합리적인 사고의 가시적 성과에 해당된다. 디지털 혁명은 지식의 활용과 나눔이라는 차원에서 이전과 전혀 다른 태도를 요구한다.

지식을 나누는 것은 지속적인 소통, 대화, 관계를 추구한다. 지식의 경지가 높아질수록 지식의 쓰임새라는 단순히 실용적인 수준이 아니라 관계의 차원에서 그 소용가치가 커지고 의미가 깊어진다. 특정 분야에 국한된 것이 아니라 다양한 분야에서 지성의 우위가 요구되는 신지식 사회에서 이러한 접근은 단순히 문학의 서사적 의미를 넘어선 사회적 의미가 있다. 지식의 중요성과 지식인의 대두는 디지털 코드화되어 사회현상과 사상을 반영하는 문학일반과 문학작품에도 큰 파장을 형성하기 때문이다.

앞에서 상술했던 저작도구 혹은 언어기계의 디지털 코드화, 즉 컴퓨터의 적극적인 매개와 활용으로 인해, 작가 혼자 창작하는 '1인 창작'이나, 독자 혼자 독서하는 '1인 독서'의 시대에서 벗어나, 상호작용과 쌍방향 소통을 통해 함께 창작하고 함께 독서하는 '동참의 문학', 작가와 독자의 경계가 모호한 '동등의 문학'시대로 전향하고 있다. 그렇다고 해서 컴퓨터 매개 문학에 있어서 독자의 권리가 '작가대우'로 상승했다는 식의 낙관론을 펼 수는 없다. 문학창작에 있어서 독자로서의 권리 혹은 개입이 보장된 만큼, 독서 및 감상에 있어서 독자로서의 의무와 역할 또한 가중된다. 독자는 더 이상 텍스트와 메시지, 테마를 포함한 일련의 문학적 정보를 '읽는 사람'이 아니다. 읽는 것만으로는 그 어떤 독서행위도 완성될 수 없다. '읽기' 위해서는 '선택'해야 하며, 선택한 문학적 정보들을 '편집'해야만 한다.

디지털시대 초고속 브로드밴드의 상용화로 세계는 더욱 방대한 양의 정보와 지식이 빠른 속도로 유통·공유되면서 '디지털 노아의 홍수(the digital flood of Noah)' 속에서 순항(順航)할 것인가 수장(水葬)될 것인가의 딜레마에 빠져 있다. 이미 정보의 유량(流量)은 개인이 감당할 수 없는 상태이기 때문에 편집의 필요성이 대두된다. 편집은 개인적 취향에 따라 혹은 기능적 목적에 따라 특정한 관심을 유발하는 정보 구조를 해독하고 이를 중심으로 지식과 정보를 재구성하는 능동적인 작업을 총칭한다. 따라서 정보의 편집기술은 디지털의 홍수 속에서 살아남기 위해 불가피한 '노아의 디지털 방주(the digital Ark of Noah)'이다.

만약 이러한 편집기술이 공학적인 코드로만 접근가능하다면, 컴퓨터의 정보처리 속도와 능력에 견주어, 인간과 컴퓨터를 동등한 조건에서 비교한다는 것 자체가 어불성설이다. 그러나 컴퓨터의 정보처리 속도와 인간의 그것은 물리적 조건상으로는 비교할 수도 없고, 비교할 필요도 없다. 컴퓨터는 제공된 정보를 일련의 프로그램을 적절하게 선택·사용하여 신속하고 정확하게 처리하지만, 인간은 컴퓨터와는 다른 고유의 인간적인 방법으로 정보와 지식을 처리한다. 인간은 각자의 기본 배경과 지식, 감성 속에 개성적으로 용해된 경험을 적극적으로 활용하여 정보를 처리·편집하고, 그 결과물에 대해 개성적 감수성이 수반된 판단 과정을 거치면서 적절한 표현 양식을 자유자재로 선택한다. 또한 상황에 따라 최종 판단을 유보하거나 보류하기도 하는데, 컴퓨터는 일단 명령된 프로그램에 대해서는 물리적 외압이나 오류가 발생하지 않는 한 자체 중단하지는 않는다.

이 밖에도 인간의 잠재적 편집능력을 연구·개발하여 컴퓨터에 적용함으로써 컴퓨터의 정보편집 능력을 최적화하려는 시도가 꾸준히 진행 중이다. 그 일환으로 기획된 '바이오컴퓨터(Biocomputer)'는 인간이나 동물의 뇌에서 행해지는 패턴 인식·학습·기억·추리·판단 등 고도의 정보처리 기능을 컴퓨터에 적용하려는 것이다. 바이오컴퓨터의 실현에는 두 가지 방법이 있는데, 하나는 생체 단백질의 분자 구조나 기능을 이용한 바이오칩을 사용하는 방법이고, 또 하나는 바이오칩을 사용하지 않고 현재의 반도체 회로기술을 그대로 사용하는 방법이다.

특히 생물의 뇌와 신경계를 모방한 회로 소자를 조립해서 만든 '뉴로 컴퓨터(Neuro Computer)'는 뇌의 신경세포인 뉴런(neuron)을 모방한 처리요소(cell)를, 뇌세포의 연접부인 시냅스(synapse)[63]를

모방한 입출력 배선으로 결합하여 만든 것으로 현재 패턴인식, 음
성분석, 언어해석, 자기 학습 등의 인공지능 분야에 활용되고 있
다. 뉴론의 역할에 대한 최초의 연구는 이미 컴퓨터가 등장하기
이전 1940년대에 시작되었으며, 1980년대 이후 다양한 분야에 실
질적으로 적용되었다. 뉴로 컴퓨터는 뉴런의 복잡한 상호작용인
뉴로 다이나믹스(neuro dynamics)의 병렬적인 관계가 인간에게 직
관적인 종합능력을 유도한다고 판단하여, 인간과 컴퓨터의 능력
차이를 좁히려는 야심찬 계획으로 일약 각광을 받게 된다.

> 뉴로 컴퓨터의 사고방식에 따르면 사람에게는 두 가지의
> 능력이 있다. 그중 하나는 언어를 사용해 논리적인 추론을 해
> 나갈 수 있는 능력인데, 이것을 '축차(逐次) 직렬형 정보처
> 리'라고 한다. 언어나 상징 등의 기호를 사용하고, 그것으로
> 짝지어진 것들을 하나씩 순서대로 전진시켜 갈 수 있는 능
> 력이다. 이것이 종래의 컴퓨터가 지향한 능력이다. 다른 하
> 나는 여러 가지 정보를 슬며시 머리 한구석에 놓아두고 논
> 거가 확실치 않은 데도 그 전체를 종합해 버릴 수 있는 능
> 력인데, 이것을 '직관적이고 병렬적인 정보처리'라고 한다.
> 뉴로 컴퓨터는, 새로운 컴퓨터가 이 후자의 능력을 갖게 하
> 려는 계획이었다.[64]

그러나 현 단계에서는 뉴로 컴퓨터가 출현하지 못하고, 뉴럴
네트워크 모델(Neural Network Model)이 이를 대신한다. 뉴럴 네트

---

63) 한 뉴런의 축색말단이 다른 뉴런의 수상돌기에 접촉하게 되는데 이 접
   촉 부위를 시냅스라고 하고, 각 축색말단(axon termination)은 시냅스 마
   디(synaptic knob)를 형성한다.
64) 마쓰오카 세이고, 지의 편집공학, 박광순 역, 넥서스, 2000, 17면.

워크는 이러한 컴퓨터와 인간과의 차이를 인간두뇌의 뉴럴 연결고리를 디지털 컴퓨터상에서 모델링함으로써 연결해 주는 역할을 수행한다. 뉴럴 네트워크의 훈련 결과는 네트워크를 통하여 할당되는 내부적인 가중치라 할 수 있는데, 이러한 가중치들은, 특정한 의사결정이 올바른 결정인가에 대해 의문을 제기하는 것과 동일한 맥락에서, 솔루션의 유효성에 대해 어떠한 통찰력도 제공하지 못한다. 따라서 뉴럴 네트워크는 인간의 의식세계와 같이 신비스러운 내부 작업을 가진 블랙박스로써 가장 잘 접근되어질 수 있다.[65]

인간은 컴퓨터의 처리속도를 동경하고, 컴퓨터는 인간의 편집 능력을 동경한다. 인간과 컴퓨터가 대등하게 서로를 동경할 수 있는 관계인가에 대한 문제는 또 다른 접근이므로 본 고에서는 상론하지 않는다. 다만 컴퓨터를 발명하고 개발하는 작업 역시 인간의 과학기술을 토대로 이루어지는 과정이기 때문에, 결국 이를 통해 인간은 생래적으로 주위의 정보를 취사선택하여, 컴퓨터와 같은 청출어람의 강력한 도구를 사용하면서까지, 나름대로 편집하려는 강렬한 욕구를 가진 존재임을 확인한다.

정보화 사회에서 주위의 모든 것은 일단, 정보이다. 이해관계와 소용가치를 떠나 모든 정보는 존재가치가 있다.[66] 혹자에게 무의

---

65) http://home.pusan.ac.kr/~yschoi/DataMining/2-6.htm 참조.

66) 인터넷이나 휴대전화, 컴퓨터 관련 직종이 계속 창출되고 있다. 웹 디자이너, 웹 기획자, 게임 시나리오 작가 등의 IT 관련 직종은 불과 몇 년 전만 해도 없었던 신규 직종이며, 최근 아바타 디자이너, 플래시 애니메이터, 게임 음악 작곡가 등의 신규 직종이 생겨나고 있다. 이러한 신규 직종은 앞으로 보다 세분화·전문화될 것으로 예측되는데. 특히 컴퓨터 통신과 인터넷상에서 접할 수 있는 정보 및 지식 등의 규모와

미한 정보라고 해서 모두에게 무의미할 수는 없다. 정보는 누군가 그 정보를 필요로 하는 사람에 의해 알려지고, 검색되고, 접근되어 형성되기 때문이다. 정보는 그렇게 인과율에 따라 생성·유통되고, 점차 소용가치가 낮아지면 다른 유사정보와 결합하거나, 정보의 일부를 변형하기도 하고, 그러다 마침내 사멸하는 유기체적 속성을 가진다. 물론 정보의 결합·변형·사멸에는 당대의 인위가 작용한다. 따라서 정보화와 편집화는 불가분의 관계이다.

C. 유통방식의 변화

최근 디지털시대의 변화추세를 살펴보면, 문자에서 영상으로, 종이책에서 전자책으로, 실물에서 사이버로, 인쇄 문화에서 컴퓨터 문화로, 도서 문화에서 인터넷으로, 독자에서 네티즌으로, 나아가 글자에서 비트로, 아날로그에서 디지털로, 인문주의에서 기능주의로, 사유에서 정보로, 지식에서 뉴스로 옮겨 가고 있다. 이것은 끔찍하지만 거부할 수 없는 문명의 추세이며 안타깝지만 투항하지 않을 수 없는 새로운 역사가 다가오고 있음을 보여준다.[67]

유통속도가 급증하면서, 가공되지 않은 데이터를 수정, 편집하여 산업적으로나 학문적으로, 또는 개인적으로 가치 있는 정보로 제작한 후, 이것을 필요로 하는 불특정다수의 정보 수요자와 연결시켜 주는 새로운 업종으로 정보제공자(Information Provider)까지 등장했다. 이들은 일반적으로 통신상에서 이용자에게 정보를 제공하며 이용하는 사람들을 상대로 사업을 하는데, 자신의 전문성을 살려 특정 분야의 경험을 통해 얻어진 기술과 정보를 특색 있게 제공함으로써 다른 정보와 전략적으로 차별화하기도 한다.

67) 김병익, 무서운, 멋진 신세계, 문학과지성사, 1999.

이에 따라 출판문화도 패러다임의 전환기를 맞고 있으며, 디지털 코드화 추세에 밀려 급격하게 위축되고 있는 것처럼 보인다. 이러한 현상은 일시적인 것이 아니라 문자·활자문화의 퇴행에 따른 불가피한 동반침체이기 때문에, 기존의 출판 및 유통방식에 대한 전반적인 검토가 요구된다.

그러나 아직도 출판계는 독자를 일방적으로 계도하려는 권위적인 출판관을 그대로 견지하고 있다. 책의 형식에 대해서도 여전히 큰 관심을 갖지 못하고 있으며, 기존의 관행을 그대로 답습하고 있다. 일반적으로 책의 유통은 총판, 중간도매상, 대형소매서점 등을 통해 이루어지는데, 복잡성과 영세성을 그 특징으로 한다. 도매단계의 경우, 일반 도매서점, 대리점뿐만 아니라 총판, 특약점 등의 다양한 형태가 있고, 최근에는 일반소매서점의 기능을 대신하는 편의점 및 할인서점 등도 나타나고 있다.[68]

1997년 말부터 시작되어 1998년 초에 본격화된 대형 도매상의 잇단 부도는 유통대란을 초래했을 뿐만 아니라 출판사와 서점에 막대한 손실을 가져왔으며, 유통구조의 난맥상을 드러냈다. 현재는 정부의 지원과 환경변화로 어느 정도 안정을 되찾은 듯 보이지만, 바람직한 출판유통구조의 개혁은 이루어지지 못하였다. 출판유통의 문제점을 명확히 파악하여 합리적으로 개선해야 할 뿐만 아니라, 출판계, 서점계, 도매업체가 물류·정보·상적 유통기능을 합리적으로 극대화한 과학적인 시스템을 구축하는 방안을 모색해야 한다.[69]

---

68) 강진숙 外, 출판@디지털 커뮤니케이션, 이진출판사, 2001, 22면.
69) 출판문화산업진흥법공동대책위원회, 출판문화산업진흥법제정방안, 1999, 60면.

출판산업의 문제점은 크게 제도적 문제점, 유통의 낙후성, 정보
화의 낙후성을 들 수 있다. 먼저 제도적 문제점은 도서정가제[70]
의 파괴로, 인터넷 서점[71]의 양적 증가와 경쟁적인 할인정책은
이를 대변해 준다. 유통구조에 있어서 대형도매상의 부재와 비효
율적인 유통경로로 인해 배송시스템이 제 기능을 발휘하지 못하
고, 수요예측이 불가능한 유통시스템은 도매상의 물량 제어기능을
감당하지 못하기 때문에, 결과적으로 출판사들의 유통비용과 광고
비 등의 과다지출을 야기한다.

출판산업의 정보화에 있어서 디지털화된 정보의 처리 및 체계
성이 부족한 형편이다. 서지 정보를 창출할 수 있는 주체인 출판
사의 영세성 및 인력문제로 정보 창출량이 적으며, 창출되는 정보
의 양과 질도 함량미달이다. 또한 도서정보가 체계적으로 생성·
관리되지 못하고, 거래정보에 있어서 출판사·서점·도매상 간의
EDI(Electronic Data Interchange)[72] 및 POS(Point Sale)[73] 등의 사업

---

70) 2003년 2월부터 시행된 출판 및 인쇄진흥법에 따라 시행된 도서정가제
   의는 일반서점에서 정가보다 싸게 팔 수 없도록 하는 법적 조치로, 인
   터넷서점도 10% 내에서만 할인 판매가 허용된다.

71) 대표적인 인터넷 서점을 살펴보면, 국내의 경우 순수 인터넷 서점으로
   반디앤루니스(www.bandibook.com), 예스24(www.yes24.com), 알라딘(www.
   aladdin.co.kr), 아이북몰(www.ibookmall.com) 등이 있으며, 이에 비해 온
   라인과 오프라인 연동으로 인터넷교보(www.kyobobook.co.kr), 인터넷영
   풍(www.ypbooks.co.kr) 등이 있다. 국외의 경우 미국의 아마존(www.ama
   zon.com), 독일의 베르텔스만(www.bertelsmann.co.de), 일본의 기노쿠니야
   사(www.kinokuniya.co.jr)와 마루젠(www.mmaruzen.co.jr) 등이 있다. 인터
   넷서점의 경우, 검색엔진을 통해 이용자의 편의를 돕는 인터페이스를
   과감하게 채택하여, 확고한 출판시장으로 형성되고 있다.

72) EDI는 '전자데이터교환', '전자서류교환', '전자자동거래' 등으로 해석
   되는데, 기업 간의 거래에 있어 각종 서식과 같은 데이터를 정형화하
   고 표준화하여 컴퓨터 통신망을 통해 거래당사자의 컴퓨터 사이에서

이 부진하다.

결국 디지털 문명의 이기를 적극적으로 수렴하고 수용하는 컴퓨터 매개 문학은 창작에서 출판까지의 고답적인 일방통행을 과감하게 선회 혹은 역행하여, 출판 진행 속도와 독자반응에 대한 위험부담 등의 부대비용을 절감하는 유통방식의 혁명을 진지하게 수용하고 점진적으로 대안을 마련할 필요가 있다. 컴퓨터와 인터넷을 이용한 출판마케팅 활동은 기존 미디어의 단방향성을 탈피하여 출판사의 일방적인 정보전달이 아닌 독자의 정보와 요구에 즉각 반응할 수 있는 쌍방향성으로 인해, 개별 독자의 차이와 독자가 원하는 정보요구 등에 맞추어서 마케팅 프로그램을 진행시킬 수 있다.

독자 개개인의 인식, 태도, 행동자료, 취향 등을 근거로 마케팅 전략을 수립·실행할 수 있게 되었으며, 독자와의 직접 접촉, 상담, 거래 등을 수행함으로써 기존 마케팅의 단계를 축소하고, 마케팅 전 과정이 독자와의 의사교환 등을 통해 이루어지는 양상으로 변화되고 있다. 출판사 인터넷 홈페이지를 이용한 광고·홍보뿐만 아니라 직접적인 판매도 증가하고 있다. 출판사의 인터넷 홈페이지를 통한 판매 방식은 이메일, 전화, 팩스, 인터넷구매, 북클럽 등을 들 수 있으며, 이용자 및 회원의 구매기록 데이터베이스를 이용하여 개개인의 맞춤정보를 제공할 수 있다.[74]

직접 전송신호로 주고받는 것을 말한다.

73) POS는 '판매시점관리'로, 판매와 관련된 데이터를 물품이 판매되는 시간과 장소에서 즉시 취득한다. POS 시스템은 상품에 붙어 있는 바코드를 읽는 바로 그 시점에 재고량이 조정되고, 신용조회 등 판매와 관련되어 필요한 일련의 조치가 한번에 모두 이루어지는 시스템이다.

이처럼 전통적인 유통채널에 비해 컴퓨터로 매개된 유통채널은 단순화, 일원화된 유통채널로 갈등이 적고, 비용과 시간의 절감효과가 있다. 특히 인터넷의 경우 낮은 진입장벽, 중간 유통상의 축소 및 근절, 출판시장의 변화를 감지하고 대응 및 반응시간이 짧으며, 출판시장의 변화를 의도적으로 촉진시킬 수 있어서 효율적인 출판 및 유통채널로서의 가능성을 열어 준다.

출판산업은 매체산업의 일부이기도 하지만, 본질적인 측면에서 지식산업의 본원이다. 이러한 측면에서 출판산업은 매체산업과 지식산업의 공통분모이며, 문화산업의 골간을 이룬다고 할 수 있다. 특히 21세기가 지식산업을 기반으로 하는 문화콘텐츠를 내세운 문화경제시대임을 고려한다면, 출판산업은 문화산업의 핵심 기간산업으로 부상할 것이다.75) 따라서 현재 진행되고 있는 컴퓨터 매개 문학의 변화추세에 보다 긍정적이고 적극적인 자세로 대처할 필요가 있다.

한국의 문단 구조 속에서 작가가 되기 위한 방법은 신춘문예나 문예지 공모전을 통한 등단이 대표적이다. 이러한 절차는 그 자체가 권위적이기 때문에 그를 통해 등단의 관문을 통과한 작가는 그 자체가 권위적일 수밖에 없다. 그러나 권위적인 방식을 통해 등단을 하는 경우, 권위 주체의 수렴청정(垂簾聽政)에서 자유로울 수 없다. 컴퓨터 매개 문학은 기존의 복잡한 유통구조를 작가와 독자의 직접적이고 쌍방향적인 관계로 간소화시켰으며, 작가는 출판사와 무관하게 독자의 반응을 수렴하면서 창작할 수 있게 되었

---

74) 강진숙 外, 앞의 책, 22－32면.
75) 출판문화산업진흥법공동대책위원회, 앞의 글, 39면.

고, 독자는 창작과 출판 양쪽에 적극적으로 개입하게 되었다.

즉 사이버스페이스에서 먼저 인기를 얻고, 사후에 출판되는 양상을 주도한 것이 바로 독자군이다. 또 온라인에서 연재가 되어 일단 주목받게 되면, 오프라인에서 병행 출판되는 양상도 나타나고 있다. 따라서 등단제도 자체가 존재하지 않을 뿐만 아니라, 소재나 주제의 간섭 없이 작가에게 자유로운 창작의 공간을 제공하여 문학적 상상력을 마음껏 발휘할 수 있게 한다. 물론 이에 대해 긍정적일 수만은 없다. 온라인상에서 독자들에 의해 평가받은 작품의 경우 대개 장르적으로 비주류이거나, 차마 문학성을 논하기에 암담한 경우가 다반사이기 때문이다.

여기서 상업성과 대중성의 문제에 봉착하게 된다. 기존 문단의 권위 주체의 검증 과정을 생략하고, 비전문적인 독자에 의해, 그것도 영상매체에 익숙한 N세대 독자에게 선택된 작품의 수준을 믿고 출판한다는 것은, 대중에 영합한 천박한 상술일 수밖에 없다. 저작권의 문제로 최근 개선의 여지를 보이고는 있으나, 원작자로서의 작가 대우나 원작으로서의 가치 평가는 유명무실하다고 해도 과언이 아니다. 특히 속도전과 물량전으로 점철된 지식·정보화시대에 아이디(ID)를 필명으로 삼아 수시로 바꾸며 활동하는 가변성의 디지털 작가군들이 대거 활동하는 추세에, 그리고 컴퓨터를 활용한 정보편집력으로 무장하고 독자와 작가를 겸직하는 이 시대에, 원본의 출처나 원저자의 신분을 밝혀야 한다는 것은 매우 불편하고 소모적인 근대적 윤리일 뿐이다.

시시각각 변하는 업미니츠시대에 언제, 어디서 얻은 정보인지 출처를 밝히려면 미리 '즐겨찾기' 해 두거나, 저장된 페이지를 검색하는 방법으로 추적할 수밖에 없다. 그러나 필요성을 인지하지 못하는 출처규명은 실상 무의미하다. '클릭해라, 그러면 얻을 것이다.' 국가의 경계도, 국력의 경계도, 학문의 경계도, 학력의 경계도 없는 사이버스페이스에서 원하는 정보는 뭐든 얻을 수 있고, 원하는 지위에 오를 수도 있다. 익명성을 활용하여 성별을 바꿀 수도 있으며, 나이에 구애받지 않는 등 마치 허구의 캐릭터를 창출하듯 자신의 신분을 위장할 수도 있다. 검색을 통해 얻은 다방면의 지식으로 포탈사이트(portal site)를 구축할 수도 있고, 특별한 분야의 희귀한 지식과 정보들을 데이터베이스화하여 전문가 행세를 할 수도 있다.

출판환경은 이미 변화하고 있다. 흰 종이와 검은 글자의 문자소통 체계는 청각, 시각, 촉각의 전감각적인 멀티미디어의 소통체계로 대체되고 있다. 이러한 매체 변화는 인식론적 혁명까지도 예견하게 하는 것으로, 문자매체를 중심으로 이루어져 온 전통적인 출판환경에도 급격한 영향을 주고 있다. 첫째, 활자와 이미지가 상보적으로 결합된 다양한 형태의 책을 통해 총체적인 미학이 추구되어야 한다. 영상 혹은 비문자적 기호의 중요성이 새삼스럽게 부각된 것은 아니다. 그동안 텍스트만을 고수하면서, 이미지의 장점을 애써 무시했을 따름이다. 따라서 활자와 이미지를 상극이 아닌 상보의 개념으로 확실하게 인식해야 한다.

둘째, 다양한 활자와 판형을 사용해야 한다. 더 이상 획일적인 활자의 시대에 정체되어 구태의연한 관행을 재연하기보다는, 컴퓨터를 활용한 다양한 크기, 형태의 폰트(font, typeface)들을 활용해야 한다. 폰트는 한 무리의 글자에 대해 통일적으로 정해진 글자형의 한 쌍으로, 정해진 크기와 서체를 갖는 한 벌의 활자이다. 또한 출판을 앞둔 원고의 장르에 따라 천편일률적이 아닌, 개성적인 판형의 출판이 가능해야 한다. 이렇게 폰트와 판형을 적극적으로 활용하고, 시각적 효과를 효율적으로 사용하는 등의 편집개념의 혁신적인 발상전환이 필요하다.

셋째, 종이의 물성(物性)을 고수하면서도 질적 향상과 다양한 재료의 개발, 그리고 인쇄방식과 개선과 제본기술의 향상을 도모해야 한다.76) 책 재료의 변천사를 살펴보면, 원시시대 돌에 새긴 석편(石片), 3천 년경에 발견된 은허(殷墟)의 갑골(胛骨), 은대부터 한대까지의 사용된 종정제기(鐘鼎祭器), 대나무의 단면에 글을 새겨 엮은 죽간목독(竹簡木牘), 부유층의 전유물 비단(慊帛), 그리고 AD105년 채륜(蔡倫)이 만든 종이(紙) 등이다. 2천 년이 넘도록 여전히 종이를 재료로 사용하고 있으니, 디지털시대가 무색하다. 석편에서 종이로의 이행이 비록 사고방식의 충격적 변화를 야기했다 하더라도, 결국에는 수용할 수밖에 없었던 것처럼, 이제 책 재료를 포함한 총체적인 출판환경의 변화와 세대교체가 시급하다.

---

76) 한기호, 디지털과 종이책의 행복한 만남, 창해, 2000, 89－90면.

STEP 3

커뮤니티 문학

　문명의 이기를 주도하는 컴퓨터의 기술적 발달과 인터넷의 보급, 초고속 네트워크의 진보는 N세대(Net generation)라는 새로운 세대의 출현을 가져왔다. N세대는 컴퓨터나 통신기기를 이용한 접속을 중시한다는 점에서 '네트워크 세대(Network generation)'라고도 불린다. 미국의 경우 N세대는 1976년 이후 출생한 인구집단으로 전후(戰後) 베이비붐 세대와 X 세대(X-generation)의 계보를 잇고 있으며, 현재 전체 인구의 30%를 점하고 있다. 더글러스 러시코프(Douglas Rushkoff)의 ≪*Children Of Chaos*≫나 돈 탭스콧(Don Tapscott)의 ≪*Growing Up Digital: The Rise of the Net Generation*≫ 등이 겨냥하는 것도 이들의 문화코드다. 특히 텝스콧은 앞의 저서에서 N세대의 문화적 특징을 열 가지로 정의하는데, ① 독립성, ② 정서적 지적 개방성, ③ 포괄성, ④ 표현의 자유의지와 견해의 피력, ⑤ 혁신성, ⑥ 성숙한 몰입성, ⑦ 정보의 조사와 탐구력, ⑧ 즉각성, ⑨ 공동관심사에 대한 민감성, ⑩ 증명과 신뢰성이 그것이다.

기본적으로 N세대들은 텔레비전이나 영화, 애니메이션과 컴퓨터게임은 물론, 사운드와 동영상 등 주로 두 가지 이상의 감각이 혼재된 공감각적 미디어 환경에서 교육을 받고 자라난 세대이다. N세대들은 육필의 필사문화(筆寫文化)보다는 전자의 자판문화(字板文化)에 익숙한 세대, 즉 한손문화(單手文化)보다는 양손문화(雙手文化)에 익숙한 세대이다. 일상생활에서 컴퓨터가 광범위하게 활용되면서 이들은 컴퓨터를 통해 사고하고 컴퓨터를 통해 자신들의 감각을 단련시키는 세대이기 때문에, 통신·인터넷·컴퓨터게임·만화·애니메이션·영화 등과 같은 영상미디어의 능동적 소비계층이다.

특히 컴퓨터게임과 같은 디지털 미디어에 길들여진 N세대들은 컴퓨터게임의 상호작용적(interactive) 측면에 익숙하여 직접참여의 문화를 추구하면서 소유보다는 공유에 더 큰 가치를 둔다. N세대는 마우스 안에 모든 정보가 있고 힘이 있다고 생각하고, 인터넷 세대로서 실제로 지상에 존재하는 현실 이외에 컴퓨터 속에 또 하나의 가상현실이 있다고 믿는다. 기성세대가 이념적으로 갈라졌던 두 개의 냉전 세계에서 살아왔다면, 그들은 키보드를 두드리거나 마우스를 클릭하여 간단히 세계의 국경을 넘나들고 현실과 가상의 두 영역을 수시로 오가며 무한한 상상력과 창조력을 발휘한다.

N세대들은 이전 세대들이 문학에서 얻을 수 있었던 재미와 감동을 다른 미디어를 통해 얻는 것이 보통이며, 설령 문학을 즐긴다고 해도 단순히 기존의 작품을 읽는 것으로 그치지 않고 스스로 동호회 등 커뮤니티를 구성하여 자신들의 취향에 맞는 문학을 찾아내고, 경우에 따라 다양한 매체와의 결합을 통해 기존의 문학

과는 다른 양상으로 재생산하는 차별적인 모습을 보인다. 이러한 문명의 천혜를 바탕으로 N세대를 겨냥한 개인용 컴퓨터 간의 네트워크 구축 열망이 증폭되면서 본격적인 PC통신의 시대가 열리고, 이와 함께 커뮤니티 문학의 구체적인 양상들이 대두된다.

A. 커뮤니티 문학의 명제

우선 국내 PC통신의 시발은 1984년 한국데이터통신(Dacom)의 전자사서함 서비스로 출발하여, 1985년 생활정보 데이터베이스(DB), 1986년 화상정보서비스 천리안(CCIS), 1987년 한글전자사서함, 1988년 문자정보서비스 천리안II로 이어져, 1990년 개통된 PC-Serve가 1992년 천리안II와 통합하여 천리안이 되었다. 한편, 1986년 한국경제신문사는 한국경제프레스텔(KEPrestel)을 개통하고, 1987년 한경케텔(KETEL)로 변경하면서 영문정보 서비스를 제공하였고, 1989년 케텔(KETEL) 서비스를 시작하여 1991년 한국통신과 합작으로 한국PC통신을 설립한 후, 1992년 코텔(KORTEL)로 변경하고 같은 해 7월 하이텔(HiTEL)로 변경하였다. 현재는 인터넷 기반 커뮤니티 파란(Paran)으로 통합되었다. 1995년 나우컴은 나우누리(Nownuri) 서비스를 시작했으며, 당시 하이텔, 천리안, 유니텔과 더불어 4대 통신의 지위를 유지하였으나, 현재는 VT 서비스는 하지 않고 웹서비스만으로 유지되고 있다. 이하 연대표를 통해 살펴보기로 한다.

[표 5] 한국PC통신의 역사

연도	특기 사항
1984	데이콤넷(DNS) 개통
1985	국내 문화행사·스포츠·기상정보 안내 등 국내 데이터뱅크 서비스 무료 제공
1986	일상경제생활 서비스 제공, 천리안 서비스 개시
1988	국내 데이터뱅크 서비스 상용화 실시
1991	하이텔 서비스 개시
1992	하이텔 단말기 무료 보급 개시
1994	한국통신 인터넷 상용서비스 개시, 상용 ISP 등장, 나우누리 서비스 개시
1995	대기업 인터넷 상용서비스 제공, 인터넷 WWW 서비스 제공
1996	한국통신 ISDN 인터넷 서비스 개시, 유니텔 서비스 개시, 에듀넷 서비스 개시
1997	초고속국가망 인터넷 서비스 시작, 넷츠고 서비스 개시, PC통신가입자 3백만 돌파
1998	두루넷 케이블모뎀 방식의 초고속 인터넷 서비스, 채널아이 서비스 개시
1999	인터넷 이용자 천만 돌파, 한국인터넷정보센터(KRNIC) 발족, 인터넷 주로등록 유료화 실시, 무선 인터넷 서비스 실시, 유니텔 포탈 서비스 실시
2000	전 세계 도메인 현황 한국 3위, IPv6포럼코리아 발족, 하나로통신 광 ADSL＋케이블모뎀 하이브리드 방식의 초고속 인터넷 서비스 개시, 초고속 인터넷 가입가구 4백만 돌파, 유니텔 인터넷포탈 서비스 실시
2001	인터넷 이용자 2천4백만 돌파, 초고속 인터넷 가입가구 7백만 돌파, 무선인터넷 이용자 2천만 돌파, 천리안 채널아이 흡수, 하이텔 천리안 웹기반 서비스화
2002	초고속 인터넷 가입가구 천만 돌파, 한국 IPv6 등록 수 세계 4위, IPv6 활성화 계획안 확정, 천리안 웹서비스 개시, 넷츠고 중단, 하나포스닷컴 출범
2003	KT하나로 VDSL 서비스 시작, PC통신 서비스 대부분 인터넷포털 서비스에 흡수, KT 국내 최초 인터넷이용시간관리 서비스 개발
2004	하이텔＋한미르＋매가패스 통합으로 거대 인터넷포탈 파란 서비스 개시, 와이브로 사업자 선정, 국내 인터넷 이용자 3천만, 070 인터넷전화 시행
2005	항공기 내 인터넷 서비스 시범 실시

(자료: 한국인터넷역사박물관)

 디지털 리터러시

이처럼 PC통신은 인터넷과 병행하여 존재하는 독립된 서비스로 운용되어 오다가, 1995년 이후 초고속 인터넷의 보급으로 급격히 쇠퇴하게 된다. PC통신이 갖는 가장 큰 의의는 온라인상에서의 '동호회'라는 개념이 만들어지는 계기를 제공했다는 점이다. 특히 각 통신사를 중심으로 탄생한 '문학 동호회(literature community)'를 통해 N세대에 의한 공동창작 또는 온라인창작 등의 기존 전통적인 창작 과정과는 다른 형태의 문학 현상이 나타나게 되었다. 이후 우후죽순격인 무분별한 문학동호회의 성립과 비전문성은 90년대 이후의 대중문학을 호도(糊塗) 혹은 오도(誤導)할 맹아를 배태하게 된다.

따라서 이러한 동호회를 중심으로 형성된 문학 현상과 작품에 대해, 기존 '통신문학' 혹은 'PC통신문학'이라는 용어는 컴퓨터의 매체적 다양성보다는 통신, 즉 통신사들이 구축해 놓은 의도된 공동체(community)를 통한 생산 및 유통방식에 논의의 초점을 두고 있으며, 작품의 생산(창작)과 소비(독서·감상)와 유통(출판)이 컴퓨터 네트워크와 온라인 커뮤니티를 통해 이루어진다는 점에 초점을 두는 협의의 개념으로 수용하는 것이 보다 유용하다. 통신문학은 "개인용 컴퓨터와 통신망과의 연결이 보편화됨에 따라 컴퓨터로 쓴 글을 통신망을 통해 소통하는 '통신망상의 문학(literature on net)'을 가리키기 위해 만든 단순한 술어"로서 컴퓨터의 매체성을 상당부분 반영하고 있다.

학자에 따라 동일한 의미로 '네트워크 문학'이라는 용어를 사용하기도 하지만, 당시 하이텔, 천리안, 나우누리 등 3대 통신사에 의해 활발하게 배태된 우리의 독자적인 통신문학의 출발에 착안한다면 네트워크문학이라는 광의의 개념보다는 구체적인 정보를 전달하는 통신문학이라는 용어가 타당하리라 본다. 따라서 통신문학의 영문표기는 단순한 의사소통이나 전달의 의미를 포함하는 '커뮤니케이션(communication)'보다는 통신망을 통한 공동체성[77]을 강조하는 '커뮤니티(community)'가 보다 적확하리라 본다.

따라서 이처럼 컴퓨터 통신망으로 연결된 문학 '동호회(community)'의 활동을 통해 기존 문학의 내·외적 질서에서 벗어나 파격적인 형식과 내용의 창작물들을 양산하고, 이러한 방식의 창작 및 독서행위들이 활발해지면서 출판 및 유통방식의 변화까지 유도한 측면에 초점을 맞추어 '커뮤니티 문학(Community Literature)'이라고 표기할 것을 제안한다. '커뮤니티 문학'은 문학의 전달 도구가 현대적 커뮤니케이션 도구로 전환된 모든 문학을 지칭하는 용어로 사용될 수 있으며, 현실의 언어기호가 전자적 글쓰기의 형태로 바뀐 문학 현상을 지칭하는 용어로 사용될 수도 있다.

본 고에서 '커뮤니티 문학'을 그 비전문성과 대중적 성향에도

---

77) 하이텔, 나우누리, 천리안, 유니텔, 프리챌, 다음커뮤니케이션 등 전통적인 통신사와 신생 업체들의 사업목표는 회원들의 커뮤니티 구축이 중심이 된다. 현재 하이텔(www.hitel.net)은 파워 웹유저를 위한 커뮤니티를 모토로 하는 특화된 서비스를 제공하고 있으며, 유니텔(www.unitel.co.kr)은 동호회·클럽·포스트박스(postbox) 등을 활성화하고 있고, 다음(www.daum.net)은 커뮤니티의 대명사가 된 카페(cafe)·플래닛(planet)·블로그 등을 활성화하고 있으며, 천리안 심마니(simmani.chol.com)는 동호회·클럽(club) 커뮤니티를 통해, 나우누리(www.nownuri.net)는 클럽(club) 커뮤니티를 통해 서비스 중이다. 전통적인 통신사들이나 신생 통신업체들의 가장 큰 공동 점은 바로 이러한 커뮤니티를 최대로 활용하여 다양한 온라인 콘텐츠와 서비스를 제공한다는 점이다. 따라서 작금의 '통신문학'은 이러한 통신사들의 의도된 회원제 커뮤니티 활동을 통해 배태되었음을 주지해야 할 것이다.

불구하고, 매체의 변화에 따른 문학 패러다임의 양상을 논의하는 대상으로 삼은 까닭은, 바로 여기에 있다. '커뮤니티 문학'은 작가와 독자의 면대면(面對面) 방식의 일반화, 기존 출판물의 독서인구 감소, 소장(所藏)하는 책에서 저장(貯藏)하는 책으로의 개념전환, 종이책과 전자책의 대결구도 등 출판 및 유통방식에 거대한 변혁을 가져온 구심점이다. 다만 '커뮤니티 문학'의 생산물들은 그 양적 우세에도 불구하고, 이러한 논의의 적절한 검토를 위해 질적 열세를 극복하지 못함으로써 적절한 문학적 성과를 보여주지 못하고 있다. 따라서 작가·독자·출판 행위 전반에 걸친 진지한 검토 및 검열이 부재한 '커뮤니티 문학'은 이론적으로 접근할수록 자가당착에 빠지는 딜레마를 안고 있다.

B. 커뮤니티 문학의 실제

커뮤니티 문학의 주축을 이루는 N세대들은 1990년대 멀티미디어, 2000년대 디지털시대에 맞는 다양한 경향의 작품을 추구·요구한다. 그들은 기성문학의 주변에서 간신히 연명하며 잔류하던 공상과학, 무협, 판타지, 추리, 호러 등 비주류장르들을 (대중)문학의 중심에 올려놓았다. 그 연혁을 살펴보면, 1989년 메이저급 PC통신사 중 하나인 천리안이 문학백일장을 주최하면서 이후 문학 동호회들이 만들어지는데, 그중 주목할 만한 동호회는 SF동호회 '멋진 신세계'[78]이다. '멋진 신세계'의 회원이던 이성수의 ≪아틀

---

78) 사이파이 동호회 '멋진신세계'는 올더스 헉슬리(Aldous Huxley)의 ≪멋진신세계(Brave New World)≫(1932)에서 빌려 온 것으로, 당시 동호회와 게시판 중심의 통신 공간이 동호회원들 사이에서 얼마나 참신하게

란티스 광시곡≫79)은 업로드되자마자 회원뿐만 아니라 통신가입
자들 사이에서 주목을 받게 되고, '아마추어 작가'에 의한 '동호회
게시판 업로드'라는 통신망의 장점을 수용하면서 출판 및 유통에
관한 커뮤니티 문학의 기본 틀을 형성하는 데 기여한다.

진정한 실체로서의 커뮤니티 문학이 시발(始發)된 이후, 단순한
동호회 게시판의 업로드 방식은 진일보하여 동호회원을 비롯한
통신가입자 모두에게 개방된다. 1992년 통신사 문단의 후발주자인
하이텔은 '하이텔 문학관'을 개설하여 문학정보의 제공, 데이터베
이스의 구축, 기성작가의 작품연재,80) 테마문학 코너 등 체계적인
문학서비스를 개시한다. 이처럼 '천리안 문단' '하이텔 문단' 등
통신사를 주축으로 하는 '컴퓨터 문단'81)을 통해 많은 아마추어
작가들이 배출된다.

1992년 ≪운명의 기사편≫, ≪드래곤 스트라이크≫, ≪검, 마법
이야기≫ 등의 판타지 작품들이 업로드되면서 하이텔 '판타지 동
호회'가 결성된다. 1993년 하이텔 '공포 / SF' 게시판에 이우혁의 ≪퇴
마록≫82)이 연재되면서 네티즌들의 폭발적인 지지를 얻은 이후 단

수용되었는가를 적절하게 보여주는 작명이다. 이 밖에도 나우누리의
'SF2019', 하이텔의 '과학소설동호회' 등이 있다.

79) 이성수, 아틀란티스 광시곡, 햇빛출판사, 1991.

80) 복거일이 공상과학 소설 ≪파란 달 아래≫를 연재하고, 이후 주인석,
한수산, 이순원, 박상우, 윤대녕, 성석제 등 기성작가들이 하이텔 문학
관 게시판을 통해 연재소설을 발표한다.

81) 다만 여기서 '문학'이라 함은 정통문학과 대중문학의 비례에서 십분
대중문학 쪽으로 경사된 것으로, 예를 들어 천리안의 SF 동호회, 판타
지 동호회, 검과 마법 동호회, 추리문학 동호회, 하이텔의 무협소설 동
호회 등이 이에 해당된다.

82) 이우혁, 퇴마록, 들녘, 1994~2001.

행본으로 출간(1994년), 영화로 제작(1998년)되는 등 큰 성공[83]을 거두게 되고, 1995년[84) 하이텔 '무림동' 게시판에 용대운의 ≪태극문≫[85)이 연재되면서 무림동이 주최하는 창작무협 공모전을 통해 무협작가들이 배출된다. 같은 해 김근우의 본격 판타지 ≪바람의 마도사≫가 등장하여 판타지의 장르적 파장을 형성하고 이를 계기로, 1997년[86) 하이텔 게시판에 이영도의 ≪드래곤 라자≫[87)가 게재되면서 커뮤니티 문학의 하위장르를 주도하던 공상과학 장르는 그 주도권을 판타지 장르로 넘겨주게 된다. 1998년 하이텔 '사이버 PC문단' 게시판에 박득희의 ≪리드미≫가 연재되면서 최초로 고료를 지급받는 통신작가가 된다.

이후에도 커뮤니티 문학은 게시판 업로드 창작방식과 다운로드 감상방식을 고수하면서, 다소 기술적 오류와 조작가능성을 내포한 '조회수'를 통해 각 출판사의 경쟁적인 마케팅 대상이 되어 온라인과 오프라인 출판이 동시적으로 이루어지게 된다. 특히 하이텔

---

83) 이러한 현상을 미디어믹스(media mix)라고 하는데, 이는 원래 광고 분야에서 사용되는 용어로서, 하나의 광고아이템을 여러 매체에 활용하여 동시다발적으로 광고함으로써 폭발적인 광고효과를 노리는 마케팅 전략에 하나이다.

84) 1995년은 나우누리 'SF / Fantasy' 게시판에 업로드되어 관심을 모은 임달영의 ≪레기오스≫가 연재를 완료하고, 이경영의 ≪고신전쟁≫ 시리즈가 첫 연재를 시작한 해이기도 하다.

85) 용대운, 태극문, 뫼, 2001.

86) 이 시기는 통신 소설의 발전기라고 말할 수 있을 정도로 많은 글들이 연재되었다. 이 시점에서 가장 중요한 것은 이영도의 ≪드래곤 라자≫의 등장이다. 우선 매우 매끄러운 문체와 아마추어 작가답지 않은 표현기법과 글의 진행, 그리고 하루 3편씩 매일 업로드되는 속도감에 1998년 다른 연재작을 추월하여 바로 출판 작업에 들어가게 되었다. 이후 판타지 장르에 대한 관심이 높아지는 계기를 마련한다.

87) 이영도, 드래곤 라자, 황금가지, 2001.

의 경우 처음부터 기성문단의 작가들을 영입하여 순수문학 창작에 힘을 기울이는 한편, 작가 지망생들에게도 '이야기나라'와 같은 공개게시판을 개설함으로써 데뷔할 수 있는 기회를 제공했으며, 이 게시판을 통해 자신만의 독특한 문체로 글을 발표하여 기성문단으로부터 인정받은 송경아나 김영하 등의 작품들은 이후 단편집으로 출간된다.

이제 본격적으로 커뮤니티 문학의 하위장르를 공상과학, 무협, 판타지, 추리로 구분하고, 각 장르의 대표작을 분석함으로써 커뮤니티 문학의 현주소를 점검하고자 한다. 우선 공상과학(SF: science fiction) 장르는 과학지식과 테크놀로지가 인류의 현재와 미래에 미치는 영향을 논리적으로 규명하는 장르이다. 공상과학 장르의 매력은 자연과학을 기반으로 한 논리적인 비약, 즉 독창적인 허구가 주는 경이감이다. 그러한 외경심을 불러일으키는 형태가 때로는 과거·현재·미래를 자유롭게 넘나드는 시간여행담[88]과 우주모험담[89] 등 인공지능 컴퓨터·로봇·유전공학·사이버스페이스 등 이미 실현되었거나 조만간 구현될 미래의 모습과 연관된다.

공상과학 장르는 그 본질상 논리적 비약이 독창적일수록 그 평가는 정비례한다. 이 점은 공상과학 장르가 1차적으로 아이디어 문학이라는 점을 시사한다. 설사 허무맹랑한 결말이 나오더라도 그 과정 자체가 공인된 과학적 사실이나 적어도 논리적인 개연성

---

88) H. G. 웰즈(H. G. Wells)의 ≪*Time Machine*≫에서 시발된 시간여행담의 근대서사는 복거일의 ≪역사 속의 나그네≫로 그 한국적 계보를 잇고 있다.
89) 스페이스 오페라의 창시자 에드워드 스미스(Edward Elmer Smith)의 ≪*The Skylark of Space*≫ 시리즈에서 시발된 우주모험담의 근대서사는 할 클레멘트(Hal Clement)의 ≪*Mission of Gravity*≫로 그 계보를 잇고 있다.

을 갖춘 유사과학(類似科學, Pseudoscience)적 사실에 근거하고 있다면 공사과학 장르로 간주하는 것이 이 장르의 고유 속성이다.[90] 본 고에서는 지면상 공상과학 장르의 유구한 국제적 역사와 미미한 우리의 실정을 비교검토하지는 않을 것이며, 다만 공상과학 장르가 커뮤니티 문학의 최초 유행장르였다는 사실과 그 배경에 대해 검토하고자 한다.

상기 언급한 이성수의 ≪아틀란티스 광시곡≫은 최초의 커뮤니티 문학으로서 이목을 집중시켰으며, 그의 ≪스핑크스의 저주≫[91]는 유전공학을 비롯한 과학의 발전으로 과학적 신화가 파격적으로 전개될 미래 상황을 설정해 놓고, 그 상황이 지구와 인류의 운명에 치명적인 영향력을 행사할 수 있음을 경고한다. 즉 '아틀란티스'와 '스핑크스 999'라는 선과 악의 속성을 모두 지닌 절대적인 컴퓨터를 등장시켜 인간을 철저하게 통제하고 복종시키는 과정을 그리면서, 이를 통해 과학과 컴퓨터가 인간의 운명을 자칫 거스를 수 있는 상황에서 인간을 구원하고자 하는 인간적 프로메테우스의 진지한 노력을 형상화하고, 과학의 윤리적 태도에 대한 반성적 성찰이 필요하다는 것을 역설한다.

복거일의 ≪파란 달 아래≫[92]는 기성작가가 커뮤니티 문학의 출판·유통방식을 수용한 사례로서 특기할 만하다. 이는 단순히 작가가 커뮤니티 게시판을 통해 작품을 업로드하고 독자로 하여금 다운로드하는 방법론을 수용 혹은 준수했다는 표면적 의미만

---

90) 고장원, "과학소설의 문학성에 관하여(1)―한국에서 과학소설 번역의 문제점", 시네마 조선, 2000. 1. 11. 참조.
91) 이성수, 스핑크스의 저주, 고려원미디어, 1993.
92) 복거일, 파란 달 아래, 문학과지성사, 1992.

이 아니라, 기존 논의에서 정통(기성 / 본격)문학과 커뮤니티 문학
을 작품의 질적 수준과 작가의 전문성을 들어 구분하는 이분법적
구도에 대해 시사하는 바가 크다.

고장원[93]의 견해를 빌자면, 복거일의 작품들은 공상과학소설을
대중의 구미에 철저하게 영합하는 키치 문학의 한 형태로 보는
한국 주류문단의 편의적인 기준을 혼란스럽게 만드는 작품이다.
그의 작품은 대중의 인기를 끌어 모으기 위해 극단적인 드라마
구조를 취하고 갖가지 진기한 아이디어 장치들을 동원해 터무니
없는 비약을 거듭하는 말초적인 삼류 과학소설과는 분명 거리가
있다. ≪파란 달 아래≫는 과학적 지식과 상상을 바탕으로 우주
개발 초기단계의 한반도를 다루면서 대중에 편승하는 '무리수를
남발하지 않고' 통일이라는 정치적 이슈와 휴머니즘을 담아냄으
로써, 분단문학을 공상과학 장르로 재구한 의의를 가진다.

공상과학 장르의 창작에 있어서 작가의 과학적 지식과 상상력
의 비율을 굳이 구분한다면, 상기 거론한 작가들의 작품은 과학적
지식보다는 과학적 상상력에 보다 많이 기대고 있다. 이에 비해
보다 전문화된 과학적 지식을 바탕으로 하는 전문성향[94]의 공상
과학 장르도 성행한다. 데이콤이 주최하는 제1회 컴퓨터통신문학
상 수상작 ≪하이브리드≫[95]와 ≪금지된 사람들≫의 염승호는 생

---

93) 고장원, "파란 달 아래를 읽고", 월간 SF웹진, 2000. 2. http://home.bawi.org/
~sfwebzin 참조.

94) 외국의 경우, 인류학과 의학을 전공한 마이클 크라이튼(Michael
Crichton)은 전문지식과 흥미진진한 스토리텔링을 기반으로 독자층을
확보하고 있으며, 무기·전쟁 분야의 톰 클랜시, 법정 스릴러 분야의
존 그리샴(John Grisham), 의학 분야의 로빈 쿡(Robin D. Cook) 등도 프
로페셔널리즘에 입각한 자기만의 방을 지닌 작가군에 속한다.

명화학공학과 환경 분야 연구전공을 작품화했다.

작가 스스로 SSF(So Scientific Fiction)라고 칭하면서 유전공학과 법학 쪽의 전문적이면서도 다채로운 정보를 십분 활용한 메디컬 공상과학 소설이다. 그는 "통신문단은 모든 사람이 참여할 수 있는 열린 공간"이며 "기성작가보다 수준이 낮을 수 있지만 다양한 주제의 글을 접할 수 있는 아이디어 창고"라고 견해를 피력하면서, 공상과학 장르를 통해 과학의 진보가 진정한 인간정신과 결별할 때 생길 수 있는 가공할 만한 폭력성에 대해 큰 경종을 울리고자 한다. 인문적 상상력에 토대를 둔 채 인간성 회복, 원초적 자연 상태의 회복을 소망한다는 것은, 공상과학 장르의 수구초심을 짐작할 수 있게 하는 복선이며 동시에 과학시대의 인문학적 향수이다.

이와 동일한 맥락에서 작가의 전문성이 작품 속에 반영된 작품으로 김도현의 ≪로그인≫[96]을 거론할 수 있다. ≪로그인≫은 서울대 항공우주공학과 대학원 재학 중 게재한 것으로, 인공위성 개발을 둘러싸고 실험실과 연구소들의 보이지 않는 경쟁구도, 과학기술처와 정치권의 미묘한 알력, 미국 기업 내의 흑막을 파헤치는 청년 과학도들의 고뇌와 용기, 사이버스페이스에 대한 이상적 고찰, 그리고 대학가의 세태풍자와 적당한 로맨스 등을 감성적 문체로 그렸다. 이는 항공우주과학과 박사과정이든 작가의 자전적 체험과 전문적 지식, '한국대학 – 한국정부 – 미국정부'의 삼자관계를

---

95) 염승호의 논문 <Hybrid 생물반응기를 이용한 BTX 분해>(Biodegredation of BTX in a hybrid bioreactor, Postdoctoral Researcher, Queen's University, Canada, 1998,8)는 ≪하이브리드≫의 테마와 유사하다.
96) 김도현, 로그인, 창작과비평사, 1996.

통한 학문적 진정성과 국가적 이익의 간극, 대학가 풍속도 등을 적당한 균형감각을 통해 작품화한 성과이다.

한편, 김온영의 ≪사과전쟁≫97)은 컴퓨터가 가지고 있는 부정적인 모습은 해커들의 전쟁으로 이어져 머드 게임인 에덴동산을 사이에 두고 민족적 자존심을 건 일본과 한국의 해킹전쟁, 즉 컴퓨터전쟁98)으로 확산된다.

> 현기가 제적된 직후였다. 당시 모 방송국에서 뜻밖에 현기에게 인터뷰를 부탁했다. 과학원과 같은 특수 교육의 문제점을 짚어 달라는 것이었다. 현기는 그들에게 1시간 넘게 얘기를 했다. 교수의 보수적이고 권위주의적인 태도에 대해서 비판하면서 그는 교수들이 게임 제작에 대해 알아주지 않는 문제를 거론했다. 그리고 국내에서 최초로 시도된 머드 게임에 대한 새롭고 올바른 인식을 부탁했다. 현기는 머드 게임을 사랑했고 어떻게든지 그것을 세상에 알리고 싶었다. 방송국 사람들은 그에게 머드 게임에 대한 설명을 듣고 그것을 꼭 내주겠다고 입으로 몇 번씩 약속했다.99)

이 작품은 실제 있었던 포항공대와 한국과학기술원(KAIST)의 '사과전쟁'을 바탕으로 재구되었다. 1991년 카이스트에서 해킹연구동아리 쿠스(KUS)가 결성되어 국내 최첨단의 해킹기술을 보유하게 되었고, 미국 썬마이크로시스템사 침투사건과 스웨덴 연구소

---

97) 김온영, 사과전쟁, 세명출판사, 1996.
98) 미국의 컴퓨터 회사 메킨토시(Macintosh)의 기업이미지는 사과이며, 별칭으로 애플컴퓨터라고 불린다. 따라서 '사과전쟁'이라는 표제는 컴퓨터전쟁 혹은 해킹전(戰)을 의미한다.
99) 김온영, 앞의 책, 193면.

의 머드 게임 제작 프로그램의 해독사건 등을 주도하여 유명세를 타기 시작했다. 이후 1992년 포항공대에서 해킹동아리 플러스 (PLUS)가 결성되면서, 쿠스와 플러스 사이의 경쟁과 알력이 생기게 되었고, 결국 1996년 쿠스의 회장이 포항공대의 전산망에 침입하여 물리과와 전자과 등의 자료를 모두 파괴하는 불상사가 발생했다. 이 사건은 사회적으로 이슈가 되어 불미스런 결과를 야기했다. 실화를 바탕으로 하면서 작가는 '해커'를 신의 소유였던 불을 인간에게 가져다준 프로메테우스로 비유하면서, 특정한 소수에게만 제공되는 정보를 해킹하여 만인에게 공개하려는 해커들의 활약을 통해 앞으로 더욱 가속화되는 정보의 집중과 독점에 대해 비판하고 있다.

이상에서 살펴보았듯이 공상과학 장르는 기존의 공상성에 과학성과 전문성을 접목시킴으로써 상당한 리얼리티를 확보하고 있으며, 진정한 디지털시대의 공유정신을 이상향으로 그리는 등, 공상과학 장르에 대한 기존의 편견을 어느 정도 불식시켜 주었다. 결국 공상과학 장르의 비주류성을 운운하면서 공상과학 장르의 문학성에 대해 난색을 표하는 기존의 평단은, 작품의 올바른 분석을 위해 공상과학의 장르성에 대한 보다 내밀한 이해를 바탕으로 하는 적합한 비평기재를 마련하는 것이 전제되어야 한다.

공상과학 장르는 과학적 지식이나 배경을 통해 테크놀로지의 '극단적인 과거'와 '극단적인 미래'를 통해 현실을 진단한다는 데에 의의가 있다. 또한 공상과학 장르 자체에 대한 인식부족을 커뮤니티 문학의 질적인 문제로 확대 해석하여 커뮤니티 문학 전체에 소급하여 적용하는 것은 무리가 있다. 따라서 공상과학 장르의 상상력에 '표면적인 현재'가 부재하다는 것만으로, 기존 창작물들을 진정성 없는 '극단적인 비현실'로 폄하할 수는 없다. 이는 환상문학이 그 창작의 동기와 배경, 그리고 장르적 점유성을 고려할 때 문학적으로 유효한 것과 비교할 수 있다.

공상과학 장르는 주류 비주류의 구분을 차치하고, 상상력이라는 문학창작의 근원을 통해 구축된, 문학 분야에 있어서 과감하게 시도된 '과학적' 실험정신의 소산이다. 물론 공상과학 장르의 진정한 성숙을 위해서는 과학이라는 배경 및 소재를 통해 인간과 사회를 진지하게 성찰하는 주제의식의 깊이는 우선적으로 고려되어야 할 것이며, 문학과 과학의 만남에 대해 혹은 문학과 비문학의 만남에 인색한 기존 평단의 보수적 낯가림은 보다 개방적인 방향으로 수정되어야 한다.

다음으로 무협 장르는 일반적으로 무술 또는 무예를 갖고 의(義)와 협(俠)을 행하는 것을 본질로 한다. 이러한 무협 장르의 뿌리[100]에 대해서는 이설이 분분한데, 사마천의 ≪사기(史記)≫ <유협열전(遊俠烈傳)>을 무협서사의 효시로 본다면, 같은 맥락에서 당대(唐代) 전기(傳奇) 중 ≪홍선(紅線)≫, ≪섭은랑(攝隱娘)≫, ≪곤륜노(昆侖奴)≫ 등 상당량의 편(篇)은 현재의 무협서사의 선구라고 볼 수 있다. 명대(明代)[101]에 이르러 설화가 유행하면서 무협을 소재로 하는 화본(話本)이 생겨나고, 청대(淸代) 말엽 장편 협의소설

---

100) 호승희, "멀티미디어문학", 한국문화예술진흥원, http://www.artsonline.or.kr 참조.

101) <이배공궁도봉협객(李湃公窮途逢俠客)> <양겸지객방우협승(楊謙之客舫遇俠僧)> 등은 비록 그 무협의 형상화에 있어 ≪홍선(紅線)≫보다 구성이 훨씬 복잡하고 내용이 풍부하다.

(俠義小說)102)이 대거 출현하였다. 이런 소설들은 대개 협객들이 전국을 유랑하며 안민(安民)을 살피고 탐관오리와 폭정에 항거하는 내용이다. 그 후 무협서사의 변종으로 공안소설(公案小說)103)이 유포되었다.

협객행(俠客行)을 의미하는 '협기'는 무협과 무협을 구심으로 하는 무협의 철학으로, 무술 또는 무예를 통해 의와 협을 행하는 것을 본질로 한다. 협의는 당대 협객들의 역사적 확신과 시대의 소명의식의 산물이다. 물론 이러한 협의는 전근대적인 가치명제로 폄하될 수 있다. 권선징악은 고리타분한 고전소설의 주요 테마이기 때문이다. 그러나 장르의 존재이유는 시대상의 반영에 있으며, 협의를 포함하여 이를 바탕으로 하는 애국과 애족의 정신에 대해 누구도 시대착오적이라고 비난할 수는 없다.104)

진정한 협객은 선을 권장하고 악을 징벌하는 식의 이분법적 구

---

102) 최초의 작품은 문강(文康)의 ≪아녀영웅전(兒女英雄傳)≫이고, 두 번째는 석옥곤(石玉昆)이 판관 포청천의 일대기를 각색한 ≪삼협오의(三俠五義)≫이다. 그다음으로 ≪칠검십삼협(七劍十三俠)≫, ≪영웅대팔의(英雄大八義)≫ 등이 있다.
103) 대표적인 공안소설로 ≪시공안(施公案)≫, ≪팽공안(彭公案)≫, ≪유공안(劉公案)≫ 등이 있다.
104) 무협서사에 대한 기존의 평가는 통속적이며 전개방식이 구태의연하다는 데에 있다. 그러나 문학사적으로 통속성은 상대적인 기준으로서 시대에 따라 다르게 평가되어 왔다. 중국의 고전 ≪서유기(西遊記)≫, ≪홍루몽(紅樓夢)≫, ≪삼국지연의(三國志演義)≫, ≪수호지(水湖志)≫, ≪유림외사(儒林外史)≫, ≪요제이지(聊齊志異)≫, ≪금병매(金甁梅)≫ 등도 처음부터 고전으로 대우받은 것은 아니었으며, 통속문학으로 평가절하된 전력이 있다. 서양의 판타지가 하나의 장르적으로 추앙받으면서 제자리를 잡아가는 데에 비해, 유독 동양의 무협 장르만 도외시되는 현실은 개선되어야 할 것이다.

분으로 판단하는 것이 아니라, 그것의 과거 지향적인 수구의 소산
일지라도 자신이 추구하는 신념과, 자신이 섬기는 왕과, 지키는
백성을 위해 신의와 충의로서 자신의 사명을 다하여 목숨을 초개
처럼 버리는 부류를 의미한다. 필연적으로 파란의 정사(政事) 한
복판에서 살아야 했던 그들에게 선견지명이 없을 리 없다. 역사의
대세 앞에서 그들의 신념은 흔들리고, 섬기던 왕은 정론에 따라
해야 하고, 지키던 백성들의 죽음을 목도해야 한다. 그럼에도 불
구하고 자신의 신념과 의지를 무모하리만큼 굽히지 않았던 강인
한 인간군상을 협객이라 부른다.

신념에 희생하는 인물은 시대를 막론하고 비장하다. 그것이 단
순한 근시안적 정견으로 맹목적인 것이라 할지라도 인간이 자신
의 믿는 바에 따라 행동하고 제 운명을 다스린다는 것은 경이로
움이다. 따라서 협객들의 협기, 그 발자취를 추적하게 되면 무협
이야말로 서양에서 발흥하여 대중적으로 위세를 떨치는 판타지
장르에 비견할 동양의 자생 분야라는 사실과 만날 수 있다.[105]

한국의 무협 장르는 대만작가 위지문(尉遲文)의 ≪검해고홍(劍
海孤鴻)≫을 번안한 김광주의 ≪정협지(情俠誌)≫[106]가 1961년 경
향신문에 연재되면서 독자들의 호응을 얻었다. ≪정협지≫는 무협
장르를 한국 출판계에 알린 최초의 작품으로 한국 무협소설의 신
호탄과 같은 작품이다. 1966년 동아일보에 심기운(沈綺雲)의 ≪천
궐비(天闕碑)≫를 번안한 ≪비호(飛虎)≫를 연재했고, 중앙일보에
반하루주(伴霞樓主)의 ≪독보무림(獨步武林)≫을 번안한 ≪하늘도

---

105) 조은하, 시나리오작법 – 인물편, 한국게임산업개발원, 2004, 42 – 43면.
106) 김광주의 ≪정협지≫는 위지문(尉遲文)의 한 권 분량의 원작을 여섯
　　 권으로 번안했으므로 번역이 아닌 재창작에 가깝다.

놀라고 땅도 흔들리고≫를 연재했다. 이 시기에는 대만·홍콩 무협소설의 번안이 주로 이루어졌으며, 1970년대 후반부터 1980년대 초반 대망출판사의 ≪호림(虎林)≫ 시리즈를 기점으로 본격적인 창작무협시대가 시작된다.

삼국시대를 배경으로 하면서 김유신 등의 역사적 인물이 등장하는 ≪뇌검≫, 고려 공민왕 때 홍건적과 왜구가 창궐하는 시대에 애국심에 불타는 여자검객이 등장하는 방기환의 ≪낭자검≫ 등에 힘입어 창작무협의 전성기를 구가하게 되고, 금강(金剛), 왕명상(王明常), 사마달(司馬達), 검궁인(劍弓人), 서효원(徐孝源), 야설록(夜雪綠) 등의 작가군이 창작무협의 중흥기를 이끌었다. 그러나 개연성 없고 천편일률적인 전개방식과 평면적인 캐릭터 설정 등으로 1980년대 이후 사양세에 접어들게 된다.

1979년 김대식은 을제상인(乙齊上人)이라는 필명으로 ≪팔만사천검법(八萬四千劍法)≫을 발표, 침체된 무협계에 새 바람을 불러일으켰다. 이때부터 창작 무협소설이 활발히 나오기 시작했는데, 과도기적인 현상으로 실제 지은이는 번역자로 표기되고 작자는 중국작가 이름을 쓰곤 했다. 이 시기 활동한 이연재는 왕명상(王明常)이라는 필명으로 ≪신풍금룡≫, ≪독목수라≫, ≪천무영웅전≫ 등 백여 편에 이르는 히트작을 냈지만, 그중에는 번역이나 번안 등이 포함되어 있어 창작 무협작가로서 제대로 인정받지는 못했다.

이후 80년대에 들어오면서 한국식 필명의 시대가 시작되는데, 대표적인 작가로는 금강, 사마달, 야설록, 서효원 등이 있다. 금강은 1981년 ≪금검경혼≫으로 데뷔한 이래 ≪뇌정경혼≫, ≪영웅천하≫, ≪절대지존≫ 등의 작품을 냈고, 1987년 한국적 무협소설을 표방한 ≪발해(渤海)의 혼(魂)≫, 1999년 ≪위대한 후예≫를 발표한다. 그는 요즘도 창작활동을 하고 있으며 무협게임 ≪영웅 온라인≫의 시나리오 작업에 참여하고 있다. 사마달은 1981년 ≪혈천유성≫으로 데뷔하고 ≪절대무존≫으로 이름을 굳혔다. 그는 글보다는 스토리에 재능이 있어서 데뷔작 외에는 전부 공저를 하는 특이한 작가이기도 했다. 그의 작품들은 그래서 그의 스토리를 이해하고 표현할 줄 아는 가필작가[107]로 누구를 만나느냐에 그 수준과 작품성이 좌우되었다.

야설록은 1982년 ≪강호묵검혈풍영≫으로 데뷔했으며, 비장미를 중시하고 캐릭터 하나하나를 강조하는 작풍을 가져 주목을 받았다. 무협소설로 ≪표향옥상≫, ≪녹수옥풍향≫ 등의 작품을 냈고, 후에 출판만화 스토리 작가로 활동하기도 했다. 서효원은 백 수십 질, 천여 권의 무협소설을 쓴 뒤 33세로 요절했는데, 짧고 건조한 문체로 빠른 스토리를 전개해나가는 그의 독특한 작풍과 굴곡이 없이 일정한 작품 수준에 반한 팬이 많다. 백 수십 편에 달하는 그의 작품 중 ≪대자객교≫와 ≪실명대협≫이 가장 유명하다.[108] 그러나 무협 장르는 개연성 없는 스토리 전개와 평면적인 캐릭터, 천편일률적인 세계관 등의 고질적인 문제로 인해 점차 사양세에 접어들었다.

이후 1990년대 통신사의 동호회를 중심으로 게시판 업로드와

---

107) 사마달은 검궁인과 공저로 ≪월락검극천미명≫ 등의 작품을, 일주향과 공저로 ≪십대천왕≫ 등을, 철자생과 공저해서 ≪구천십지제일신마≫ 등의 작품을 냈다.

108) 좌백, "80년대 한국 무협의 4대천왕", 좌백의 무림기행, IT 포탈 ETNEWS 전자신문 게임뉴스, 2005. 7. 23.(http://www.etnews.co.kr/news/detail.html?id=200507230028 참조.)

다운로드 방식을 통해 능동적인 양방향 커뮤니케이션이 이루어짐으로써 무협 장르는 제2의 전성기를 맞게 된다. 1991년 하이텔의 무림동은 무협에 관한 소설·영화·만화 전반에 걸친 붐을 조성하는 데 기여했고, 이외에도 천리안의 '무림', 나우누리의 '무림천하', 유니텔의 '무림동' 등이 생겨나면서 동호회를 중심으로 하는 다양한 실험적 작품들이 양산되면서, 1994년 통신사를 중심으로 기성작가의 장르적 후원과 단편 공모전을 통한 신진작가의 발굴을 시작한다. 그중 용대운의 ≪태극문(太極門)≫은 새로운 스타일의 한국 무협, 즉 '신무협' 장르의 효시가 되는 작품으로, 80년대 무협 장르에 대한 반성에서 출발한다. 물론 무협의 기본 골격이라 할 수 있을 무림패권 쟁탈과 복수의 플롯은 그대로 유지하되, 흥미 위주의 사건제시만이 아니라 캐릭터의 심리묘사와 성격설정에 주안점을 둔다.

이에 비해 1994년 단편공모전에서 당선된 최초의 여성작가 진산의 <광검유정>은 여성을 주인공으로 등장하는 서정성이 돋보이는 작품이며, 1995년 당선된 이재일의 <칠석야>는 시간적·공간적 제약을 통해 보다 치밀한 사건 전개의 필연성을 부각시키면서 충실한 고증과 폭넓은 한문 지식, 탄탄한 문장력으로 사랑과 배신, 음모를 제대로 그려낸 작품이다. 유재용의 ≪청룡장(靑龍莊)≫[109]은 캐릭터의 성격과 심리에 주안점을 둔 신무협의 약점을 보완하면서 명초를 배경으로 강동의 패주 청룡장, 황실, 티무르 제국, 중원의 각 문파들이 치밀한 전략으로 서로의 두뇌싸움을 벌이며 중원천하를 다투는 활약상을 마치 ≪삼국지≫에 비견되는 스케일감을 보여준다. 개인이 아닌 집단의 전략·전술에 초점을 맞춤으로

---

109) 유재용, 청룡장, 시공사, 2001.

써 기존 무협이 가진 개인사적 맥락을 과감하게 극복한 작품이다.

이처럼 무협적 전통의 극복을 실험적으로 시도한 작품으로는
조진행의 ≪천사지인(天師之印)≫110)과 최후식의 ≪표류공주(漂流
空舟)≫111)가 있다. 이들 작품은 공통적으로 철학적 주제의 탐색
과 순수문학에의 접근을 통해 무공의 허실을 간파하여 현실을 극
복한다는 주제를 진지하게 모색하면서 의(義)와 협(俠)에 대한 근
본적 성찰을 바탕으로 무협의 정체성을 추구한다. 조진행의 ≪천
사지인≫은 도가사상을 사상적 배경으로 다양한 직업의 캐릭터를
통해 선악과 정사(正邪)의 이분법을 초월하는 절대의 도경(道境)
을 추구하는 일종의 구도(求道)소설이다. 불구의 주인공을 통해
운명과 업보를 심도 있게 조망한 ≪표류공주≫는 무협의 단순한
소재지향성을 극복한 작품이다.

한편 하이텔 무림동에 연재된 권오단의 <전우치전>은 고전소설
을 바탕으로 민요체의 서술방식과 사명대사·휴정대사 등의 실제
인물들을 등장시킴으로써 역사적 사실과 허구의 결합을 시도한다.
권오단의 <대륙의 한>은 한국의 신화, 전설, 민담의 상상력을 재
구성하는 등 독창적인 무협 장르를 구축하는 데 공헌한다. 천리안
에 연재된 전동조의 ≪묵향(墨香)≫112)은 무협 장르에 판타지 장
르를 접목시킨 작품으로 작품성보다는 대중성에 초점을 맞추고
있다. 이러한 장르의 접합 혹은 혼성113) 현상은 획일적인 가치관

---

110) 조진행, 천사지인, 청어람, 2001.

111) 최후식, 표류공주, 시공사, 2000.

112) 전동조, 묵향, 명상, 1999.

113) 혼성의 영문표기 '하이브리드(hybrid)'는 일반적으로 서로 다른 종의
    교잡에서 나온 신종을 의미하는 생물학적 용어인데, 그 어원은 라틴

과 세계관을 지양하는 N세대들의 열렬한 지지와 호응을 받으면서 발전하게 된다.

다음으로 판타지(fantasy) 장르는 고도의 과학적 전문지식을 요구하는 공상과학 장르나 한자문화권의 지식을 바탕으로 하는 무협 장르에 비해 비교적 비전문가[114]들이 접근하기 쉬운 장르이다. 판타지를 소재로 다룬 문학은 신화나 전설을 생각한다면 인류의 탄생과 역사를 같이한다고 볼 수 있으나, 오늘날 우리가 접하는 '판타지'라고 불리는 유형의 소설이 문학사에 등장한 것은 19세기 중반 이후라고 할 수 있다.

판타지 장르는 넓은 의미에서 환상문학이며, 좁은 의미에서 판타지문학으로 구분이 가능하다. 환상문학으로서의 판타지 장르는 신화, 전설, 민화, 요정이야기, 유토피아, 꿈의 비전, 심지어 SF나 호러 등 쉽게 말하여 판타지적 요소를 포함한 작품군을 지칭한다. 좁은 의미에서는 20세기 후반에 자리 잡은 대중소설로서 마법과 같은 초자연적인 현상, 비합리적인 현상을 다루는 작품군을 지칭한다.[115]

어 'hibrida'로 두 인종 혹은 두 이민족으로부터 태어났다는 의미를 가진다. 이 단어는 변종·이종의 교배에 의해 초래된 개체를 가리키며, 그리스어 '하이브리스(hyvris)'는 모든 과잉·오만·모욕·학대·능욕과 같은 의미를 파생시킨 정도를 벗어난 상태를 의미한다.

114) 특히 1992년 처음 설립돼 꾸준히 활동해 온 하이텔의 '판타지 동호회'는 초기부터 한국적인 판타지를 부르짖으면서 회원들의 작품활동을 독려하는 등 판타지 장르가 뿌리내리도록 하는 데 큰 기여를 했다. 판타지 장르의 작가들은 대부분 등단 절차를 거치지 않은 아마추어로서, 고학력의 전문직 종사자나 대학생들이 적지 않다. ≪퇴마록≫의 이우혁은 서울대 기계설계학과, ≪용의 신전≫의 김예리는 서울대 영문학과, ≪마왕의 육아일기≫의 방지나는 세종대 역사학과, ≪하얀 로냐프강≫의 이상균은 서강대 전산학과, ≪비상하는 매≫의 홍정훈은 숭실대 전기과 재학 중 작품을 업로드했다.

판타지의 장르적 특성을 구분하면서 무협의 그것과 대비하는 경우가 다반사인데, 필자는 판타지는 서양의 무협이며, 무협은 동양의 판타지라는 견해를 고수한다. 서양의 신화와 전설에서 배태된 판타지의 발생사는, 동양의 신화와 전설에서 배태된 무협의 그것과 한가지다. 판타지 장르는 눈에 보이지 않는 비현실적인 세계를 그리기 때문에 작가의 상상력이 무엇보다 중요하고, 현실에서의 불가능성을 핍진하게 묘사하기 위한 치밀한 복선과 테크닉이 요구된다. 판타지 장르는 그 극단적 상상력으로 인해 여타 장르와 기본적으로 쉽게 혼성되는 특성을 가지고 있다.

1993년 7월 하이텔에 연재를 시작하면서 폭발적인 반응을 얻어 1998년 영화화되기도 한 이우혁의 ≪퇴마록(退魔錄)≫은 공학도답게 공상과학과 무협의 장르적 요소를 과감하게 도입함으로써 판타지 장르의 혼성성을 제대로 활용한 상업적 성공사례이다. 그 분량 또한 방대하여, 외전을 제외하고 국내편(전3권), 세계편(전4권), 혼세편(전6권), 말세편(전6권)의 총 19권으로 질적인 부분을 차치하고 규모만큼은 초대형 프로젝트임에 틀림없다. ≪퇴마록≫는 인간의 영적 세계를 지배하여 사회의 혼란을 도모하는 마귀들을 격퇴하는 퇴마사(退魔師)의 영웅담으로, 네 명의 주요 등장인물들은 각각의 퇴마행위와 비법연마 등을 통해 정신적 능력적으로 성장해 나간다.

이러한 기본골격과 캐릭터의 순차적 성장과정은 다분히 무협적 요소가 강하다. 이에 비해 역사, 신화, 종교, 자연과학 등 인문 과학을 넘나드는 박람적(博覽的) 지식은 다분히 공상과학적 요소이

---

115) 호승희, "멀티미디어문학―중세의 마법과 판타지", 문화예술 기초입문 프로그램, 한국 문화예술 진흥원, http://www.artsonline.or.kr 참조.

다. 한기호는 《퇴마록》이 "서구 판타지를 모방하지 않고 한국 판타지의 길을 선택"함으로써 판타지 장르의 새로운 돌파구를 마련했다고 평하면서, 판타지 장르가 게임·영화·애니메이션·출판만화와 같은 인접 산업과의 연계를 통한 다매체전략(one-source multi-use)의 가장 원천적인 텍스트가 될 수 있기 때문에 무한한 성장 가능성이 있다고 본다.

《퇴마록》의 여파로 퇴마를 주요 테마로 하는 모방작들이 양산되었는데, 그중에서 하이텔 '판타지 동호회'에서 연재된 이수영의 《귀환병(歸還兵) 이야기》116)는 단연 돋보인다. "세상의 종말이 오리라. 세계의 문이 열리면 모든 생물들이 마물로 변하리라"는 백 년 전의 절망적인 예언 이후, 용맹스런 전사들이 세상을 구하기 위해 토벌대를 조직하여 마계(魔界)를 찾아 나선다. 그러나 그들이 7일간의 참혹한 전쟁을 마치고 겨우 여덟 명의 용사만이 살아남아 귀환했으나 이미 세상의 시간으로는 70년이 흐른 뒤이다.

《귀환병 이야기》는 퇴마의 소명의식으로 무장한 전사들 중에 살아남은 8명의 귀환병들이 사랑하는 사람들이 모두 떠나버린 사악한 세상이라는 현실 앞에서 서서히 광기와 절망으로 무너져 가는 모습을 그린다. 이러한 귀환병들의 여정과 상황은 정신적인 공황상태에 빠진 현대인의 메마른 일상과 영혼의 허탈감을 상징하고 있으며, 여성작가 특유의 외유내강으로 부드러우나 강한 장면묘사와 독창적인 상황설정 등을 통해 판타지 장르에 여성독자들의 참여를 유도했다고 평을 받는다.

이와 동시에 문체적인 특성뿐만 아니라, 상황설정에 있어서 보

---

116) 이수영, 귀환병 이야기, 황금가지, 1998.

다 구체적인 현대적 시도들이 이루어지는데, 김민영의 ≪옥스타칼니스의 아이들≫117)은 완벽한 가상현실인 게임세계 '팔란티어'와 현실 세계를 오가면서 디지털 테크놀로지에 주안점을 둔 공상과학적 요소와 판타지의 요소를 적절하게 혼용하고 있다. 게임으로 구축된 가상현실과 실제의 현실은 처음에는 그 경계가 분명하였으나, 상황이 전개되면서 점차 경계가 희미해지고, 결국 마침내는 혼돈의 한 덩어리가 되어, 어디까지가 현실 세계이며 가상세계인지 구분할 수 없는 지점에 이르게 된다.

앞에서 판타지의 장르적 혼성성에 대해서 언급했듯이, 이 작품은 판타지의 요소에 공상과학 장르를 병치시킴으로써 '작가에 의해 온전히 구축된 하나의 허구적 가상공간에서 이루어지는' 고전적인 판타지 장르가 아닌, 현실과 허구를 넘나드는 제3의 공간을 허구 속에 구축하는 판타지의 현대성을 제대로 보여주고 있다.

작품의 판매부수와 독자반응을 고려할 때, ≪퇴마록≫을 한국적 퓨전(fusion) 판타지 장르의 최대 성공작으로 본다면, 서구적 정통 판타지 장르의 최대 성공작은 이영도의 ≪드래곤 라자≫이다. 1997년 하이텔에 연재된 ≪드래곤 라자≫는 1만 3천여 매(총 12권)에 달하는 방대한 분량으로 통신가입자들의 폭발적인 조회수에 힘입어 판타지 장르의 태풍의 눈이 된다. ≪드래곤 라자≫는 여성작가의 유려한 문체와 속도감 있는 업로드, 순정만화적 캐릭터와 감성적인 장면, 위트 있는 대사와 에피소드 등을 통해 단숨에 베스트셀러로서 입지를 확보했으며, 이후 컴퓨터게임으로 제작되기도 했다.

---

117) 김민영, 옥스타칼니스의 아이들, 황금가지, 1999.

≪드래곤 라자≫는 ≪귀환병 이야기≫와 마찬가지로 여성 판타지 작가들이 기본적으로 가지고 있는 순정만화적 취향과 정통적인 판타지 장르가 만났을 때의 얼마나 큰 시너지 효과를 나타내는가를 여실히 증명해 준다. 이후 이영도는 전자책(e-book)의 형태로 첫 중편소설 <오버 더 호라이즌>을 선보이는데, 권택영[118]은 '일어날 수 없지만 말이 되는 이야기가 일어날 수 있지만 말이 안 되는 이야기'보다 낫다는 아리스토텔레스의 말을 인용하면서, 이 작품을 통해 커뮤니티 문학이라는 새로운 유통방식에 작가와 독자, 출판인 모두가 익숙해지면서 다양한 장르의 장점을 융합하고 인문학적 소양을 바탕으로 판타지 장르가 순문학 지형으로 진입을 시도는 구체적인 가능성[119]을 발견한다.

다음으로 추리 장르[120]는 인간의 이성에 관한 신뢰를 바탕으로

---

118) 권택영, "이영도, 판타지에 녹여낸 인문학 소양", 동아일보, 2000. 12. 17. 참조.

119) "우리 문단은 사실주의가 압도적이었다. 그리고 최근에는 내면세계에 집착하면서 자의식적 성향을 보이는 소설들이 많다. 그러나 21세기의 독자는 때로 훨훨 날고 싶어 한다. 이영도의 판타지는 이들이 갈증하는 상상력에 날개를 달아준다. 앞으로 이영도는 다산(多産)의 강박에서 벗어나 밀도를 추구한다면, 단순한 구도 속에 모호한 현실을 치밀하게 압축한 <오버 더 호라이즌>의 시도를 이어간다면, 머지않아 한국 문단이 스스로를 가두고 안주하는 리얼리즘의 견고한 성채가 허물어지는 광경을 목도할 수 있을 것이다."(권택영, 같은 글.)

120) "인간은 이성적 존재로서 감성과 이성을 겸비하며, 감성적인 것을 지성적인 것으로 바꾸고자 하는 소명의지를 갖는다. 이것이 바로 왜 추리소설이 불투명한 세계에서 인간 정신의 한 공적이라고 말할 수 있는 이유이다. 추리 장르의 시발은 비교적 근대로 추정되지만, 작품을 만드는 이성의 구조는 늘 인간 자신과 동시대적이다. 단지 그 구조들은 시대의 벽두부터 무의식적으로 기능하였기 때문에 알아차리지 못했을 뿐이다. (……) 논리를 알기 위해서는 아리스토텔레스를, 방법론을 알기 위해서는 데까르트를, 인식론을 알기 위해서는 끌로드 베르

구축된 장르로서, 인간에게는 본질적으로 자신을 중심으로 벌어지는 사건과 상황의 변화에 대한 추리능력이 있다고 전제한다. 여기서 추리란, 몇 개의 증거를 바탕으로 하여 어떤 사실이 성립되어 있음을 미루어 추측하는 일로 이성의 작용이다. 이성은 인간이 다른 생명체들과의 상대적 정체성을 자각한 이후부터 인간의 가장 중요한 속성이 된다.[121]

추리 장르는 다분히 문명적인 본성으로 인해 산업 선진국에서 특화 발전된 장르로서, 범죄라는 주제는 이미 오래 전부터 작가와 일반 독자들을 열광시켜 왔으며, 서양 비극에서는 끊임없이 중대한 범죄를 다루어 왔다. 범죄 행위가 중심사건이 되는 문학작품[122]은 오래 전부터 통속문학은 물론 정통(본격)문학에도 존재해

나르를 기다려야만 했다. 의식의 역사는 없지만, 자각의 역사는 있다. 수사(搜査)는 인간 정신의 가장 자연스러운 방법인데도 수사를 이해하는 데 오랜 세월이 걸렸다.”(브왈로 나르스, “추리소설의 기원”, 미스테리하우스, 2001. 11. 26. http://www.mysteryhouse.co.kr 참조.)

121) 이성을 통한 추리 단계를 설명하는 과정에서 해결의 단서를 ‘실마리’라고 하는데, 여기서 실마리란 실을 감아 두는 실패·실타래에서 일부 풀려 나온 실의 끄트머리를 가리키는 말이다. 실마리를 단서에 비유한 것은, 어떤 사건을 해결하는 데 있어서 겉으로 보기에 단단하게 감겨 좀처럼 풀어낼 방법이 없을 듯한 경우에도 사건을 풀어나가는 단초는 실마리처럼 사소한 끄트머리부터 시작된다는 것을 강조하기 위해서이다. 일단 실의 끄트머리 실마리를 잡아내기만 하면, 남은 것은 그것을 따라 증거를 모으면서 추적하는 일이며, 결국 수집하며 추적하다 보면 사건의 결정적인 증거를 잡게 되면서 사건을 해결하게 된다.(조은하, 앞의 책, 178 – 179면.)

122) 소포클레스의 작품 ≪오이디푸스≫의 부친 살해로부터 시작하여 세익스피어 비극에 등장하는 왕의 살해를 거쳐, 쉴러(Friedrich Schiller)의 ≪군도(Die Rauber)≫와 엘리어트(T. S. Eliot)의 ≪대사원 살인사건(Murder in the Cathedral)≫에 이르는 것이 그것이다. 단편소설에서도 주로 ‘기상천외하게 발생한 사건’이 등장하는 범죄를 다루고 있다. 예

왔으며 서로 혼합되는 경우도 다반사였으나, 이러한 침투 혹은 혼합 현상은 매우 드물게 일어났기 때문에 추리 장르는 오랫동안 문학적으로 격리 수용되어 왔다고 볼 수 있다. 소위 포스트모던시대에 접어들면서 추리문학과 본격(포스트모던)문학이 상호 접근하기 시작했는데, 두 영역은 최소한 두 가지 점에서 본질적인 유사성을 가진다. 하나는 현실적인 세계를 묘사하는 것을 공통적으로 거부한다는 것이고, 다른 하나는 가능한 한 하나의 세계를 창안하려는 경향이 강하다는 것이다. 특히 추리문학은 현실 세계가 합리적인 구조를 가지고 있다는 전제에 기초를 두고 있고, 따라서 이 세계는 인간의 이성, 다시 말하면 탐정의 연역적인 추정에 의하여 규명될 수 있다는 입장이다.

양적으로 질적으로 월등한 국외의 추리 장르에 비해 국내의 추리 장르는 일반적으로 통속적이며 대중적인 장르라는 인식이 지배적이다. 다만 통신문학이 발전하면서 판타지·무협 등 일련의 비주류 장르의 유행에 편승하여 지금까지 명맥을 유지하고 있다. 1996년 제2회 컴퓨터 통신문학상 수상작 황세연의 ≪붉은비≫[123]

를 들어, 쉴러의 <잃어버린 명예와 범인(Der Verbrecher aus verlorene Ehre)>, 호프만(E. A. Hoffmann)의 <스크데리의 아가씨(Das Fraulein von Scuderi)> 또는 안네테 폰 드로스테-휠스호프(Annette von Droste-Hulshoff)의 <유태인 너도밤나무(Die Judenbuche)> 등이 그것이다. 장편소설에서도 범죄는 반복적으로 나타나는 주제가 된다. 필딩(Henry Fielding)의 ≪위대한 조나단 와일드의 전기(The History of Jonathan Wild the Great)≫, 디킨즈(Charles Dickens)의 ≪에드윈 드러드의 미스터리(The Mystery of Edwin Drood)≫, 도스토예프스키(Fyodor Dostoevsky)의 ≪죄와 벌≫, 되블린(Alfred Döblin)의 ≪베를린 알렉산더 광장(Berliner Alexander Platz)≫ 등이 그것이다.(울리히 브로이히, "추리문학에 대하여", 미스테리하우스, 2001. 11. 26. http://www.mystery house.co.kr 참조.)

123) 황세연, 나는 사랑을 믿지 않는다, 홍익출판사, 1996.

는 미녀연쇄살인을 다룬 하드보일드 계열로서 추리 장르의 특성이라고 할 수 있는 연속되는 반전과, 다분히 흥미로운 사건설정 등을 배경으로 사회모순에 대한 비판과 실험정신이 돋보인다.

이후 발표한 그의 ≪미녀사냥꾼≫은 한국추리문학상 신예상을 수상한 작품으로 휴머니즘을 바탕으로 마찬가지로 미녀연쇄살인 사건을 다룬 추리소설이다. 다만 황세연은 추리라는 장르의 표제에 편향되어 흥미로운 혹은 자극적인 사건과 해결이라는 단순공식을 넘어서지 못함으로써, 추리 장르의 고질적인 병폐라고 할 수 있는, 심도 있는 주제의 제시는 물론 새로운 추리 장르의 실험정신 또한 시도하지 못하는 등 흥미위주의 대중적 취향이라는 오명을 극복할 수는 없다.

이에 비해 황유석의 ≪마지막 해커≫[124]는 특정 사이트에 접속하는 사람마다 죽음에 이른다는 독특한 발상으로 인해 연재 당시 상당한 주목을 받는다. ≪마지막 해커≫는 여러모로 기존의 추리 장르가 가지고 있던 상식화된 틀을 깨뜨리는데, 우선 'MURDER'라는 특정사이트에 접속하는 불특정 다수의 무고한 죽음은 영화적 상상력을 자극하는 참신성을 보여준다. 또한 본문 중에 일정한 'interval', 즉 일종의 '쉬어가는 코너'와 같이 독자를 배려하는 흥미로운 장치를 마련한 점도 특기할 만했다.

무엇보다도 사건해결의 열쇠를 쥐고 있다고 믿어지던 1편의 주인공 유능한 해커가 1편 결말부분에 결국 또 다른 희생자가 된다는 설정도 주인공은 절대 죽지 않는다고 믿는 독자들의 허를 찌르면서 상당한 반향을 일으켰다. 사건해결은 이후 사건을 취재하

---

124) 황유선, 마지막 해커, 두리, 1998.

는 기자에 또 다른 국면으로 접어들게 되면서, 황유석은 추리 장르에 신세대 장르영화들이 가진 영화적 상상력을 접목시킴으로써 추리 장르의 가능성을 보여준다.

인터넷 동호회 '글벗'에서 활동한 김유철은 ≪오시리스의 반지≫[125]로 제1회 한국인터넷문학상[126]에 당선되는데, 이 작품은 정치음모론을 저변에 깔고 전통적인 추리방식으로 전개된다. 시작은 미약했으나 끝은 창대하리라는 욥기의 구절처럼, 독자의 제보로 위장된 사소한 전화 한 통으로 시작되는 전형적인 사건에서 서서히 밝혀지는 거대한 음모, 즉 대통령선거를 몇 달 앞두고 대권 경쟁자를 제거하려는 기득권 세력과 국가권력의 야합 등이 흥미를 가중시키면서 몰입도 있게 전개된다. 정돈된 문체와 속도감 있는 사건전개, 그리고 결말의 반전에 이르기까지 추리 장르의 특성을 충실히 보여준다.

인터넷문학상과 같은 이러한 제도적 장치는, 커뮤니티 문학계 내부에서 그동안 정통적인 문학수업을 받지 않은 작가들의 비전문성으로 인한 커뮤니티 문학의 폐해를 자인하고, 질적 열세를 회복하려는 자정의지를 보여준다. 물론 이러한 커뮤니티 문학계 내부의 긍정적인 자정의지에 반해, 커뮤니티 문학의 작가와 독자 연

---

125) 김유철, 오시리스의 반지, 바로북, 2002.
126) 한국인터넷문학상의 가장 큰 특징은 누구나 참여할 수 있게 개방되어 있다는 점과 완성작에서부터 집필계획 중인 작품, 현재 집필 중인 작품까지 모두 참여의 기회를 준다는 데에 있다. 매달 당선작과 미완성작 중 선정작을 발표하여 상금과 선정료를 지급하기 때문에 작가의 창작의욕을 높이는 일은 물론이고, 또한 당선작과 대상작은 종이책과 전자책으로 동시 출간되는 등 디지털시대의 신인작가 등용문으로 확고히 자리 매김하려는 의지를 표방한다.

령층이 하향 조정되면서 기형적인 퇴행 현상을 보여주기도 한다. 최근 이윤세의 ≪그놈은 멋있었다≫, 이햇님의 ≪내사랑 싸가지≫ 등 '인터넷 소설'이라는 제명하에 10대들에 의한, 10대들을 위한 커뮤니티 문학이 폭발적인 인기를 얻으면서 드라마나 영화로 제작되는 현상이 바로 그것이다.

초창기의 통신문화는 PC를 소유할 수 있는 특정 수준 이상의 집단에 의해 주도되었으나, 최근 초고속 인터넷의 발달과 PC방 문화의 대중화, 그리고 여전한 학벌위주의 사회이면서도 학벌을 경시하는 기이한 모순이 공존하면서 학교와 멀어진 청소년들이 인터넷상에서 또래문화를 구축하면서 주도권을 쥐게 되었다. 당연히 청소년의 취향과 수준에 맞춰 문화는 포물선을 그리며 하향하기 시작했고, 각 분야에서 청소년을 주 고객으로 하는 새로운 전략을 발표하게 된다. 영상·서사물 분야에서도 예외일 수 없다.

이러한 상황에서 즉흥적이며 즉각적인 독자반응을 특징으로 하는 커뮤니티 문학은 악재로 작용할 수밖에 없다. 재미있으면 조회수가 급상승하고, 조회수가 높아지면 부익부로 높은 조회수에 이끌려 조회하게 된다. 청소년들은 자신들이 대중문화의 주인공이라는 강한 주연의식(主演意識)을 가지고 있으며, 자신들 스스로가 참여하거나 그렇지 못할 경우에는 자기 세대를 중심으로 하는 것만을 선호하고 지지한다. 청소년층의 기호에 맞춰 유행처럼 범람하는 커뮤니티 문학의 내용은 모두 천편일률적이다. 학원물임에도 교내에서 벌어지는 에피소드를 다루는 일은 매우 적다. 학교 밖에서 벌어지는 사건들이 위주가 되고, 순정만화적인 에피소드들의 나열, 은어화(隱語化)된 채팅언어와 이모티콘이 난무한다. 그러나 청소년은 성장의 세대이지, 성숙의 세대가 아니다.

커뮤니티 문학의 입지를 굳히고, 위상을 재정립하기 위해서는 대중에 영합하는 '독자 맞춤형 생산방식'에서 벗어나, 적절한 순화 방안과 문학적 솔루션을 모색할 필요가 있다. 그런 의미에서 커뮤니티 문학에서 발아되어, 정통문학을 대리모로 성장한 작가들의 작품을 주목해 볼 필요가 있다. 특히 하이텔 동호회를 중심으로 활발하게 활동하면서 이후 단편집 ≪비트시대≫127)를 출간한 김영하와 송경아는 커뮤니티 문학의 수준을 진일보시켰을 뿐만 아니라, 커뮤니티 문학에 대한 기성문단의 속단을 불식시킨 공로가 있다.

이 두 작가는 기성문단의 테두리에서 적절한 평가를 받고 있기 때문에, 상세한 작품평 대신 그들의 작품이 커뮤니티 문학으로부터 배태되었음에 주목하고자 한다. 송경아는 커뮤니티 문학을 바탕으로 하는 독특한 주제와 이를 표현하는 독창적인 기재를 통해, 커뮤니티 문학이라는 '항체'가 기존 문단의 답보 혹은 소강상태를 어느 정도 자극시킴으로써 건강한 재기를 위한 '항원'의 형성을 도모할 수 있음을 증명한다. 이는 기득권을 고수하면서 의도적으로 커뮤니티 문학을 백안시해 온 고답적인 기성문단에 각성과 성찰의 계기를 마련한다.

현대인이 처한 소외감과 자괴감을, 테크놀로지의 테두리 안에서 교묘하게 변주하고 반증한 김영하의 <호출>128)은 <호출하는 자>, <호출되는 자>, <호출은 없다>의 세 개의 장으로 구성되어 '호출'이라는 상징적 코드를 통해 문명과 인간에 반(反)한 메시지를 전

---

127) 하이텔문학관, 비트시대, 토마토, 1996.
128) 김영하, "호출", 비트시대, 토마토, 1996.

달한다. 호출(呼出)의 언표는 '(아랫사람을) 불러낸다'이며, 호출을 위해서는 '호출하는' 주체와 '호출되는' 객체, 그리고 '호출' 행위가 필요하다. <호출하는 자>, <호출되는 자>를 전제로 이야기는 전개되지만, 결국 <호출은 없다>. 그렇다면 결론에서 보이는 행위의 부재는 소급 적용되어, 주체와 객체를 동시에 부정하게 된다. '행위'도 없고, '주체'와 '객체'도 없는 무리수(無理數)의 상황, 그것이 바로 커뮤니티 문학의 문제적 실제이며, 화두(話頭)이다.

C. 커뮤니티 문학의 과제

문학작품의 수준은 작가 1인이 적당한 '물리적 공간'에서 육필 혹은 워드프로세서와 같은 저작도구를 이용해서 '집필'하여 '출판'된 문학이냐, 아니면 1인 이상의 작가가 적당한 '가상적 공간'에서 저작도구를 이용하여 '업로드'하여 '다운로드'된 문학이냐로 구분할 수는 없다. 문학작품의 질적인 측면은 창작이나 감상 절차의 특이성이 아니라, 그 성과물로서만 판단할 수 있다. 그런 의미에서 양적 성장[129]이 질적 퇴행[130]으로 인해 반감되고 있는 커뮤

---

129) 일례로 유니텔의 문학동호회에 연간 업로드되는 시(詩)는 약 6천여 편이며, 각 통신사의 동호회를 중심으로 그 수를 합산한다면 상당한 양산이 아닐 수 없다.(황선열, "통신문학의 소통성과 단절성에 대하여 −1999년 유니텔 문학동호회 시에 대한 비판적 성찰", http://my.netian.com/~hun11 참조.)

130) 동호회 중심의 커뮤니티 문학은, '동호회'의 취지에 맞게 또래문화의 테두리를 벗어날 수 없다. 따라서 10대 위주로 또래문화의 영향으로 저급한 신종 양식들이 우후죽순 유행적으로 생성·소멸된다. 그러한 유행 현상으로 '엽기(獵奇)'나 '공포', '유머'나 '팬픽(fan−fic)' 등을 예로 들 수 있으며, 폭발적인 지지를 받으며 사회적 이슈가 되기도 한

니티 문학의 현주소는 부정적일 수밖에 없다.

다만, 커뮤니티 문학의 유통상 특이성은 커뮤니티 문학의 수준 저하가 어느 정도 필연적임을 보여준다. 즉 일단 글이 게시판에 업로드되면, 일명 '조회수'를 통해 그 반응여파를 실시간(real time)[131])으로 확인할 수 있으며, 독자의 열렬한 지지와 항의의 의견들이 그대로 노출되기 때문에 독자 반응을 의식하지 않을 수 없다.

커뮤니티 문학의 작가는 독자의 지지를 이끌어내기 위해 흥미 위주의 자극적이며 선정적인 소재를 택하지 않을 수 없으며, 또한 독자의 수준을 고려하여 치밀한 상황 설명이나 어법에 맞는 문맥보다는 감각적이며 단순한 문체를 기본으로 하되, 적절한 속어와 은어, 다양한 이모티콘[132])을 사용하는 등 기존 문법의 파괴를 감안해야 한다. 이에 대해 이광호는 "오프라인 문학의 권위에 대한 정서적인 반발과 모방, 왜곡된 욕망의 배출구"라고 평가절하하고,

---

다. 팬픽은 팬픽션(fan fiction)의 준말로 각종 분야에서 지명도를 확보한 유명인의 팬들이 쓰는 소설을 가리킨다. 사이버문화연구실의 최은정은 "팬픽은 10대 청소년들의 우상에 관한 이야기지만 자신들의 창작물을 놓고 게시판에서 토론을 하는 등 나름의 문화를 갖추고 있다"는 점을 지적했다.

131) PC통신과 인터넷의 동호회를 비롯하여 커뮤니티 문학 작가들이 활동하는 대표적인 사이트를 살펴보면, 문학 전반을 다루는 포탈 사이트로 작가네트(www.zaca.net), 작가촌(www.zacachon.net), 글사랑(www.gulsarang.com), 그리고 소설 중심의 사이트로 이블노타운(www.enoveltown.com), 시 중심의 사이트로 시인정신(www.poetspirit.com)과 포엠토피아(www.poemtopia.co.kr), 인터넷 문학신문 iNEWS(imoonhak.com) 등이 있다. 이러한 사이트들과 웹진들은 '수용자 중심 문학'의 전초기지라고 할 수 있다.

132) 이모티콘은 감정을 뜻하는 'emotion'과 상징을 뜻하는 'icon'의 합성어로, 감정을 표현하기 위해 문자를 대신하여 사용하는 일종의 약호 혹은 기호이다.

이에 반해 이성욱은 "기존의 문학적인 글쓰기 역시 역사적인 산물에 불과"[133]하다는 것으로 반론을 제기하기도 한다.

이처럼 커뮤니티 문학의 본질이자 장점인 소통성은 상반된 측면을 가지고 있다. 즉 소통성은 작가와 독자의 거리를 좁히고, 창작과 출판의 거리를 좁힘으로써 문학을 대중 속으로 끌어들이는 역할을 했으나, 이것은 문학적 진정성의 결여와 작가적 정체성의 상실을 담보로 한 소통성이다. 결국 문제는 컴퓨터라는 '매체'의 적절한 활용이며, 단순한 커뮤니티 문학의 현상론에서 논의를 답보시킬 것이 아니라, 컴퓨터 매개 문학이라는 포괄적 범주에서 재조명해 볼 필요가 있다. 커뮤니티 문학을 기존문학의 하위장르로 구분하는 것은, 상기 강조해 왔듯이, 다른 층위의 문제이다.

커뮤니티 문학은 공상과학, 무협, 판타지, 추리 등 또 다른 하위장르를 포함하고 있는 상위개념임에는 분명하지만, 커뮤니티 문학의 문학사적 의의는 기존 문학과 대등한 위상의 확립이 아니라, 창작에서 출판까지의 일방통행을 과감하게 우회하여 출판진행 속도와 독자반응에 대한 위험부담 등의 부대비용을 절감한 유통방식의 혁명성에 있다. 따라서 "작가가 쓴 글을 인터넷에 띄우고 독자가 다운로드 받는 방식의 글쓰기에서는 출판사, 편집자, 제작자, 서점 등 전통적인 제작-유통과정이 사라질 수 있다"는 김병익의 지적은 매우 유효하다고 하겠다. 커뮤니티 문학은 그 속도감 있는 자유로운 유통방식으로 인해 문학의 새로운 방법론을 제시하고 있으며, 이는 매우 시사하는 바가 크다.

---

133) 이종도, "인터넷 시대의 글쓰기-하수 처리장인가 자유공간인가", 주간 조선, 1629호, 2000. 11. 23.

공상과학, 무협, 판타지, 추리 등의 장르문학의 성장을 도모한 커
뮤니티 문학 작가들은 기성문단의 검증을 받지 않은 순수한 아마
추어 작가에서 출발했으며, 작가가 되기 위해서가 아니라 쓰고 싶
은 글을 쓰고자 하는 자발적인 욕구에서 글을 게재하는 경우가 대
부분이다. 상상력의 쾌감이나 독자의 반응을 작품 창작의 중요한
요소로 여기는 이러한 태도는, 문학에서 인생의 의미와 삶의 가치
를 얻으려는 효용적인 입장보다는 쾌락을 중시하는 입장[134]이다.

앞에서 살펴보았듯이 커뮤니티 문학은 대체적으로 지나친 장르
성을 부각시키고 있으나, 좋은 작품은 장르성을 바탕으로 심도 있
는 주제의식과 문학성을 내포하기 위한 적절한 장치를 마련해야만
한다. 또한 커뮤니티 문학의 반골적[135] 성향을 통해 작금의 커뮤니
티 문학을 문학성의 잣대로 평가하는 문학의 하위장르가 아니라,
디지털 문명의 N세대에 걸맞는 '첨단의 등용문'으로 봐야 한다. 커
뮤니티 문학은 최첨단의 등용문으로서 반성과 자성을 통해 문학적
방향성을 모색해야 하며, 한편 기성문단은 지금까지 커뮤니티 문
학에 대해 가졌던 굴절된 시각을 바로잡고, 지속적인 관심과 비판
으로 커뮤니티 문학을 정립할 필요가 있다. 커뮤니티 문학의 시발
점이 된 동호가 단순한 동락의 차원에 머물지 않도록 적절한 비판
적 검토와 성찰이 이루어져야 할 것이며, 이는 매체의 변화에 따라
도태되지 않는 새로운 문학의 질서를 감당하는 첩경이다.

---

134) 호승희, "멀티미디어문학 — 중세의 마법과 판타지", 문화예술 기초입문
  프로그램, 한국 문화예술 진흥원, http://www.artsonline.or.kr 참조.
135) 반골(反骨)은 '뼈가 거꾸로 되어 있다'는 말로 모반을 뜻하는 한자어
  이다. 이 표현은 통신 공간의 특성을 대변해 주는 안티(anti)라는 표현
  과 유사하다. '안티'는 정당한 '반대, 대항'이라는 취지에서 대상에 대
  한 정확한 연구와 분석을 통해 논리적인 비판을 가하는 성향으로 해
  석할 수 있다.

STEP 4

하이퍼텍스트 문학

하이퍼텍스트는 그 개념의 정립과 용어의 정립에 있어서 시기적으로 구분할 필요가 있다. 우선 하이퍼텍스트의 개념에 대해 처음으로 언급한 것은 바네바 부쉬(Vannevar Bush)이다. 부쉬는 <*As We May Think*>[136])에서 활자에 의존한 정보관리의 방식, 즉 지식을 분류하고 정리하는 방법이 인간의 정신작용을 그대로 수렴하기에는 융통성이 부족하다는 것을 지적하고, 연상에 의한 선택을 특징으로 하는 인간의 정신활동의 방식과 유사한 장치를 고안할 것을 제안하면서 이러한 장치를 메멕스(memex)[137])로 지칭한다.

---

136) Vannevar Bush, "*As We May Think*", The Atlantic Monthly 176(July, 1945). http://www.ps.uni-sb.de/~duchier/pub/vbush/vbush-all.shtml 참조.

137) "개인이 사용하는 미래의 어떤 기계를 생각해 보자. 그 기계는 일종의 기계화된 사적인 서류 더미 또는 도서관이라 할 수 있다. 그것은 이름이 필요한데, 언뜻 드는 생각은 'memex'가 좋을 것 같다. memex는 한 개인이 자기의 모든 책들, 기록들, 대화들을 저장하는 어떤 장치이다. 그것은 기계적으로 잘 처리되기 때문에 매우 빠른 속도와 유연성을 가지고 그 개인은 그것을 참조할 수 있을 것이다. 그것은 각 개인의 기억을 확장시켜 주는 그 개인의 친밀한 보충 장치이다."(Bush, Vannevar, "*As we may think*", Endless Horizons, Public Affairs Press, 1946, p.32. 참조.)

메멕스는 '개인의 기억을 보조해 주는 확장된 보조기구(memory extender)'로서 하이퍼텍스트의 본질적인 의미가 최초로 분명하게 문자의 형태로 표현된 것이다.

흔적들을 관통하면서 서로 관련이 있는 흔적들의 망으로 미리 구성되고 메멕스 내에 들어와 거기에서 증폭될 준비가 되어 있는, 전혀 새로운 형태의 백과사전[138]적 텍스트를 제안한 부쉬의 견해를 검토해 보면, 독서를 통해 텍스트에 대한 독자의 개인적이고 순간적인 생각들을 첨가할 필요성을 강조하면서 읽기가 글쓰기를 포함하는 능동적인 과정이라고 재인식하게 된다. 이러한 능동적인 독서의 과정은 물질적인 텍스트를 넘어서는 가상적인 텍스트를 상정한 것으로 단순한 검색이나 주석첨가를 넘어서는 발상이다.

이러한 메멕스를 통한 부쉬의 착안이 컴퓨터를 매개로 구체화된 것이 바로 '하이퍼텍스트(hypertext)'이며, 하이퍼미디어(hypermedia)와 함께 1963년 테오도르 넬슨(Theodor Holm Nelson)에 의해 신조어[139]로 제시된다. 넬슨은 그는 하이퍼텍스트를 근본적으로 새로운 정보 기술과 출판의 양식을 지칭하는 개념으로 사용하면서, 하이퍼텍스트란 비순차적인 글쓰기(nonsequential writing)로 가지를 치고 독자들에게 선택을 허용하는 텍스트로서 상호작용적 스크린

---

138) George P. Landow, *Hypertext: The Convergence of Contemporary Critical Theory and Technology* (Baltimore, The Johns Hopkins University Press, 1992. 죠지 P. 랜도우, 하이퍼텍스트 2.0, 여국현·이동연 역, 문학과학사, 2001, 123면에서 재인용.

139) 이 밖에도 넬슨이 제시한 신조어는 전문적이며 다양하다. 기록 남지 않는 표시를 뜻하는 'softcopy'(1967), 전자적 시각화 혹은 심상(心象)을 뜻하는 'electronic visualization'(1972), 'dildonics'(1974), 'virtuality'(1975), 'micropayment'(1992) 등이 있다.

에서 가장 잘 읽히는 것으로, 쉽게 말해서 "이음들에 의해 연결된 일련의 텍스트 덩어리로서 독자에게 다른 경로를 제공하는 것"[140]이라고 정의 내린다. 1981년 넬슨은 ≪*Literary Machine*≫[141]을 통해 문서의 내부에 노드로 표현되는 정보들을 연결하여 하이퍼텍스트를 생성시킨 최초의 시스템 제나두 프로젝트(Xanadu Project)[142]를 창시한다.

하이퍼텍스트에 착안한 제나두는 지금까지 써 오고 앞으로 써 갈 모든 것들의 저장소가 되는 것을 목표로 하는, 보편적 전자 정보저장 및 접근 시스템을 위한 일련의 아이디어와 소프트웨어 설계 프로젝트를 지칭한다. 오늘날의 웹이나 그룹웨어, 공동 저작, 가상 조직, 정보 객체 오리엔테이션 등과 일부 유사한 점이 있다. 넬슨은 제나두를 '즉석 전자 문헌'이자 '하이퍼텍스트 시스템의 최종적인 형태'라고 설명한다. 그는 모든 것은 서로 긴밀히 연관되어 있으며 따라서 온라인상에서 모두가 하나가 되어야 한다고 생각했던 것이다.

제나두는 당시 저작권이 소멸된 많은 문학작품들을 하이퍼링크를 이용하여 연결하고, 전 세계가 공유하는 야심찬 계획이었지만, 당시의 네트워크 설비와 호환성 문제 등으로 인해 그다지 성공적이라고 볼 수 없다. 비록 제나두는 당시로서는 실현되진 않았지만, 그 기본개념은 웹(web)을 통해 실현 가능성을 보여준다. 웹은 그전까지 하나의 컴퓨터 안에서 구현되고 있던 하이퍼텍스트 시스템을 공통의 프로토콜을 기반으로 서로 떨어진 곳에 있는 다른

---

140) Theodor H. Nelson, 앞의 책. 2면.

141) Theodor H. Nelson, *Literary Machines*, Swarthmore, Pa.: self‒published, 1981.

142) www.xanadu.com.au 참조.

컴퓨터들과 연결시킴으로써 세상의 모든 정보를 하나로 묶을 수 있는 가능성을 제공했다.

1967년 브라운 대학의 앤디 반 담(Andy van Dam)은 하이퍼텍스트 에디팅 시스템(hypertext editing system)을 개발하여 문서작성의 길을 열었으며, 1969년 미국 국방부 부설 첨단연구지원기관(ARPA: Advanced Research Project Agency)에서는 ARPAnet을 개발하여 인터넷 프로토콜(IP)의 서막을 알린다. ARPAnet은 물리적 거리를 극복하는 자료공유를 목적으로 하며, 이에 따라 위계적 메뉴구조에 링크 기능을 도입함으로써 명령어를 직접 입력하지 않고 마우스 클릭만으로 원하는 자료를 구할 수 있는 고퍼(gopher)[143]를 고안한다. 1978년 MIT 아키텍처 머신 그룹(현 Media Lab)의 앤디 리프먼(Andy Lippmann)이 하이퍼미디어 비디오디스크를 처음 개발해 텍스트로서만이 아니라 다양한 미디어로의 활용가능성을 확대시켰으며, 이때부터 하이퍼텍스트 응용기술은 많은 연구가 이루어져 실질적인 활용분야가 늘어난다.

하이퍼텍스트 시스템을 응용사례 중에서 가장 실용적이며 널리 보급된 것은 1987년 출시된 매킨토시 시스템[144]의 하이퍼카드(hypercard)이다. 하이퍼카드는 사용자들에게 데이터베이스의 링크를 따라가는 비선형적 경로를 제공하면서 두 가지 큰 장점을 보여준다. 하나는 매킨토시 운영체제와 함께 제공되는 무료 소프트웨어 패키지형태로 제공되어 구매가 용이했다는 것이며, 다른 하

---

143) 고퍼란, 정보의 내용을 주제별 또는 종류별로 구분하여 메뉴로 구성함으로써, 인터넷에 익숙하지 않은 사용자라도 제공되는 메뉴만 따라가면 쉽게 원하는 정보를 찾을 수 있게 해 주는 서비스이다.

144) www.apple.com 참조.

나는 텍스트 내의 링크를 제공할 뿐 아니라 소리와 이미지의 링크도 제공했다는 것이다. 이처럼 하이퍼텍스트와 멀티미디어가 결합되기 시작했다. 멀티미디어 기능을 가진 하이퍼텍스트 시스템을 하이퍼미디어 시스템이라고 하는데 지금의 월드와이드웹(WWW)이 바로 이 하이퍼미디어시스템이다.

매킨토시의 하이퍼카드와는 별도로 팀 버너스 리(Tim Berners Lee)는 1989년 스위스 제네바의 유럽물리학소립자연구소(CERN)[145]에 근무하면서 에너지 물리학 분야에 있어서의 하이퍼텍스트의 유용성과 가치에 대해 연구한다. 그러던 중 네트워크 전문가 로버트 칼리아우(Robert Cailliau)의 도움을 받아 하이퍼텍스트 프로젝트를 제안하는데, 이는 지금의 멀티미디어 온라인 서비스로 성장한다. 1990년 버너스 리와 카일리아우는 하이퍼텍스트에 관한 설계 문서를 작성하여 연구 결과를 설명하는데, 그에 따르면 하이퍼텍스트는 사용자의 의지에 따라 브라우징할 수 있는 노드들의 웹으로 다양한 종류의 연결된 정보들에 접근하는 방법을 제공한다. 이후 버너스 리는 최초의 프로토타입을 완료하고, 니콜라 펠로우(Nicola Pellow)의 도움으로 텍스트 방식의 브라우저를 개발한다.[146]

이처럼 버너스 리의 공로로 세계적인 네트워크인 월드와이드웹에서 하이퍼텍스트를 사용할 수 있도록 함으로써 현재 인터넷 문서와 같은 형식으로 모든 문서들이 개작되었다. 월드와이드웹(WWW) 서비스가 제공되기 시작하자 많은 학자들은 인터페이스의 개선에 따라 인터넷 사용 환경과 사용자층의 확대가 급속도로 증가할 것이라고 예측했으며, 일리노이 대학 부설연구소(NCSA:

---

145) www.cern.ch 참조.
146) user.chollian.net/~y2000 참조.

National Center for Supercomputing Applications)의 연구원 마크 안데르센(Marc Andressen)이 프로그래머 에릭 비나(Eric Bina) 등과 함께 이를 실현하기 위한 초석(礎石)으로 1992년 GUI형 웹브라우저 '모자이크(Mosaic)' 프로그램을 개발한다.

모자이크는 유닉스(Unix), IBM‒PC, 매킨토시 버전이 동시에 개발되어 텍스트가 아닌 그래픽을 이용한 편리한 인터페이스로 초보자들도 쉽게 이용할 수 있었다. 또한 많은 부가 서비스를 이용할 수 있는 가능성을 열어 놓았으며, 이로써 월드와이드웹(WWW)은 확실하게 인터넷 서비스의 대표적 서비스로 자리 매김하게 되었다. 이후 실리콘 그래픽스사(SGI)의 창립자 짐 클라크(Jim Clark)의 지원을 받아 모자이크 커뮤니케이션즈(Mosaic Communications)를 설립, 1994년 새로운 브라우저 '모자이크 넷스케이프(Mosaic Netscape)'[147]를 발표한다. 이러한 컴퓨터와 인터넷의 상호 연계적인 발전에 고무되어 비로소 부쉬가 구상했으며, 넬슨이 시도했던 하이퍼텍스트 방식이 구축되기에 이른다.

A. 하이퍼텍스트 문학의 명제

하이퍼텍스트의 원리에 대해 구체적으로 살펴보면, 우선 백과사전의 방식과 유사한 면이 있으나, 순차적·단계적으로 항목을

---

147) 일리노이 대학과의 코드유사성 분쟁으로, 결국 모자이크 넷스케이프는 새로운 브라우저의 명칭을 넷스케이프 네비게이터(Netscape Navigator)로 개명하고 회사명도 넷스케이프 커뮤니케이션즈(Netscape Communications)로 변경된다.

배열하는 백과사전과는 달리 다양한 선택을 통해서 더욱더 역동적인 읽기와 정보검색을 가능하게 한다. 기존의 출판된 인쇄물들은 순차적 구성으로 페이지 번호순으로 차례차례 읽어 나가면 된다. 책 내용의 구성이 순차적이므로 독자는 임의로 다른 부분으로 건너뛰어 읽을 수 없다. 그렇게 되면 내용을 이해하기가 힘들기 때문이다. 이에 비해 하이퍼텍스트의 개념이 있는 출판물은 구성방식이나 내용의 전개가 비순차적이다.

하이퍼텍스트는 상호 연결된 여러 부분의 텍스트(정보)로 구성되어 있으며, 정보의 각 단위를 노드(node)라고 부른다. 이들 각 정보는 다른 단위 정보를 지시하는 포인터(pointer)를 가질 수 있으며, 이런 포인터들을 링크(link)라 부른다. 링크의 총수는 미리 고정되어 있는 것이 아니라 각 노드의 내용에 따라 가변적이다. 어떤 노드는 다른 여러 노드들과 연결되어 있을 수도 있고, 또 어떤 노드는 그저 링크에 대한 종착점이나 목적지를 나타내는 것으로만 동작할 수도 있는데, 이런 노드는 들어오는 링크는 있으나 나가는 링크를 갖고 있지 않은 노드다. 이처럼 네트워크로 이루어진 하이퍼텍스트 구조는 독자로 하여금 네트워크상의 노드를 이동하면서 보다 자유로운 방식의 독서를 유도한다.

예를 들어, [그림 1]과 같이 종이책의 겉장에 해당하는 출발점(starting point)에서 독서를 시작한다고 가정할 때, 동일한 출발점이지만 각기 다른 방식으로 링크된 노드를 만나면서 독서행위가 이루어진다. 따라서 독자 A와 독자 B는 교차하는 노드를 통해 독서경험을 공유하면서도, 만나지 않는 그 밖의 노드로 인해 각기 개별적인 체험을 사유하게 된다. '준비된' 독자의 경우, 수많은 링크를 따라 수많은 노드를 만나고, 노드와 노드 사이의 상징적 공간을 상상력을 채워나가면서 가늠할 수 없는 체험들을 공유하고 사유하게 될 것이다. 이 그림에서 두 개의 요소 사이에 연결된 경로(path)는 여러 개가 될 수도 있다는 것을 알 수 있다. 바로 이런 식으로 하이퍼텍스트는 책을 읽는 독자에게 나름대로 몇 가지 선택할 수 있는 길을 제공하고 있다. 그러기 위해서 하이퍼텍스트 저작자는 독자들이 선택할 수 있는 여러 가지 경우를 고려해서 저작해야 한다.

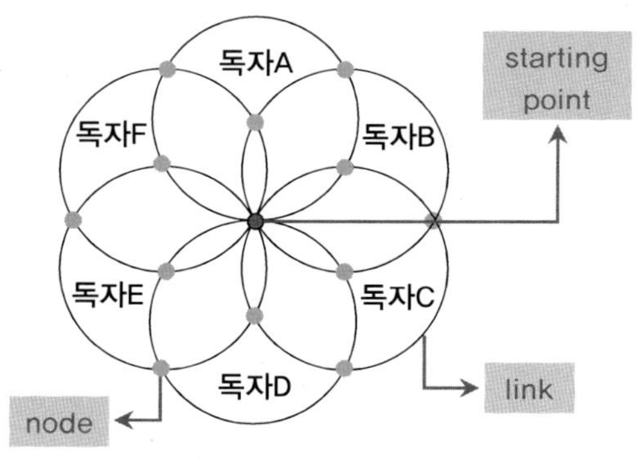

[그림 1] 하이퍼텍스트의 원리

하이퍼텍스트는 상호 연결된 여러 부분의 텍스트(정보)로 구성되어 있다. 이것들은 또한 스크롤 윈도우(scroll window), 파일 또는 정보의 비트들로 구성될 수도 있다. 여기서 정보의 각 단위를 노드(node)라고 부른다. 이들 각 정보는 다른 단위 정보를 지시하는 포인터(pointer)를 가질 수 있으며, 이런 포인터들을 링크(link)라 부른다. 링크의 총수는 미리 고정되어 있는 것이 아니라 각 노드의 내용에 따라 가변적이다. 어떤 노드는 다른 여러 노드들과 연결되어 있을 수도 있고, 또 어떤 노드는 그저 링크에 대한 종착점이나 목적지를 나타내는 것으로만 동작할 수도 있는데 이런 노드는 들어오는 링크는 있지만 나가는 링크를 갖고 있지 않은 노드다.

또한 하이퍼텍스트의 전체 구조가 노드와 링크로 구성된 네트워크임을 보여주고 있다. 이처럼 네트워크로 이루어진 하이퍼텍스트 구조는 독자가 네트워크상의 노드를 이동하면서 보다 자유로운 방식으로 책을 읽을 수 있게 해 준다. 하이퍼텍스트 링크는 앵커 노드와 다른 노드인 목적지 노드를 연결한다. 여기서 시작점 노드를 앵커 노드(anchor node)라 하고 앵커 노드로부터 링크의 대상이 되는 노드를 목적지 노드(destination node)라 한다. 하이퍼텍스트 링크는 노드들의 어떤 특정부분과 연결되어 있다.

이처럼 멀티미디어와 결합된 하이퍼미디어의 형태로 확장될 수 있는 하이퍼텍스트성(hyper – textuality)은 하이퍼텍스트의 가장 중요한 특성이다. 하이퍼미디어는 하이퍼텍스트의 확장으로, 텍스트 외에 여러 다양한 미디어를 통합, 처리하는 것을 의미한다. 하이퍼미디어는 하이퍼텍스트로부터 유래된 용어로서, 하이퍼텍스트 링크 표현을 소리, 동영상 및 가상현실 등을 포함한 멀티미디어 개체들을 모두 포함하는 개념으로 확장시킨 것이다. 이것은 하이퍼텍스트 내에 이미 내재하는 대화 형식보다, 더 높은 수준의 사용자 및 네트워크 쌍방향 통신을 제공할 수 있다. 기본적으로 하이퍼미디어는 멀티미디어 인터페이스를 지원하기 위한 기술이다. 왜냐하면 이것은 성질이 서로 다른 노드를 포함할 수도 있는 노드의 상호 연결에 기본을 두고 있기 때문이다.

하이퍼미디어 노드 내의 기본적인 미디어는 텍스트, 이미지, 비디오, 사운드, 그래픽, 애니메이션이다. 이미지와 컴퓨터 그래픽 알고리즘에 의해 구성된 그래픽은 객체 지향 그림이다. 이미지와 그래픽은 삽화로서 사용되거나 앵커를 포함한 노드로서 활성화시킬 수 있다. 비디오 또는 애니메이션의 형태로 표현되는 다양한 동화상들은 하이퍼미디어 노드가 지닌 일반적인 데이터 형태이다. 단지 하이퍼미디어에서 사운드를 화면에 표시되는 그림의 내용과 부합되게 동기화시키는 데는 약간의 어려운 점이 있다. 하지만 하이퍼미디어 링크를 위한 목적지로써 사운드를 가지는 것은 쉽다. 사운드는 앵커가 활성화될 때 연주된다.

하이퍼미디어의 장점 중의 하나는 출판 분야, 컴퓨터 분야, 방송 분야처럼 최근까지 각기 독립하여 존재하던 세 가지 기술 분야 산업을 통합할 수 있는 기능을 가졌다는 데 있다. 하이퍼미디어시스템에 있어 정보 저장의 기본 단위는 노드이다. 노드에는 텍스트, 이미지, 또는 그래픽, 사운드, 비디오 같은 여러 종류의 미디어로 된 정보가 들어갈 수 있으며 사용자는 하나의 노드 내에 여러 정보를 사용하거나 단지 하나의 정보만으로 하나의 노드를 구성할 수도 있다. 책 또는 영화가 연속적인 정보의 흐름으로 되어 있는 반면 하이퍼미디어는 서로의 연결된 노드들로 정보를 구성하므로 시작과 끝이 없다.

하이퍼미디어 문서(hypermedia document)라는 것은 멀티미디어와 하이퍼링크(hyperlink)를 결합한 문서를 일컫는다. 이때 하이퍼링크란 하이퍼미디어 문서들 속에 있는 앵커들 간의 연결을 의미한다. 소리, 그래픽, 동영상 등이 포함됨으로써 하이퍼텍스트는 자료의 다각적인 정리와 수록의 수단만이 아니라, 하이퍼미디어가 되어 입체적이고 역동적인 예술생산의 도구로서의 새로운 가능성 으로도 부상하고 있다. 특히 하이퍼텍스트 문학은 기존의 활자매 체에 의한 문학의 방식에 대한, 즉 단선적인 진행의 방향 혹은 선 형성에 토대를 둔 문학형식들에 대한 일종의 도전이 되고 있다.

이러한 역사적 배경을 통해 하이퍼텍스트 개념 그 자체가 서구 와 미국에서 일어났던 60년대와 70년대 사회의식을 바탕으로 하 는 반체제문화의 산물이라고 할 수 있다. 전자적 텍스트 프로젝트 는 중앙집권적 권위를 해체하고 각 개인들의 힘을 증강시키는 방 향으로 진전시키는 일종의 문화운동이었다. 사실은 개인용 컴퓨터 의 개발과 활용도 초창기 하드웨어 해커들의 탈중심화 정신에 의 해 가능하게 되었다. 다시 말하면 개인용 컴퓨터를 통한 디지털 텍스트 검색은 대중이 정보 데이터베이스에 쉽고 빠르게 접근할 수 있도록 한 것인데, 이와 같이 컴퓨터를 통제의 수단이 아닌 지 식의 확산과 공유를 가능하게 하는 민주적인 수단으로 이용할 수 있게 만든 것은 탈중심화 정신인 것이다.[148]

특히 하이퍼텍스트 문학 중 소설장르는 무엇보다도 '시작-중 간-끝'의 유기적인 조직화를 중심으로 한 아리스토텔레스의 전 통적인 플롯 개념을 원천적으로 부정하고 있으며, 전통적인 '작가 -독자'의 일방적이며 권위적인 관계 또한 위태롭게 만들고 있다. 이것은 기존의 관점에서 볼 때, 인문학의 위기론이 대두할 정도로 매우 위험스러운 현상이다. 물론 활자와 책의 문화가 하이퍼텍스 트 때문에 종식될 것이라는 예단은 성급한 것이지만, 인쇄문화에

---

148) 정형철, "하이퍼텍스트 픽션에 관한 연구", 부산대 영미어문학, 39, 1998.

의해 고무된 선형적, 논리적, 연속적 사고가 하이퍼텍스트의 역동
적인 방식에 의해 도전을 받고 있는 것은 사실이다.

활자와 디지털 양식의 공존과 상호침투가 지속되어, 활자매체
에 의한 문학작품과 하이퍼텍스트에 의한 디지털 문학 양식의 발
전도 상당한 기간 동안 공존하면서 상호 간에 영향을 교환할 것
으로 보인다. 활자매체 책으로서는 불가능한, 소리와 영상이 삽입
된 형태로 전달하는 하이퍼텍스트 방식은 컴퓨터 모니터를 통해
서만 볼 수 있는, 그래서 종이로 된 책이 지닌 유연성은 없는 한
계가 있지만 시청각적인 즉각적 호소력과 효율성 등에서는 상당
히 유리한 점이 있는 것이 사실이다. 이하 하이퍼텍스트 문학의
현주소를 점검해 보도록 한다.

B. 하이퍼텍스트 문학의 실제

링크와 노드를 통한 비선형적·비연속적 구조를 실제 창작으로
발표한 하이퍼텍스트 문학은 인터넷이 갖고 있는 상호작용성을
최대한으로 살린 '다차원 입체성'149)을 보여준다. 국내외의 하이
퍼텍스트 문학작품을 살펴보기에 앞서, 하이퍼텍스트 문학을 기
준에 따라 구분할 필요가 있겠다. 우선 죠지 랜도우(George P.
Landow)150)는 하이퍼텍스트의 출현으로 인해 아리스토텔레스가
≪시학(Poetics)≫에서 정립한 플롯 개념과 함께 고정된 연속(fixed

---

149) 호승희, "사이버스페이스의 문학", 멀티미디어 문학, 한국학술진흥원.
150) George P. Landow, *Hypertext: The Convergence of Contemporary Critical
    Theory and Technology.*(Baltimore: The Johns Hopkins Univ. Press, 1992)

sequence), 정해진 시작과 끝(definite beginning and ending), 스토리의 정해진 규모, 통일성(unity) 혹은 전체성(wholeness) 등의 개념을 근본적으로 재검토하도록 만들고 있다고 주장하면서, 하이퍼텍스트 문학 중 소설장르를 8가지로 구분한다.

① 전통적인 작업방식의 일환으로 작가의 힘이 배가되는 유형, ② 작가와 독자가 힘을 균등하게 공유하는 유형, ③ 작가의 메인 내러티브를 독자가 발견하는 유형, ④ 독자가 별개의 내러티브를 재구하는 유형, ⑤ 허구적인 렉시아(lexia)로 구성되는 유형, ⑥ 객관적 자료로 구성하는 유형, ⑦ 작가가 창조적 글쓰기로 작업하는 유형, ⑧ 작가가 여타 작품들 속에서 작업하는 유형 등이 그것이다.

마이클 조이스(Michael Joyce)는 하이퍼텍스트 문학을 활동에 따라 두 가지 유형, 즉 탐색적(exploratory) 유형과 구성적(constructive) 유형으로 구분한다. 탐색적 유형은 독자가 선택하는 연결들에 따라 텍스트가 독자의 개별적인 스크린상에서 다르게 제시되지만, 작가에 의해 미리 구축되어 있는 메인 내러티브 자체는 다양한 읽기에도 불구하고 근본적으로 변하지 않는 유형으로서, 이를 랜도우의 구분과 관련지어 보면, 우선 작가와 독자의 역할배분에 있어서 작가의 역할에 편향되어 있다는 점을 감안하면 '① 작가의 힘이 배가되는 유형'에 해당된다. 동시에 발견 혹은 재구라는 독자의 역할에 초점을 두면 '③ 작가의 메인 내러티브를 독자가 발견하는 유형'에, '⑦ 작가가 창조적 글쓰기로 작업하는 유형'에 해당된다고 볼 수 있다.

이에 비해 독자의 능동적 개입으로 적층적인 내러티브 형성이 가능한 구성적 유형은 전개되는 지식의 체제 내에서 특정의 조우

(遭遇)들을 창조·변화·회복시킬 수 있는 능력을 요구하는 것으로, '생성 중인 것의 번안들, 아직 존재하지 않는 것을 위한 구조'로서, 랜도우의 구분과 관련지어 보면 '② 작가와 독자가 힘을 공유하는 유형', '④ 독자가 별개의 내러티브를 재구하는 유형', 그리고 작가와 독자의 상호작용과 공동창작을 통해 확산될 수 있으므로 랜도우의 구분에서 '⑧ 작가가 여타 작품들 속에서 작업하는 유형'에 해당된다고 볼 수 있다.

본 고에서는 내용상으로는 랜도우의 구분을 존중하면서 형식상으로는 조이스의 구분에 따라 하이퍼텍스트 문학작품을 '탐색적 유형'과 '구성적 유형'으로 대별하여 국내외 작품을 살펴보기로 한다. 우선 하이퍼텍스트 문학의 효시이며 '고전'이라고 할 수 있는 마이클 조이스의 1987년 작품 <Afternoon, A Story>[151]는 전통적 플롯이나 스토리 전개방식에서 벗어난 서사구조를 가진다. 이 작품은 삽화들로 나눠져 있고, 각각의 삽화들은 수많은 다른 서사 경로를 가진 단어 / 문장 / 단락으로 구성되어 있으며, 독자는 원하는 경로를 마우스로 선택하게 된다. 하나의 작품 속에는 수십, 수백 가지의 다양한 줄거리가 담겨져 있기 때문에 독자는 소설의 시작에서부터 그리고 이야기가 넘어가는 고비마다 자신의 선택에 따라 각각 다른 방식으로 줄거리를 읽게 된다.

이 작품은 이스트게이트(Eastgate)의 스토리스페이스(Stroyspace)를 위해 고안된 작품으로 대개 스토리스페이스를 사용한 작품들이 탐색적 유형에 속한다. 스토리스페이스는 하이퍼텍스트 작가들에 의해 광범위하게 선택되어 활용되는 저작도구로, 작업환경의

---

151) http://www.thecore.nus.edu.sg/landow/cpace/fiction/afternoon/discussionov.html 참조.

 디지털 리터러시

물리적 차이에 무관하게 작가가 원하는 창작용 아이디어를 제공하기 위한 가장 이상적인 '링크'를 형성할 수 있도록 도와주는 역할을 한다.152)

데이비드 슈와츠(David Schwartz)의 <*Ma Jolie*>는 "Ma Jolie Theory"와 "Ma Jolie Story"로 구분되어 있으나 어느 것을 클릭해도 공통적으로 만나게 되는 단순구조를 보여준다. 커트니 로웨(Courtney Kaohinani Rowe)의 <*Awakening*>은 기존 하이퍼텍스트 작품에 비해 세련된 디자인으로 구성되어 있으나, 본질적으로 '링크'와 '노드'의 단순구조를 넘어서지는 않는다. 허브리크(Lars Hubrich)의 <*Raiders of the Lost Time*> 도입부분은 다음과 같은 문단으로 이루어져 있다.

> A cyberspace that is impeccable in design and use is the embodiment of an ideal that can never be achieved in real life and will always be alien to us. But now it's time to begin. So please fasten your seat belt and enter……153)

한 문단의 분량의 글읽기가 끝나면 독자는 선택의 여지없이 링크된 부분(밑줄)을 클릭할 수밖에 없다. 그러면 또 다른 텍스트 페이지가 보이고, 우측 하단에는 어김없이 'next' 버튼이 있다. 결국 하이퍼텍스트의 본질이 '비선형성'에 있음에도 초기의 하이퍼

---

152) <Synners>의 펫 카디건(Pat Cadigan)은 스토리스페이스에 대해 이렇게 언급한다. "스토리스페이스는 사고의 공간으로서 나는 일정한 시공과 방향 속에서 단어들을 통해 경험되는 방식을 좋아한다. 스토리스페이스는 새롭고 다른 방식으로 나의 상상력을 도전할 수 있게 해 준다."

153) http://www.cyberartsweb.org/cpace/fiction/hubrich/intro.html 참조.

텍스트 문학작품, 특히 '탐색적 유형'에 속한 작품들은 불가피하게 일정한 '방향성'을 유지하면서 독자에게 강요하는 방식으로 만들어졌다. 즉 독자는 하이퍼텍스트를 '탐색'하면서 자신의 위치를 정확하게 파악할 수 있을 만큼 단순구조로 이루어졌음을 알 수 있다. 여기서 우리는 하이퍼텍스트 문학의 온전한 구현을 위해 하이퍼텍스트를 구성하기 위해서는 작가의 고도의 능력과 기술이 필요하다는 사실을 절감하게 된다.

허브리크의 작품처럼 단순한 단어나 구절의 링크를 통한 이동방식이 주는 단조로움에서 약간 변화를 주는 방식이 시도되는데, 단어나 구절의 링크 대신 시각적 효과를 도모하기 위한 이미지의 링크를 시도하는 방식이 그것이다. 예를 들면, 피터 존슨(Peter S. Johnson)의 <*So That You Might Hear Me*>나 캐롤라인 화이트(Caroline E. White)의 <*The University of Yellow Wallpaper*> 등이 이에 해당되는데, 화이트의 작품의 도입은 마치 출판물의 겉표지처럼 제목을 시각적으로 형상화한 이미지가 제시되고 이를 클릭하면 다음과 같은 단계의 단락들이 경험된다.

> At present, you are encountering the first entry to the University of Yellow Wallpaper's fictionalized critique of the future perfect, for it is the origin, the place you must begin······ (click the underlined part!)
>
> ······ but you cannot read this precisely because the first lexia is the place to begin a reading of the University of Yellow Wallpaper. Yet not only does the University of Yellow Wallpaper

not begin there, but it turns out that 'there' may be a difficult place to locate exactly, a lost origin, I might say.(click the underlined part!)

I am this infant who has not yet mastered the upright posture and who while supported by either another person or some prosthetic devise will, upon seeing myself in the mirror, jubilantly assume the upright position. I thus found in the mirror image 'already there,' a mastery that I will have actually learnt only later. The jubilation, the enthusiasm, is tied to the temporal dialectic by which I appeared already to be what I will only later become.(click the underlined part!)[154]

물론 이러한 이미지링크 방식에도 불구하고 단조로운 '링크'와 '노드' 방식과 탐색적 유형은 하이퍼텍스트의 '고전적' 형태로 볼 수 있다. 여기서 진일보하여 하이퍼텍스트의 새로운 영역을 제시한 작품으로 셸리 잭슨(Shelley Jackson)의 *Patchwork Girl*[155]을 거론할 수 있다. 잭슨은 언어와 이미지를 바탕으로 새로운 디지털 콜라주(digital collage)를 구축하는 작가로서, 랜도우[156]는 이 작품을 주제와 기술 사이에서 글쓰기와 정체성에 대한 하이퍼텍스트의 본질에 접근한 잭슨의 탁월한 하이퍼텍스트 우화라고 평한다. 결국 *Patchwork Girl*은 하이퍼텍스트라는 거대한 자궁을 모태로

---

154) http://www.cyberartsweb.org/cpace/gender/cew/uywtitle.html 참조.

155) 컴퓨터게임과 유사한 구조를 통해 '컴퓨터게임 문학'의 가능성을 제시한다. 즉 게임에서 하나의 게임을 선택했을 때 그에 따라 게임의 내용이 펼쳐지고, 다른 선택을 하면 전혀 다른 내용이 펼쳐지는 것과 같다.

156) 랜도우의 서평은 http://www.scholars.nus.edu.sg/cpace/ht/pg/pgmain.html 참조.

하여 착상된 일종의 디지털 프란켄슈타인(Frankenstein)으로 서사 (narrative)와 성(gender)과 정체성의 문제를 조합(assemblage), 연결 (concatenation), 병치(juxtapositions) 등의 방법으로 짜깁기한 디지털 콜라주이다.

<두 갈래 길이 있는 정원>을 하이퍼텍스트 문학으로 개작하여 이 분야의 선두로 나선 스튜어트 멀드롭(Stuart Moulthrop)의 또 다른 작품 ≪Victory Garden≫[157]은 걸프전 당시 미국 남부의 한 대학을 배경으로 1천 개의 공간을 2천8백 가지 방식으로 연결해 이야기를 이끌어 간다. 즉 미로, 시대, 나라, 언어, 꿈, 사실 등의 일반적 상황들로 이루어진 47개의 출발점과, 상황마다 194개의 텍스트 공간이 독립적으로 연결되어 다양한 애정행각, 파티, 정부정책, 캠퍼스의 비리, 반전논쟁, 대학 커리큘럼 개혁 등의 지적인 내용을 흥미진진하게 감상할 수 있도록 되어 있다. 독자는 사소한 것들은 그냥 지나쳐 넘어갈 수도 있고, 선택에 따라 뉴스, 편지, 인용, 다른 이야기, 시, 이상한 꿈의 장면들로 빠져 들어갈 수도 있다.

상기 예시한 작품들이 1인 작가에 의한 단독작품임에 비해 1994년 브라운 대학의 로버트 쿠버(Robert Coover)를 중심으로 기획된 ≪The Hypertext Hotel≫ 프로젝트와 데이비드 블레어(David Blair)의 ≪WaxWeb≫, 센스미디어(Sensemedia)의 ≪The Sprawl≫은 구성적 '공동창작' 유형의 예로서 웹스토리(web story)의 초기작품에 해당된다. 두 작품 모두 웹사이트를 운영하여 머드(MUD: Multi User Dungeon, Multi User Dimention)[158] 방식으로 플롯과 캐릭터 설정

---

157) www.eastgate.com/catalog/VictoryGarden.html 참조.

등의 영역을 사용자들에게 개방한다. 특히 ≪*The Hypertext Hotel*≫
은 일종의 창작을 위한 잠재적 공간을 제공하고, ≪*WaxWeb*≫은
일종의 다큐멘터리 영화처럼 시작하여 사용자들로 하여금 다양한
버전으로 각색될 수 있도록 참여를 유도하고 종용하며, ≪*The
Sprawl*≫은 웹상에서 캐릭터 상호작용을 실제 경험할 수 있는 웹
머드(Web MUD)의 가장 적절한 최초의 사례이다.

이에 비해 마크 아메리카(Mark Amerika)[159]의 ≪*Grammatron*≫,[160]
류 볼드윈(Lew Baldwin)의 ≪*Red Smoke*≫,[161] 핸 후거브러그(Han
Hoogerbrugge)의 ≪*Modern Living*≫,[162] 벤 벤자민(Ben Benjamin)의
≪*Super Bad*≫[163] 등은 하이퍼텍스트 문학에서 확장되어 하이퍼미
디어를 통한 네트워크 아트(Network Art) 혹은 웹아트(Web Art)[164]의

---

158) MUD(머드)는 인터넷상에서 컴퓨터 프로그램에 의해 관리되는 독창적
으로 구조화된 사회적 경험으로서, 종종 많은 방이 있고 사방으로 뻗
은 오래된 성이나 일정 국가의 역사상 한 시대 등과 같이 막연히 짜
인 정황이나 주제가 관련된다. 머드는 월드와이드웹 이전에도 있었으
며, 텔넷을 통하여 접근 가능한 컴퓨터에 머드를 운영하는 방식이었
다. 머드의 목적은 게임의 차원, 교육의 차원, 친목도모의 차원 등으
로 현재 웹사이트를 통해 머드에 액세스할 수 있으며, 일부는 3차원
혹은 가상현실과도 같은 이질적 환경을 제공하기도 한다.

159) 마크 아메리카의 또 다른 하이퍼텍스트 작품 <*Hypertext conciousness*>
에는 데카르트의 유명한 명제 "cogito ergo sum(I think, therefore I am.)"
를 하이퍼텍스트적으로 재치 있게 패러디한 "I link, therefore I am."이
라는 구절이 나온다.

160) www.grammtron.com 참조.

161) www.redsmoke.com 참조.

162) www.hoogerbrugge.com 참조.

163) www.superbad.com 참조.

164) 웹아트라는 용어는 미술계에서 주로 거론하는 개념으로, 비디오 아트
의 음악과 동영상 이미지에 네티즌이 직접 참여하는 쌍방향 기능까지
포괄하는 미래의 예술이다. 여기서 웹아트와 하이퍼텍스트 문학의 경

범주에 속한다. 즉 문학과 미술, 컴퓨터 등 복수의 분야에 해당되는 복합장르성을 보여준다. 아메리카의 ≪*Grammatron*≫은 1,000개 이상의 텍스트 공간과 2,000개의 그래픽, 40분 이상이나 되는 사운드트랙과 더 나아가 오디오 링크까지 갖추고 있다. 여기서 아메리카는 디지털 화폐, 유대교 신비철학, 사이버스페이스, 가상현실 등 근미래의 세계관을 글, 그림, 소리 등 미디어로 표현할 수 있는 모든 형태의 정보를 디지털로 전환하고 이를 통합·처리하는 멀티미디어 방식을 통해 독자(관객)에게 경험하게 한다.

벤자민의 ≪*Super Bad*≫는 지속적으로 변화하는 작품으로, 클릭할 때마다 새로운 링크의 기회가 주어진다. 이 작품에서는 혼돈스러운 카오스를 경험하면서 결과적으로 독자(관객)나름의 코스모스를 구축할 수 있느냐의 정석화된 문제제기보다는 차라리, 모든 코스모스는 부재한다는 발상의 전환과 고정관념의 타파를 유도하는 자유로운 탐험의 가치에 초점을 두는 편이 나을 것이다. ≪*Super Bad*≫에는 작가에 대한 친절한 카탈로그나 '도움말' 기능이 없기 때문에 임의의 영상과 시각효과를 또 다른 임의의 영상과 병치함으로써 전혀 다른 의미를 조합해 내는 것은 고스란히 독자(관객)의 몫이다.

볼드윈의 ≪*Red Smoke*≫는 가상의 락밴드를 실감나게 구현하고

계에 대해 검토할 필요가 있다. 하이퍼텍스트 문학이 다양한 링크와 노드, 이미지와 플래시, 사운드와 영상의 접목을 시도하는 하이퍼미디어로 자연스럽게 전개되는 현상 속에서 웹아트와 교차지점을 형성하는 것은 불가피하다. 본 고에서 하이퍼텍스트 문학을 기존 일반문학의 동위적 하위장르로 구분하지 않는 이유는 바로 여기에 있다. 컴퓨터 매개 문학의 한 현상으로서 하이퍼텍스트 문학을 자리 매김한 것은 이러한 잠정성과 과도성을 고려하고자 하는 논지에서 출발한다.

자 하는 독특하면서도 키치적인 발상에서 시작하여, 그들의 플래시 기법으로 제작된 앨범에 대한 소개에서부터 있음직한 '가상' 에피소드 등을 나열함으로써 가상공간의 가상성과 소설공간의 허구성의 경계에 대해 재치 있는 질문을 던지고 있다. 후거브러그의 ≪Modern Living≫는 화이트칼라의 소시민 캐릭터를 중심으로 현대인의 본질적 소외감과 내재된 폭력성, 관계 속의 고독과 변태적 표출, 자유에의 의지와 부정에의 의지, 일탈과 이중성 등을 테마로 하여 최소화된 텍스트와 최대화된 시각성을 통해 효과적으로 전달하는 작품이다.

이 밖에 존 맥다이드(John McDaid)의 ≪Uncle Buddy's Phantom Funhouse≫도 언어 텍스트와 상호작용적 비디오를 결합하는 하이퍼미디어 작품이다. 이 밖에도 이스트게이트 시스템스사의 카탈로그에는 스튜아트 멀스롭의 <Victory Garden>, 팀 맥래플린(Tim McLaughlin)의 <Notes Toward Absolute Zero>, 에드워드 펠코(Edward Falco)의 <A Dream with Demons>, 디나 라슨(Deena Larson)의 <Marble Springs> 등 다양한 하이퍼텍스트 문학작품들이 소개되고 있다. 사실 지금까지 이스트게이트 시스템스사[165])에서 나온 대부분의 하이퍼텍스트 픽션은 주로 언어적인 것이었는데, 보다 더 복합적인 멀티미디어 소프트웨어가 응용됨으로써 소리와 이미지, 그리고 동영상이 가미된 상호작용적 픽션의 형태로 변모되는 경향[166])이 있다.

이상으로 간략하게 국외의 경우를 살펴보았다. 이제 국내 하이퍼텍스트 작품에 대해 검토해 보기로 한다. 목진요의 <A Circular

---

165) www.eastgate.com 참조.
166) 정형철, "하이퍼텍스트 픽션에 관한 연구", 부산대 영미어문학, 39, 1998. http://home.pusan.ac.kr/~nma/papers/39/list.htm 참조.

Story>167)는 <두 갈래 길이 있는 정원>을 하이퍼텍스트 문학으로 개작한 멀드롭과 동일한 맥락에서 보르헤스를 변주한다. 원래 이 작품은 웹아트로 기획된 작품이지만, 기존 웹아트의 속성이 다양한 멀티미디어의 활용에 치중하던 것에 비해 텍스트 위주의 단조로운 구성을 바탕으로 하면서 동시에 원전의 해체와 재구로서의 하이퍼텍스트 문학의 속성을 보다 정교하게 구축한 작품이다. 그는 앤드류 헐리(Andrew Hurley)에 의해 영문 번역된 호르헤 보르헤스(Jorge Luis Borges)의 ≪*Fictions*≫168)를 구 단위까지 무순으로 해체, 재구하여 새로운 소설을 만들었다.

아래 [그림 2]와 같이 페이지의 좌우에 자신의 작품 <*A Circular*

---

167) www.geneo.net/story 참조.

168) 한 사내가 걷고 있다. 그의 이름은 위춘이고, 중국학 교수 스테펀 앨버트를 찾아가는 중이다. 앨버트 교수는 위춘에게 그의 선조 최번의 탁월한 사상에 대해 얘기하면서 <두 갈래 길이 있는 정원>을 거론한다. 둘은 "나는 두 갈래 오솔길이 있는 내 정원을 다양한 미래(모든 미래는 아니지만)에 남기노라"라는 최번의 글에 대해 가볍게 논쟁하고, 위춘은 앨버트 교수를 죽인다. 전후 상황이 맞물리지 않는 이 살인사건이 신문에 보도된 후, 앨버트라는 도시에 폭격이 감행되었다는 기사가 실린다. 이상은 보르헤스의 소설 <두 갈래 길이 있는 오솔길>에 대한 편린이다. 작품의 결말에서 수수께끼 하나는 풀리고, 하나는 엉킨 채로 남는다. 풀린 것은 폭격할 도시를 알리기 위해 동명의 인물을 죽인 위춘의 수수께끼이고, 남은 것은 두 갈래 길이 있는 오솔길의 수수께끼이다. 길은 두 갈래이지만, 이 두 갈래 길은 무수한 또 다른 두 갈래 길로 이어지고, 따라서 그 누구도 이 정원에서 벗어날 수 없다. 이처럼 복잡한 미로를 만들기 위해 혈안이 된 인간들의 이야기가 오래도록 난무한 것에 비추어 보면, 아마도 미로의 본질은 출구로의 탈출에 있는 것이 아니라, 방황에 있을 듯하다. 방황을 통해 도달한 곳이 출구인지, 아니면 미로와 미로를 잇는 통로인지는 아무도 모른다. 이러한 미로의 방사성(放射性)과 해석상의 독자(獨自性) 혹은 독자성(讀者性)은 자연스럽게 시공을 초월하여 초고속 브로드밴드에 힘입어 하이퍼텍스트시대로 이월된다.

Story>와 보르헤스의 ≪Fictions≫를 나란히 배치시키고, 작품의 컨
텍스트로서, 혹은 마치 주석과도 같이, 보르헤스의 작품이 오른
쪽에서 계속 설명된다. 링크된 부분을 클릭하면 보르헤스의 원
문에 해당되는 구절이 푸른색으로 표시되지만, 이것은 정작 독
자의 클릭에 의한 선택적 링크는 아니다. 링크적 기능은 단순히
<A Cirular Story>에서 원용한 단락의 원문을 밝히는 정도에 그치
고 있다. 목진요가 보르헤스의 작품을 컨텍스트로 사용한 까닭은,
보르헤스의 작품들이 하이퍼텍스트 문학의 본질을 이루는 선택의
다양성과 비선형성, 서사의 분기(分岐)를 통한 시간성의 해체 등의
테마를 다루면서 하이퍼텍스트 문학의 가능성을 제기하였다는 사
실에서 기인한다.

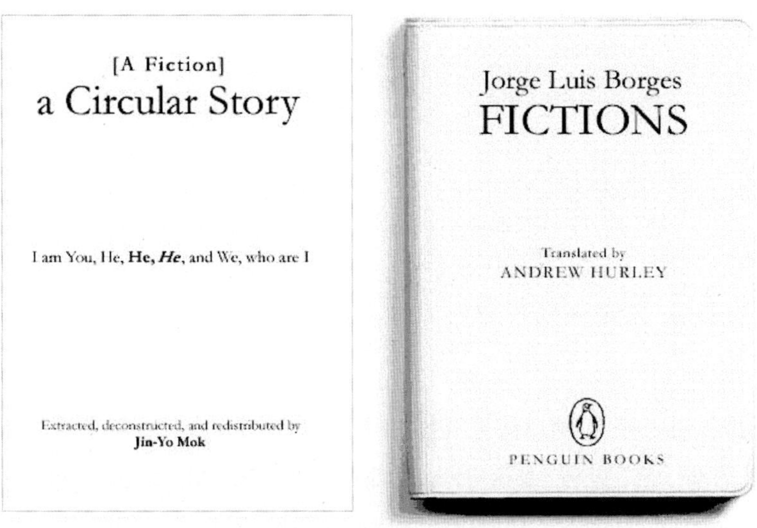

[그림 2] 〈A Circular Story〉

목진요의 다른 작품 <Rabbit & Peach>169)는 이미지와 텍스트,

사운드와 플래시 등 다양한 멀티미디어를 이용하여 구성된 웹아트로서, 인트로 페이지에서부터 "Rabbit"과 "Peach"의 두 스토리로 구성되어 있다. 토끼와 구름 등 각각의 이미지를 클릭하면 흑백사진처럼 제작된 플래시와 텍스트로 구성된 별개의 작품을 탐험할 수 있으며, 각 페이지는 특정한 버튼과 이미지 링크를 통해 다양한 사운드의 변화를 경험할 수 있도록 구성되어 있다. 그의 또 다른 작품 <*Music Box*>[170]는 한글과 영문으로 지원하는 텍스트와 이미지로 시작한다.

> 손바닥 위에서 매우 부드럽게 현재를 알려 왔던 기분 좋은 가벼움을, 또 기술적 단편을 명료하게 드러내는 단순한 구조를, 그리고 시간 속에, 공간 속에, 또한 내 기억 속에 선명한 에코를 남겼던 단음절 소리들을 기억하자면, 나는 또한 내가 처음 뮤직박스의 손잡이를 돌렸을 때 경험했던, 설명하기 힘든 – 얼마간은 경이로운 – 살풋한 어지러움까지를 고백해야 한다 – 아마도 내 희미하고 불안한 소년 시절의 기억으로부터, 철없는 첫사랑의 기억으로부터, 혹은 내가 사는 동안 경험했던 모든 부끄러움으로부터 왔을지 모르는 어지러움. 그 기억들 사이, 회한들로부터 아주 길고 조용한 한숨이 인형같이 가벼운 소리를 탔다.[171]

상기 이미지와 텍스트를 읽고 나서 "Play Music Box"를 클릭하면, 팝업창과 함께 뮤직박스 플래시가 뜬다. "A circle, not too fast, nor too slow"라는 안내에 따라 천천히 커서를 움직이면 'We

---

169) www.geneo.net/flash/flashcover.html 참조.

170) www.geneo.net/music_box/musicbox.html

171) www.geneo.net/music_box/musicboxkorean.html 인트로.

Wish You A Merry Christmas' 캐롤이 흘러나온다. 목진요는 컴퓨터 매개 공간 속을 흐르는 텍스트의 편린을, 뮤직박스에서 흐르는 '소리'의 편린에 비유한다. 여기서 '소리'라고 표현한 까닭은 뮤직박스의 소리들이 음악이 되기에는 원소성에 가까운 단조로운 형태를 갖고 있으면서도 다분히 직관되는 감성의 코드이기 때문이다. 하이퍼텍스트 문학을 이루는 텍스트 혹은 단어의 편린들 또한 뮤직박스의 소리들처럼, 문학이 되기에는 원소성에 가까운 단조로운 형태를 갖는다고 볼 수도 있다. 또한 소리와 영상의 힘을 빌려 직관되는 감성의 코드로서 작용하기도 하고, 동시에 텍스트 본연의 이해되는 지성의 코드로 작용하기도 한다.

이러한 모색은 박경일의 ≪Hello Book≫[172] 시리즈에서 독서행위 자체에 대한 성찰로 드러난다. <Chapter1>부터 <Chapter9>까지 제작되어 있으며, 각 작품마다 책의 고유형태를 기본바탕으로 하면서도 텍스트와 사운드, 이미지와 영상을 통해 텍스트를 넘나드는 자유의지를 상징적으로 보여준다. <Chapter1>[173]은 'hello 1998' 라고 표제된 하드커버의 책 한 권이 인트로 이미지로 제시된다. 이후 ☑표지와 더불어 페이지를 넘길 수 있도록 장치가 마련되어 있다. 페이지를 넘길 때마다 빈 페이지와 짧은 텍스트, 이미지와 영상이 교차로 제시되면서 일정한 의미망을 형성한다. 처음 좌에서 우로 가로질러 지나가는 소의 이미지는, 중간에 소를 찾는 목동의 이미지와 이어지고, 마지막에는 그 소를 탄 목동이 우에서 좌로 가로질러 돌아오면서 마무리된다. 텍스트로 제시되는 다양한 메시지들은 하이퍼텍스트의 속성에 관한 작가의 견해와 의지를

---

172) www.hellobook.org 참조.

173) www.hellobook.org/book/chapter1.html 참조.

표명한 것으로, '책'이라는 리얼리티를 통해 하이퍼텍스트의 하이 퍼리얼리티를 역설적으로 표현하고 있다.

<Chapter2>[174]는 낡은 수첩이 인트로 이미지로 제시된다. 이후 마찬가지로 ☑표지와 더불어 페이지를 넘길 수 있도록 장치가 마련되어 있는데, 페이지를 넘길 때마다 이미지와 영상, 텍스트가 반복되면서 <Chapter1>과 유사한 방식으로 의미를 구축한다. "Look, Listen, Grasp"이라는 메시지는, 이내 "it cannot be seen, it cannot be heard, it cannot be held, it returns to nothingness"로 이어지면서 앞의 진술을 부정한다. "form of the formless"로 상징되는 검은고양이는 연발 총성으로 죽어 넘어지고, 핏빛 바탕에는 "image of the imageless"만 남는다. 이제 책은 성경의 한 페이지로 바뀌었다가 이내 도가의 짓궂은 춤사위로 무화되고 책을 덮은 잿빛 물길은 'hell'이 되었다가 이내 'hello'로 희롱(pun)된다.

<Chapter3>[175]은 부제 'Landscape 1999: 風景'과 함께 낡고 빛바랜 고서(古書)의 펼친 면이 상징적인 인트로 이미지로 제시된다. ☑표지를 클릭하면 "cyber darwinism"이라는 명제와 함께 이어서 구린내에 모여드는 파리 한 마리가 지나간다. 바코드를 연상시키는 이미지 변형을 통해 디지털시대에 대한 작가의 비판의지가 서서히 수면 위로 떠오른다. 작가는 수많은 정보의 홍수 속에서 제대로 된 정보를 취사선택할 수 없는 현실을 보여주면서, 문명의 이기와 감성의 상실을 모바일폰을 통해 상징적으로 나타낸다.

모바일폰에 대한 첫 반응은 언제나 'hello'일 수밖에 없다. 모바

174) www.hellobook.org/book/chapter2.html 참조.
175) www.hellobook.org/book/chapter3.html 참조.

일폰을 들어 'hello'를 하게 되면, 페이지는 넘어가지만 더 이상 이야기는 진행되지 않는다. 고전적 텍스트를 비롯하여 하이퍼텍스트마저도 모바일폰에 의해 교체된다. 작가는 진정한 책의 위기는 하이퍼텍스트에 의해서가 아니라, 안티텍스트적인 문명의 이기에 있는 것이라고 주장한다. *<Chapter4>*[176]은 '風月: wind and moon' 으로 표제된 낡은 고서의 겉장이 인트로 이미지로 제시된다. ☑표 지를 클릭하면 "有無/隱顯/神化/性命"이라는 글자가 제시되면서 이내 야바위게임이 시작된다. 제대로 맞출 경우 아래와 같은 영문 의 한시 한 편을 감상할 수 있다.

> I sit along in the dark bamboo grove,
>   나는 어두운 대숲 가에 앉아 있다,
> Playing the zither and whistling long.
>   치터를 연주하며 휘파람을 길게 불며
> In this deep wood no one would know,
>   이 깊은 숲을 아무도 알지 못하리,
> Only the bright moon comes to shine.
>   오직 저 밝은 달빛만 비출 뿐. (번역 – 필자)

제대로 맞추지 못할 경우에는 빈 의자의 이미지와 더불어 거꾸로 회전하는 한문텍스트의 혼돈스런 이미지를 경험하게 되면서, "This is Digital Tao", "This is Cyber Tao"라는 메시지를 받게 된다. 디지털과 한시의 만남이 어색하리라는 편견을 무색하게 하는 이 작품은, 이전 작품들 속에서 꾸준히 변주되어 온 도(道)에 대한 디지털적 해석이 천착되어 있다. *<Chapter5>*[177]은 'hello 2001'

---

176) www.hellobook.org/book/chapter4.html 참조.

로 표제된 화려한 책표지가 인트로 이미지로 제시된다.

☑표지를 클릭하면 migraine(편두통), porphyria(피린증), leukemia (백혈병), jaundice(황달), eczema(습진), halitosis(구취), dyslexia(실독증), croup(위막성 후두염), pancreatitis(췌장염), tinnitus(이명), thrombosis(혈전증), priapism(음경지속발기증), hernia(탈장), narcolepsy(기면발작), nystagmus(안구진탕) 등 생소한 의학용어만을 나열된다. 가상의 손이 책장을 넘길 때마다 사소한 병명에서 중차대한 병명까지 아무런 설명 없이 황색의 바탕화면 위에 선명하게 제시된다.

'2001'이라는 책 속에 포함된 이 수많은 병원체들은 단어의 형태로 지성과 감성에 침투한다. 물론 이것은 비유이다. 일단 언어성 바이러스에 감염되면 이에 대한 항체가 형성되어 재감염 시 체내에서 항원항체반응이 일어나 발병을 억제할 수 있다. 결국 고전적 텍스트의 의미역을 넘어서는 하이퍼텍스트 또한 일단은 기존 문학에 병원체로 작용하지만, 항체형성을 통해 추후 치명적인 문학결핍증의 발병을 억제하는 순기능을 하게 된다.

<Chapter6>178)은 'hello'로 표제된 중고책의 표지가 인트로 이미지로 제시된다. 가상의 손이 페이지를 넘긴다. '그녀가 사용 중이라는' 중고(中古)의 표방에 맞춰 곳곳에서 사용한 혹은 사용 중인 흔적들이 발견된다. 낙서와도 같은 글씨, 마시다 남은 인스턴트커피, 마시다 흘린 커피 자국, 연기가 피어오르는 담배 한 개비, 그리고 텍스트를 벗어난 분홍의 점들이 사방으로 펼쳐진다. 상하(上下), 좌우(左右), 원근(遠近), 내외(內外), 심천(深淺)의 경계를 넘어

---

177) www.hellobook.org/book/chapter5.html 참조.

178) www.hellobook.org/book/chapter6.html 참조.

서는 곳에서 "ending to begin" "razing to build" "giving to receive" 메시지가 제시되면서 결코 만족할 수 없는 그녀는 아직도 이 책을 사용 중이라는 글로 페이지는 끝난다. 이는 글쓰기의 욕망에 대한 상징으로 해석할 수 있다. 쓰고 또 써도 만족할 수 없는 글쓰기에 대한 작가의 열망을 '사용 중'이라는 부제와 더불어 역시 '사용 중'인 커피와 담배 등의 이미지를 통해 표출해 내고 있다.

<Chapter7>[179]은 'Appetition'으로 표제된 노트의 표지가 인트로 이미지로 제시된다. 가상의 손이 페이지를 넘기면 "우리들은잃어버릴게없다모든것은너희들이분실"이라는 메시지가 보인다. ☑표지를 클릭하면 앞 페이지에 이어서 "분실했으므로더이상우리는빼앗기지도않으리", "농한사과냄새가코를찌르지만알맹이가여기에없는너와나", "너와나는껍질대한민국은하나의껍질세계는머리가", "머리가텅빈거대한껍질에지나지않는다" 등 장정일의 <텅빈 껍질> 시구들이 제시된다.

이 작품은 장정일의 시편[180]들을 통해 새로운 의미를 구축하려는 다시쓰기의 하이퍼텍스트 문학 방법을 보여준다. 다만 그 재구의 문학적 성과에 대해서는 앞서 다룬 시리즈에 비해 파장이 약하다. 하이퍼텍스트 문학은 기존 텍스트 문학을 재해석하기 위한 대안이 아니다. 하이퍼텍스트 문학은 텍스트의 한계를 극복하고 혹은 그 한계를 극복의 대상으로 삼고, 하이퍼텍스트 형식으로밖에 표현할 수 없는 내용을 위해 고안된 방법론이다. 바탕화면을 다양한 책표지로 장식하고, 가상의 손이 책장을 넘긴다는 시각적

---

179) www.hellobook.org/book/chapter7.html 참조.
180) 장정일, 햄버거에 대한 명상, 민음사, 1997.

발상만으로는 '하이퍼텍스트적'일 수는 있지만, 하이퍼텍스트 문학일 수는 없다.

<*Chapter8*>[181]은 작은 사이즈의 책표지에 "dear Mouchette"라는 표제가 인트로 이미지로 제시된다. 가상의 손이 페이지를 넘기는 방식은 이전의 시리즈와 동일하다. 다만, 배경은 핏빛으로 붉고, "Just Do It Now" 행동을 촉구하는 메시지와 함께 자살을 위한 최적의 때임을 강조하는 메시지가 반복된다. 자칫 자살을 독려하는 내용으로 읽힐 수 있으나 메시지 중에 'clickable suicide'라는 글을 통해, 가상의 손이 넘기는 가상의 책처럼, 이러한 자살 또한 가상의 것임을 일깨운다. '지금' 책장을 넘기는 '여기'는 'reality'가 아니라는 것을 전제로 한 발상이다.

<*Chapter9*>[182]는 책의 형태를 유지하지만, 더 이상 책이 아니다. "spam rain"이라는 표제가 인트로 이미지로 제시된다. 다음 페이지를 안내하는 ☑표지도, 다음 페이지를 넘겨주는 가상의 손도 더 이상 존재하지 않는다. 페이지의 이미지는 적절한 타이밍에 한정된 사진으로 교체되고, 텍스트는 자동으로 움직인다. 불특정다수에게 발송되는 불필요한 광고성 메일을 뜻하는 스팸(spam or junk)이라는 용어를 비(rain)에 접목시킨 제목답게, 빗소리의 음향효과가 실감나는 효과를 발휘한다. 이 작품에서 비는 '언어의 비, 텍스트의 비'이다. 무분별한 스팸과도 같은 텍스트의 빗속에서도 다행히 식물들은 초록빛으로 자라난다. 혹은 그러한 텍스트의 비를 맞으면서, 그 비를 통해서만이 식물들은 자랄 수 있을지도 모

---

181) www.hellobook.org/book/chapter8.html 참조.

182) www.hellobook.org/book/chapter9.html 참조.

른다. 그것이 정녕 '스팸'일지라도 노천에서 불모지에서 더욱 서럽게 잡초는 자란다. 텍스트와 하이퍼텍스트의 경계는 무너진다. 불변의 발상지, 근원은 하나다. 텍스트다. 혹자에게는 독이 되고 혹자에게는 약이 될지언정 모든 텍스트는 존재가치를 가진다.

장영혜의 '장영혜 중공업(Young‐Hae Chang Heavy Industries)'에서 표방하는 하이퍼텍스트 문학은 텍스트의 명멸(明滅)을 통한 감각적이고 순간적인 포즈, 화려하고 경박한 네온사인 혹은 광고 효과에 있다. <The Sea>[183]는 재즈풍의 감미로운 배경음악과 함께 선명한 적색의 바탕화면과 대비되는 백색으로 도열된 "I GO TO SEA.‐ROBINSON CRUSOE"를 필두로 하여, 표어와도 같은 대문자의 텍스트들이 네온사인의 형식으로 반복되어 나타난다. 텍스트의 속도는 네온사인의 깜박임과 유사하게 가독(可讀)에서 난독(亂讀)으로 변주되면서 독자로 하여금 집중을 유도한다. 단어의 순간적인 명멸들은 마치 재즈의 스캣창법(scat singing)[184]을 연상시키면서 구절을 만들어 간다.

---

183) www.yhchang.com/THE_SEA.html 참조.

184) 뜻 없는 음절을 가사로 바꾸어 즉흥적으로 노래한 스캣창법의 시조는 재즈 보컬리스트 루이 암스트롱(Louis Armstrong)이다. 암스트롱은 트럼펫을 불며 녹음하던 중 악보가 땅에 떨어지자 급한 마음에 트럼펫을 성대 모사한 것이 스캣 창법의 시작이 되었다.

WHAT I REFUSE TO REMEMBER AND MORE AND MORE
SO AS TO KEEP TABS ON THE SO AS TO KEEP TABS ON THE
    JUICY STUFF
I'M TRYING HARD TO FORGET WHAT I CAN'T RECALL
HOW MANY GRAINS OF SAND ARE IN THE SAHARA?
THAT'S AN EASY ONE – BUT NOT A MEMORY JUST A WIND
    – SWEPT INCURIOSITY
SCARF SUNDAY LUNCH ALONE WHILE STANDING GIVE UP?
THEN TAKE A NAP AT THE KITCHEN COUNTERTOP
AND MULTIPLY YOUR RAPID EYE MOVEMENT DURING A
    MURKY
CHURNING, SOUR DREAM DURING A MURKY
SOUR DREAM BY THE AIRBORNE DUST A RAY OF SUNLIGHT
    WARMS (⋯⋯)
YOU STOOD IN THE RIGHT PLACE AT THE WRONG MOMENT
OR IN THE WRONG PLACE AT THE RIGHT MOMENT.
JUST ONE STEP FORWARD, BACK, OR TO THE SIDE,
A GLANCE HERE, GAZE THERE, WINK OR BLINK OF YOUR EYE,
ONE BUS STOP MORE OR LESS ON ANY ROUTE ON ANY DAY
– ALL WOULD HAVE CHANGED YOUR LIFE, ON ANY DAY
AND ALWAYS FOR THE BETTER AND FOR GOOD
EVERY MOMENT OF YOUR LIFE SOMEONE
STOOD BY TO OFFER YOU YOUR WILDEST DREAMS
TO MAKE EYES, CARESS YOUR CHEEK AND SQUEEZE YOUR
    HAND
BUT SOMETHING HAPPENED, AND NOTHING HAPPENED
ALL BUGS SMASHING MANY THINGS DID HAPPEN
AGAINST YOUR WINDSHIELD, LIGHTS, AND COOLING GRATE
ALL RAINDROPS FALLING FAST AND LOSING SHAPE
AND RUNNING INTO SOMETHING DEEP AND VAST
BUT FAR AWAY AND LOSING INTEREST FAST.

<Jongno>[185] 또한 마찬가지로 재즈풍의 배경음악과 함께 명멸하는 텍스트를 통해 일정한 서사를 전달한다. 네온사인처럼 깜박이는 텍스트들 속에서 '당신'과 아버지, '당신'의 언니와 언니의 약혼자가 등장하면서, '잡음 없는 집안'에서 벌어지는 금속성의 냉랭한 잡음에 대해 이야기한다. 아버지와 아버지의 친구들은 '높은' 탁자에서 위스키를 마시며 사업을 논하고, 당신과 언니와 언니의 약혼자 등은 '낮은' 탁자에서 젓가락을 두드리며 잡담한다. 계층이 나뉘고 계급이 구분된다. '당신'은 천한 트로트 가락으로 분위기를 살리지만, 약혼자의 젓가락장단에도 불구하고 '당신'에게 돌아오는 언사는 아버지의 '기생'이라는 한 마디 말이다. 아버지의 말에 반응을 보이는 것은 정작 당신이 아닌 '언니'이고, 언니는 간질을 앓듯 발작하며 옆의 남자 품으로 쓰러진다. 언니의 약혼자는 언니가 아닌 '당신'의 허리에 팔을 두르고, 언니의 약혼자와 그 친구들은 유리컵을 깨물어 씹으면서 자해한다. 표면적으로 평화로워 보이는 평범한 집안에서 벌어지는 소리 없는 일상의 잡음은, 마치 일상의 이면(裏面)을 이면(泥面)으로 바라본 오정희 소설의 디지털 버전을 연상시킨다.

<The End>[186]은 하이퍼텍스트 문학의 형식적 특성을 제대로 보여주는 소품이다. 전체적으로 짧은 분량에 기발하고 재치 있는 발상의 시편을 연상시키는 구조를 이루고 있는데, "끝"이라는 테마를 통해 각각의 상황에 따른 대사와 그에 따른 반응을 제시함으로써 독자들에게 상상의 공간을 허용한다. 시작은 '끝'에 임하는 연인들의 이별에 초점을 맞추면서 서서히 배경음악의 템포에 따

---

185) www.yhchang.com/JONGNO_KO.html 참조.
186) www.yhchang.com/THE_END_KO.html 참조.

라 부부, 친구, 사교 등 다양한 관계의 '끝'으로 확산되면서 결국
거친 대사와 행동까지 동반된 상황설정을 통해 재치를 더해 간다.

관계의 '끝'이 어느 정도 수위를 벗어날 때마다 음악의 템포는
느려졌다 빨라지기도 하고, 낮아졌다 높아지기도 하며, 강해졌다
약해지기도 한다. 글자 폰트는 커졌다가 작아지고, 가늘었다가 굵
어지기도 하고, 텍스트의 명멸 속도는 빨라졌다가 느려지기도 하
면서 각각의 '끝'에 선 사람들의 감정의 변화를 대변해 준다. 텍
스트를 극복하는 혹은 텍스트와는 변별되는 하이퍼텍스트의 특성
을 단발로 제시해 준 작품이라고 할 수 있겠다.

<*Lotus Blossom*>[187])은 기존의 작품과 같은 전달방식으로, 즉 재
즈리듬의 애들립적 연주에 따라 텍스트의 명멸하는 속도가 맞추
어 움직이는 역동성을 보여주면서, 을지로3가 "어둠침침하고 흔들
리는 형광등 불빛아래" 매일 굴러 내려올 거대한 바위를 꼭대기
로 굴러 올리는 '시지프스'처럼 매일 채워질 232개의 쓰레기통을
비워내는 청소부 아주머니와 이를 도와주게 된 '나'의 선문답과도
같은 일련의 대화로 이루어져 있다. 이 대화는 '물질은 현존이다,
물질은 존재를 능가한다' 등 쟈크 데리다의 사상 체계를 원용하
여 재구함으로써 이론적이며 실존적인 테마를 다루면서, 유쾌한
재즈선율에 맞추어 상당히 감각적인 방식으로 전달된다.

청소부는 '나'에게 검은 쓰레기 봉지를 펼치는 일을 맡기면서,
기밀을 누설하듯 진지하게 데리다에게 아이디어를 제공한 것은
자신이었노라 언급한다. 이해하지 못하는 '나'의 수차례에 걸친
질문과 반문 속에서 청소부는 모든 물질은 쓰레기며, 쓰레기는 검

---

187) www.yhchang.com/LOTUS_BLOSSOM_KO.html 참조.

은 봉지에서도 살아남아 존재를 능가한다고 주장한다. 작가가 청
소부의 입을 빌어, 데리다에게 결여되었다고 주장하는 펑키적 리
듬, 펑키적 감각이야말로, 작가가 생각하는 하이퍼텍스트 문학의
진정한 본질이다. 장영혜는 이처럼 리드미컬한 역동성을 통해 하
이퍼텍스트 문학의 가능성을 시험한다.

설은아[188)의 작품들은 내용과 형식의 일치라는 점에서 활자의
영상적 가능성에 보다 집중한다. <what's wrong?>[189)은 가비즈
(Garbage)[190)의 음악이 배경으로 흐르면서 어둠 속에서 영문 텍스
트가 명멸하기도 하고 좌우로 흐르기도 하면서 움직인다. 영문 텍
스트는 나는 너를 모르고, 너를 소유할 수 없으며, 우리는 서로를
모르고, 어떤 일도 벌어지지 않았으나, 'what's wrong?' 그래서 뭐
어쨌단 말인가 반문과 함께 우리는 '여기'에 존재한다는 메시지를
전달한다.

마찬가지로 가비즈의 음악[191)에 맞춰 <tracks>[192)는 "낯설다"라

---

188) www.seoleuna.com

189) www.seoleuna.com/2nd/glance/glancestart1.htm 참조.

190) 미국 그런지 · 얼터너티브 음악계의 명프로듀서 · 드러머 부치 빅(Butch
    Vig)과 기타리스트 스티브 마커(Steve Marker), 베이시스트 듀크 에릭
    슨(Duke Erickson), 스코틀랜드 출신의 보컬 셜리 맨슨(Shirley Manson)
    으로 구성된 가비즈(Garbage)는 1993년 데뷔한 독창성과 실험성, 사회
    비판의식이 강한 4인조 노이즈 팝(noise-pop) 밴드이다. 그 결성 단계
    에서부터 록음악계의 화제로 부상한 이후 얼터너티브 록의 제2의 물
    결로 추대되는 세대교체의 바람을 일으켰으며, 설은아의 <what's wrong>
    에 사용된 사운드트랙은 1996년 그들의 동명 데뷔앨범 ≪Garbage≫의 5
    번 트랙 <not my idea>이다.

191) 가비즈의 1998년 발매된 두 번째 앨범 ≪Version 2.0≫의 12번 트랙
    <you look so fine>.

192) www.seoleuna.com/2nd/glance/glancestart1.htm 참조.

는 메시지로 시작된다. 불안한 색감의 집이 제시되는데, 103호 작가 자신의 집일 수도 있고, 혹은 누군가의 집일 수도 있으나 반응은 '아무도 살고 있지 않은 느낌'과 '묘한 괴리감'이다. 화면 아래에는 "There were tracks indicating that a large number of people had passed(수많은 사람들이 오고 간 흔적만이 남아 있었다 ─ 번역 필자)"라는 텍스트가 제시된다. 수많은 사람들이 오래도록 지나다녔음을 알게 하는 '흔적들'이 여기저기 널려 있음에도 불구하고, 반응은 여전히 '낯설다.'

제목은 '흔적들'임에도 흔적들은 일상의 친근함이 아니라 낯섦으로 인지된다. 그것은 103호에 대해 늘 보던 방식이 아닌, 다른 각도로 접근했기 때문에 발생한다. 다른 방법론의 접근은, 동일한 사물과 상황, 사람과 사건에 대해 다른 반응을 낳는다. 동일한 텍스트와 테마를 통해 다른 방식으로 접근하여 표현하는 것이 바로 하이퍼텍스트의 특성이다.

<*5.Jan.2000*>[193]은 콘(Korn)의 음악을 배경으로, 제목처럼 2000년 1월 5일 흐린 날의 일기 형식으로 시작된다. "What did I do? Slept, thank, drank water…… Will I remember any of it in three days?" 짤막한 텍스트를 읽은 다음, 독자는 'a meaningless day'라는 글자 위에 놓인 침대(sleep), 물컵(drink), 진동(think), 원점(home)의 아이콘을 클릭하면서 각기 다른 링크가 열리면서 다른 차원의 내러티브를 경험할 수 있다.

침대 아이콘을 클릭하면 "What did I dream?"이라는 텍스트와 함께 라디오헤드(Radiohead)의 몽환적인 음악이 배경으로 흐른다.

---

193) www.seoleuna.com/2nd/glance/glancestart2.htm 참조.

물컵 아이콘을 클릭하면 물컵의 이미지 속에 'd / r / i / n / k / w / a / t / e / r' 글자들이 물대신 담겨져 있다가 흘러넘친다. 진동 아이콘을 클릭하면 날갯짓하는 나비의 이미지가 보이면서 "……struggle to go there" 메시지가 제시된다. 자고, 마시고, 생각하며 보낸 '의미 없는' 하루에 대한 단상은 그 모든 행위가 실제현실이 아니라 가상현실 속에서 이루어진다는 데에 초점을 맞출 필요가 있다. 상기 작품들이 텍스트의 비중보다 시각적인 요소를 강조한 반면, *<a thought −out of plan>*[194])은 시크릿가든(Secret Garden)의 고요한 연주를 배경으로 텍스트에 비중을 두고 있다. 제목처럼 무작정 시작한 사고 혹은 발상에서 작품은 시작된다.

> 평소에 자주 가던 정류장을 지나쳐 다음 정거장까지 걸어가라
> 다섯 번째 오는 버스를 타고 20번째 정류장에서 내려라
> 마음에 드는 버스를 선택한 후 한 시간 정도 이동하라
> 그리고 처음 보는 곳이라 생각되는 곳에 내려라

첫 페이지에서 읽(히)도록 배려한 텍스트는 위와 같다. 지나치게 작은 글자들은 때로는 파닥이며 독서를 유혹하지만, 오히려 그러한 부적절한 폰트와 움직임들이 독서를 방해하는 아이러니를 만들어 낸다. 작품 속에서 텍스트는 읽(히)기 위해 존재하는 것이 아니라, 이미지와 영상과도 같은 시각적 상징으로 존재한다. '☞ →→'를 클릭하면 다음 페이지로 이동한다.

---

194) www.seoleuna.com/2nd/glance/glancestart8.htm 참조.

빛바랜 메모지는 알아볼 수 없는 글씨들이 적혀 있고 수많은 따옴표 속에 무수한 말들이 있을 테지만, '혼잣말'이라는 메시지만을 읽을 수 있으며, 수많은 따옴표들은 어느새 말줄임표가 되어 침묵과 조우하게 된다. '☞→→'를 클릭하면 다음 페이지로 이동한다. 쉴 곳이 필요하다는 희미한 메시지가 나타난다.

어찌할 바를 모르는 독자 혹은 주인공에게 몇 줄의 읽(히)기 위해 제공된 텍스트는 변함없는 조언 혹은 임무를 제공한다. '☞→→'를 클릭하면 첫 페이지로 이동한다. 무작정 떠난 '머리 속의 산책'은 무의미한 낙서를 하고, 그것을 무의미한 장소에 남겨두고, 결국 혼자 마시는 커피 한 잔으로 끝이 난다. 가상의 공간에도 쉴 곳이 필요하다. 그들을 위해 작가가 제공하는 것은 마찬가지로 가상의 커피이다. 하이퍼텍스트가 구축하는 '공간성'은 현실세계의 물리적 공간개념과는 다른 차원의 개념이지만, 그곳에서도 생각하고 잠자고 느끼고 마시는 모든 행위들이 이루어진다.

　설은아가 일련의 하이퍼텍스트 작업을 통해 전달하고자 하는 메시지를 가장 잘 구현한 작품은 <*fever*>[195])와 <*the casting*>[196])이다. 우선 <*fever*>는 퀸(Queen)의 음악에 맞춰 역동적으로 움직이는 스노우보더의 몸짓은 마치 한 편의 자극적인 뮤직비디오를 연상시키는 시퀀스들로 감각적 편집되어 있으며, 동시에 "experimentations on possibilities", "potential on the net", "My pulse, eruption, jet …… and fever" 등의 메시지가 텍스트로 명멸한다. 넷(net)이 가진 잠재력과 가능성, 열정과 분출 등에 대한 설은아의 열정은, 하이퍼텍스트라는 혈관을 따라 움직이는 가상의 맥박에 대한 열정이기도 하다. <*the casting*>는 콘(Korn)의 음악에 맞춰 텍스트는 몸을 틀듯이 커졌다 작아지면서 굽이친다. 흐릿하게 나타나는 춤추는 여인의 모습과 글자는 겹치듯 이어지면서 영상과 문자는 화해롭게 조우하는 듯싶다.

> The start of this has now just enabled us to make one another's acquaintance.
> A thought‐out of plan longing for coincidence. Everything is play.
> I was casted for the play. And now, I invite you to the play.

　이런 경향은 다다이즘의 음향시나 시청각시와 같은 맥락에서 이해될 수 있다. 기존의 예술양식을 부정하고 새로운 양식을 혁신적으로 제시한 다다이즘은 다양한 실험의 과정에서 문자로 의미

---

195) www.seoleuna.com/2nd/glance/glancestart3.htm 참조.
196) www.seoleuna.com/2nd/glance/glancestart9.htm 참조.

를 전달하는 언어예술의 기본방식을 부정하고 시에 시각적 요소와 청각적 요소를 도입한다. 새로운 언어를 창조하자며 아무 의미 없는 음향을 시에 도입하였다. 다양한 두께의 글자들을 활용하여 강약을 부여하는 시청각시들은 당시 읽는 시에서 보고 듣는 시로의 변화를 꾀하는 노력197)들이 웹아트에서는 매체 자체의 본질적인 속성으로 구현되고 있는 것이다. 음향으로서의 소리, 문자의 움직임과 크기의 변화로 글의 내용을 형식으로 표현하고 있다.

공동창작은 시의 경우 ≪언어의 새벽≫,198) 소설의 경우는 ≪디지털 구보 2001≫199)이 해당된다. 먼저 문화관광부가 '새로운 예술의 해' 캠페인의 일환으로 시도한 ≪언어의 새벽≫은 하이퍼텍스트상에서 문학의 가능성을 보여준, 최초의 하이퍼텍스트 시로 문학사에 기록될 것이다. 이 실험의 기본적인 의도는 동영상음향을 주된 매질로 하고 감각적 반응시간을 최대한도로 단축하는 하이퍼텍스트를 순수한 문자언어로만 구성하여 감각적 반응시간을 가능한 한 지연시키고 그 사이에 사유와 상상이 개입될 여백을 열어 놓음으로써 문자언어 특히 문학의 고유한 본성인 반성적 활동을 하이퍼텍스트에 심어보고자 한 것이다.

이 작업은 김수영 시인의 시 <풀>의 첫 행 '풀이 눕는다'를 씨앗 글로 해서 155인의 문인들이 만든 '언어의 숲'이다. 이 홈페이지에서 씨앗 글을 클릭하면 '풀이 눕는다'는 구절이 나오고 '풀이'와 '눕는다'는 각각 하이퍼링크되어 있다. '풀이'를 선택한 사람은 이제하, 이문재, 오수영, 오정희 등의 글을 만나게 되고, 그

---

197) 한스 리히터, 다다: 예술과 반예술, 김채현 역, 미진사, 1988, 189 – 192면.
198) eos.mct.go.kr 참조.
199) www.wisebook.com/booktopia/contents/hypertext 참조.

중 마음에 드는 구절을 클릭하면 다음 단계로 넘어간다. 똑같이 김수영의 <풀>에서 출발하지만 독자에 따라 시를 읽는 방식은 수백 가지가 넘고, 스스로 작가가 되어 시작(詩作)을 이어간다면 작품 수는 무한대가 된다. 나무가 가지를 치듯 언어의 숲을 만들어간다는 것이다. 그리고 독자는 읽는 방식에 따라 매번 다른 시를 읽는 셈이며, 이 문인들의 글에 이어 자신의 글로 다시 새로운 언어의 숲을 만들 수 있다.

≪언어의 새벽≫을 기획·총괄한 정과리는 "지금까지 개개의 작품을 통해 추구돼 오던 문학을 의도적으로 열린 구조, 빈자리를 갖는 구조에 놓을 경우 문학작품이 어떻게 달라지는지를 실험해 보자는 것이다. 그럴 경우 무엇이 어떻게 달라질 것인지는 두고 봐야 할 일"이라며 이것은 하이퍼텍스트문학 그 자체라기보다 일종의 '실험'이라고 했다. ≪언어의 새벽≫은 누구도 길을 잃을 만큼 거대한 언어의 숲을 이룬다는 점에서 실용적인 문학 행위로 보기는 어렵다. 결과적으로 현재 링크조차 남아 있지 않으며, '링크만 만들어 놓으면 하이퍼텍스트 문학이 된다는 착각'에 빠져 그간 커뮤니케이션 문학에서 시도해 온 게시판 릴레이 글쓰기 수준을 벗어나지 못했다. 작가와 독자의 공동참여를 통해 문학의 방식에 새로운 시도를 하고 있다는 점에서 평가할 만하다. 이제 여러 면에서 이 새로운 시도는 문학의 새로운 전환점을 마련할 것이다.

북토피아(booktopia)와 인터넷MBC(iMBC)가 공동 제작한 ≪디지털 구보 2001≫은 제작 기간 10개월, 제작비 1억 2천만 원, 60여 명의 제작진이 참여하여 '국내 최초의 본격' 하이퍼텍스트 소설을 표방하면서, 이해와 영역이 다른 다양한 장르와 기업이 웹에서 결

합되어 하나의 작품을 구축한다.[200] 작업의 각 과정에는 이야기
구조를 어떻게 짤 것인가, 그 이야기를 어떻게 영상으로 옮길 것
인가, 이야기 구조를 어떻게 설계하고 웹으로 실현할 것인가라는
상상과 창작의 내용이 들어 있다.

이러한 작업의 성격은 장기 제작과 비용으로 이어진다. 난관은
바로 여기에서 나온다. 시간이 돈이라는 것, 그리고 결과물을 웹
으로 내보냈을 때 당장은 어느 누구도 그것을 보상받지 못한다는,
바로 그것이다. 따라서 디지털 구보는 국내 하이퍼텍스트의 확산
을 끌어낼 첫 신호탄이자 대형 집단창작물이라는 의미와 함께 자
유와 공유라는 웹 정신을 구현했다는 의미가 있다.

≪디지털 구보 2001≫은 1930년대 박태원의 <소설가 구보씨의
일일>, 1970년대 최인훈의 <소설가 구보씨의 일일>, 1990년대 주
인석의 <검은 상처의 블루스 - 소설가 구보씨의 하루>에 이르기까
지 한국 지식인소설의 계보를 이룬 '구보 이야기'[201]를 다시 쓴

---

200) 최혜실 교수와 오내영, 노희준, 이혜진 등 세 명의 작가가 각각 구보,
이상, 어머니의 이야기를 창작했고 북토피아와 인터넷MBC가 설계와
제작을 맡아 진행했다. 또한 김영대 감독에 의해 별도의 디지털단편
영화로도 제작되어 사이트 오픈과 동시에 공개되었고, 이 과정을 정
보통신부, 한국과학기술원, 영상문화학회가 후원했다.

201) '구보'라는 이름은 한국문학사에서 박태원을 시작으로 최인훈, 주인석
을 거치며 사실상 하이퍼텍스트 형식으로 창작되어 왔다. '이상' 역시
문학의 구조적 혁명가이며 작품 자체에 디지털코드를 삽입한 '근대의
프로그래머'이다. 본격 하이퍼텍스트 소설로서 디지털 구보와 이상이
라는 캐릭터는 중요한 의미를 갖고 있다. 디지털 구보는 단순히 국내
첫 작품이라는 것에 그치지 않는다는 것. 웹을 끌어들여 웹으로 나아
가는 새로운 문학을 시도한 것이다. 작가와 주인공으로서 문학사의
혁명아라고 할 수 있는 구보와 이상을 프로젝트명과 캐릭터로 설정한
까닭이 여기에 있다.

것이다.[202] 주인공 구보는 30대 여성지식인으로 CEO이며 컴퓨터 게임 시나리오작가인 이상이 남자친구이다. 디지털 구보는 구보(여주인공), 이상(남주인공), 구보의 어머니 등 3인의 24시간을 시간대별로 나누어 구성한 세 개의 장을 통해 3인의 과거와 현재, 의식의 흐름, 사건들을 나열하고 결합한 것이다.

> "구보야, 구보야 뭐하니!"
>
> "……"
>
> "구보야, 구보야! 살았니, 죽었니!"
>
> 웬 아이들이 몰려와 한참 전부터 구보를 불러대고 있었다. 무엇을 하는지, 그러나 구보는 통 대답이 없었다. 얘가 어디 갔을까. 그 소리에 귀를 기울이고 있던 어머니는 끄응, 소리를 내며 맨바닥에 누워 있던 몸을 일으켜 세웠다. 연례행사처럼 남편의 주정이 한바탕 집안을 휩쓸고 난 다음이었다. 그런 날이면 어머니는 꼼짝없이 앓아누워야 했다. (……) 오늘도 구보는 제 아비를 뜯어말리느라 꽤 여러 번 손찌검을 당했다. 벌겋게 독이 올라 자식까지 패댕이치는 남편은 짐승이나 다름없었다.

프로젝트의 신호탄은 '04:00' 구보의 생사여부를 확인하는 아이들의 외침으로 시작된다. 아이들의 외침은 30년대 박태원의 '구보'를 불러내는 일종의 초혼(招魂)으로 간주된다. 이렇게 시작된 이야기는 드라마틱한 복선과 의미, 각종 문화코드[203]가 깔려 있고, 음향, 문자, 음악, 동영상, 사이트 등 1천여 개의 링크에 인도

---

202) 김종회·최혜실, 사이버문학의 이해, 집문당, 2001, 316면.

203) 디지털 구보의 일부를 발췌하여 영화화한 <구보의 일일>(김원대 감독)은 소설과는 또 다른 형식과 이야기로 결합된 작품이다. 구보(이보영 역)와 이상(김영식 역), 그리고 우연하게 구보와 관계를 맺는 검은 남방(이성주 역) 사이의 엇갈린 만남과 사랑을 디지털 영상으로 추적한다.

되면서 대서사 소설로 나아간다. 즉 "아이들이 몰려와"를 클릭하면 심훈의 ≪상록수≫ 중 동혁에게 보내는 채영신의 편지가 팝업으로 나오고, "어머니"를 클릭하면 iMBC의 홈페이지가 펼쳐진다. 이는 단순하면서도 ≪디지털 구보 2001≫의 모태가 어디인지를 분명하게 보여준다. "주정"을 클릭하면 지하련의 ≪도정≫ 중 주정과 관련된 부분이 제시되고, "짐승"을 클릭하면 크리스토프 란스마이어의 ≪최후의 세계≫ 중 아내 프로크네에게 폭력을 행사하는 테레우스의 장면이 펼쳐진다. '04:00'는 다른 화자를 선택할 수 없으나, '05:00'부터는 이상, 구보, 어머니를 각기 화자로 하는 별개의 이야기를 경험할 수 있다.

구보는 문득 시계를 올려다봤다. 새벽 5시를 절반쯤 넘긴 시각이었다. 조금 전까지만 해도 사방을 덮었던 어둠이 어느새 희뿌옇게 밝아오고 있었다. 그녀는 키보드를 두드리던 손가락을 뚝뚝 꺾으며 의자를 한껏 뒤로 젖히며 무심하게 화면을 응시했다. (……) 논문은 서론에서 단 한 줄도 진척이 되지 않은 상태였다. 빈 화면에 깜빡이는 커서가 불안하게 뛰는 개구리의 심장처럼 느껴져 그녀는 무심코 미간을 좁혔다. (……) 논문 쓰기를 멈춘 그녀는 채팅사이트를 클릭해 맘에 드는 아바타에게 1:1 대화를 신청했다. (……) 상대방은 서른네 살 띠동기로 닉네임이 시뱅이었다. ―시뱅? 닉네임이 상당히 특이하군여. ―그쪽도 만만치 않은데, 디지털 K씨? (……) ―뭔 뜻이지? (……) ―시나리오뱅크. ―오호라. (……) 구보가 여기까지 글자를 쳐 넣었을 때 뭔가 둔탁하고 단단한 것이 바닥에 떨어지는 듯한 소리가 연속적으로 났다. (……) 그녀는 이것저것 잴 것 없이 콩 튀듯 후닥닥 튀어 나갔다. (……) 불도 켜지 않은 어두운 부엌 구석에 오르락내리락하는 것은

'05:00'에서 우리는 구보에 관한 다양한 정보를 얻을 수 있다. 우선 구보는 월터 옹과 피에르 레비의 저서를 참조하여 논문을 쓰고 있으며, 구보의 아바타 채팅 닉네임은 '디지털 K'[204]이며, 채팅을 통해 '시뱅(시나리오뱅크)'이라는 닉네임의 상대를 만난다. 구보는 어린 '딸'과 정서적으로 불안한 '어머니'와 함께 살고 있다는 것을 유추할 수 있다. 화자를 어머니로 바꾸어 클릭하면 상황은 마치 카메라의 앵글이 바뀌는 것처럼 다른 각도에서 비춰진다.

---

204) '디지털 K'라는 닉네임은 구보라는 이름의 이니셜일 수도 있으며, 동시에 프란츠 카프카의 그 유명한 등장인물, 실존의 부조리에 패배를 담보로 삶의 미로 속을 기꺼이 방황하는 'K'와 일맥상통한다.

어머니의 시각에서 볼 때 그녀의 행동은, 결과적으로 구보에게
불쾌감과 히스테리를 야기하지만, 자신의 딸 '구보'를 위한 배려
이다. 이런 식으로 독자는 등장인물별, 시간별, 공간별로 자유롭게
선택하여 이야기를 따라갈 수 있으며, 링크를 통해 전혀 별개의
세계로 가버릴 수도 있다. 화면의 링크된 단어와 구절들을 클릭하
면 그 구절에 관계되는 문학작품이나 작가, 신문기사와 백과사전
등의 보조자료들이 나타난다.

작품이 작가의 순수한 창작이 아니라 무수한 다른 작품들과의
영향관계에 놓인다는 점을 드러내는 것인데, 이 특성은 데이터베이
스의 바다에서 원하는 정보를 선택하는 인터넷의 검색과 일치하는
것이기도 하다. 또한 멀티미디어의 특성을 적극 활용했다. 디지털
영화를 활용하기도 하고 소리, 문자들을 동원했다. ≪디지털 구보
2001≫은 한마디로 하나의 거대한 그물망으로서, 독자가 캐릭터나
이야기를 파괴할 수도 창조할 수도 있으며, 따라서 독자는 작가가
되고 작가는 독자가 될 수도 있다. 누구도 이야기를 멈추게 할 수
도, 결론을 내릴 수도 없다. 이러한 쌍방향성은 하이퍼텍스트의 주요

특징이며, ≪디지털 구보 2001≫은 이를 집중적으로 구조화했다.

그러나 기획의도에 반해, 상기 인용한 '26:00'에 이루어진 '이상'의 독백과도 같은 진술은, ≪디지털 구보 2001≫이 결과적으로 기존 텍스트에서 천착해 온 주제의식을 단순히 하이퍼텍스트의 형식을 빌려 그대로 재현했을 뿐임을 반증한다. 기획 당시 그 규모나 질적인 면에서 국내 하이퍼텍스트 문학의 확산과 열기를 이끌어낼 첫 신호탄이 될 것으로 예상되었으나, 현시점에서는 긍정적인 효과를 거두지 못한 것으로 잠정결론 내려진다. 진정한 하이퍼텍스트 문학의 성과를 위해서는 하이퍼텍스트 사고방식의 진지한 검토가 전제되어야 한다. 백과사전식의 링크와 노드의 반복은 하이퍼텍스트를 각주·미주의 역할만으로 한정시킬 뿐이다. 즉 이 모든 것이 유기적으로 통합되어 치밀한 효과를 발휘하도록 작가의 연구가 필요할 것이며, 앞으로 우리 하이퍼텍스트 문학은 보다 다양하고 진지한 모색이 필요할 것이다.

C. 하이퍼텍스트 문학의 과제

'인간'이라는 단어는 단순히 '사람'을 칭하는 것만이 아니라 사람과 사람이 '관계'의 중요성을 강조한다. 컴퓨터 매개 공간에서의 관계는 하이퍼링크를 통한 네트워크로 상징된다. 하이퍼텍스트는 인간 사고의 자유로운 연상작용을 텍스트 메커니즘으로 표현해 낸 기술의 결과이며 '문학과 과학의 융합으로 잉태된 보물'[205]이다. 이제까지 우리는 하이퍼텍스트의 이론과 하이퍼텍스트의 이론을 문학적으로 실천한 성과물들을 국내외로 구분하여 살펴보았다. 국내외의 작품에 있어 그 질적 문제를 차치하고, 규모와 형식면에서는 국경을 인식할 수 없을 정도의 유사성과 발전 가능성을 짐작하기란 어렵지 않은 일이다. 다만, 이제까지 하이퍼텍스트에 대한 연구는 하이퍼텍스트 문학작품에 대한 연구와 다소 유리되었던 것이 사실이다.

즉 우리는 하이퍼텍스트의 링크와 노드 개념에, 그리고 링크를 클릭하여 '구성적'이든 '탐색적'이든 역동적으로 선택하는 독자의 상호작용에 지나치게 집중한 나머지, 하이퍼텍스트를 개발하는 정작 '작가'에 대해서는 소홀했던 것이다. 사실 하이퍼텍스트 문학의 독자는 표면적으로는 자유를 누릴 지라도, 사실은 그 모든 선택의 가능성들이 이미 작가에 의해 고안된 것이다. 국외의 하이퍼텍스트 작가들이 대표적인 저작도구 스토리스페이스를 이용해서 작업을 하지만, 국내의 작가들은 그러한 저작도구에 의거하기보다는 단순한 하이퍼링크와 하이퍼미디어의 접목일지라도 손수 창작

---

205) 유주현, 하이퍼텍스트 강의록, http://home.bcline.com/stealth 참조.

하는 경우가 대부분이다. 문학작품의 평가는 언제나 작품 자체와 작가연구에서 비롯되었다. 물론 독자반응론이 적용되지만, 그것이 궁극적인 문학의 잣대는 아니다.

이에 비해 컴퓨터 매개 문학에 대한 평가는 언제나 '독자' 중심으로 이루어지고 있다. 비선형적·탈중심적 내러티브는 그 자체에 의해 독자에게 해방이 아니라 혼돈[206]을 야기한다. 독자에게 필요한 것은 무한의 자유가 아니라 유한의 자율이다. 시(詩)를 분석하기 위해 시인에 대해 연구할 필요가 있듯이, 우리는 하이퍼텍스트 문학을 분석하기 위해 작가에 대해 연구할 필요가 있다. 그렇다면 하이퍼텍스트 문학에 있어 작가 역할은 무엇이며 그 좌표는 어디일까. 랜도우[207]는 하이퍼텍스트는 고정관념으로서의 작가를 가지고 있지 않으며, 편집자 혹은 개발자의 역할에서 작가적 변용을 만날 수 있다고 정의 내린다. 현재 하이퍼텍스트 문학의 궁극적인 지향점은 작가 일개인의 단독작업으로 충족되기에는 원대한, '공동작업'의 특성을 보여준다. 본질적으로 공동작업일 수밖에 없는 것이 하이퍼텍스트 문학의 특성이다.

결과적으로 하이퍼텍스트의 이념은 '연결'의 속성과 관련된다. 다시 말하면 다양한 정보들의 취사선택은 분명히 넓은 뜻에서의 정치적·윤리적 함의를 갖는다. 사실 자료와 자료 사이의 연결을 유도하는 관련성, 중요성, 목적성 등이 누군가에 의해 미리 정해

---

206) 정형철, "하이퍼텍스트 픽션에 관한 연구", 부산대 영미어문학, 39, 1998.

207) "Hypertext has no authors in the conventional sense ······ hypertext as a writing medium metamorphoses the author into an editor or developer ······ is a team production" George P. Landow, Ibid., p.259.

진 것이라면, 그 연결의 정치적, 윤리적 함의를 반성적으로 검토해야만 하는 것이다. 하이퍼텍스트의 특성인 비종결성과 비선형성은 그와 같은 근대성의 원리에 대한 포스트모더니스트적 비판의 산물[208]로 이해해 볼 수도 있다.

하이퍼텍스트의 속성을 비선형성에서 찾는 것은 무엇보다도 활자매체의 선형적 구조와의 차이를 부각시키기 위한 것이다. 이 비선형성은 다선형적, 다중심적, 반위계적 글쓰기 공간을 가능하게 하는 하이퍼텍스트성의 핵심으로, 하이퍼텍스트 문학작품의 독서과정에도 방향성이 존재한다. 이는 비선형성의 상대적 개념으로서의 방향성이 아니라 선택적인 임의의 선형성, 즉 하이퍼텍스트 문학을 체험하는 과정은 순차적이나, 시종이 정해진 단일한 선형성이 아니라는 점이다.

하이퍼텍스트 문학은 하이퍼텍스트를 문학적으로 활용한 사례로서 하이퍼텍스트가 기술적 측면이라면 하이퍼텍스트 문학은 예술적 측면이다. 하이퍼텍스트 문학이 진정으로 텍스트를 포월하기 위해서는 수많은 네트의 얽힘과 풀림이 존재해야 하며, 그러한 문학적 타래의 감김과 매듭의 과정을 반복함으로써 독자는 진정한 하이퍼텍스트 사고방식을 체득할 수 있게 된다. 미로의 본질은 출구를 찾는 데 있는 것이 아니라, 예기된 혹은 예기치 않은 방황의 가지치기를 통한 가상의 실존체험에 있다. 하이퍼텍스트 문학은 독자들에게 바로 그러한 미로의 체험을 제공하는 데 가장 적합한 형식이다.

따라서 하이퍼텍스트 문학을 창작하는 행위는, 기존의 문학적

---

208) 정형철, 앞의 글.

위계질서에 따라 '작가'(writer)의 저작행위라기보다는, 온전한 미로를 구축하기 위해 전체의 얼개를 추상적으로 고안하는 '기획자(planner)'이며, 기획안에 따라 도면상으로 치밀하게 그려내는 '설계자(designer)'이며, 독자로 하여금 그러한 미로를 제대로 탐험하도록 안내하는 '지도제작자(mapper)'이다. 하이퍼텍스트 작가는 독자를 위해 현재의 '위치'를 알려주는 안내표지를 만들어 주되 출구의 정답을 가르쳐 줄 수는 없다. 하이퍼텍스트 문학이 추구하는 성향은 결정론적이 아니라 과정론적이기 때문이다. 작금의 하이퍼텍스트는 멀티미디어를 통한 하이퍼미디어를 지향하고 있다. 미학적 감수성과 매체를 능숙하게 다루는 기술의 조화가 잘 어우러질 때 하이퍼텍스트 문학의 진정한 자리 매김이 가능해질 것이다.

컴퓨터게임 문학

컴퓨터게임은 1970년대 이후에 등장한 새로운 여가활동의 한 형태로서 '기억능력이 있는 실리콘 칩 컴퓨터 회로에 의해 작동되는 모든 놀이의 총칭'으로 전자오락게임, 비디오게임, 멀티미디어게임 등 다양한 용어들과 함께 사용된다.[209] 전 세계적으로 유소년 및

---

[209] game의 어원은 '흥겹게 뛰다'라는 인도·유러피안 계통의 'ghem'에서 파생되어졌다고 알려져 있다. '흥겹게'만 볼 때 심리적 측면을 나타내는 말로서 기분이 매우 좋은 상태, 즉 정신적 몰입을 하는 인간의 정신적인 상태를 말하며, '뛰다'는 신체의 움직임을 뜻하는 행동을 의미한다. 이러한 말을 합해 보면 매우 기분이 좋은 상태로 신체를 움직이는 모든 행동을 게임이라고 풀이해 볼 수 있을 것이다. 게임의 어원에서 게임은 육체와 정신이 함께하는 행동이며, 또한 과정을 의미한다. 결과적으로 어떠한 형상이나 어떤 물건을 획득하는 것이 아닌 즐거워 무엇인가를 행동하는 과정을 게임이라고 할 수 있을 것이다. 유희, 오락, 놀이 등으로 말할 수 있는 모든 종류의 게임은 인류와 함께 하나의 문화권을 형성해 왔다. 로마의 게임은 원형 경기장에서 호랑이와 사자를 넣고 노예와 싸우는 것이었으며, 유목생활을 하는 민족의 게임은 말을 타고 경주를 하였으며, 우리의 게임은 제기를 차거나, 숨바꼭질, 널뛰기 등을 하며 하나의 독특한 문화를 형성한 것이다. 학자에 따라서는 광의의 게임을 '놀이를 목적으로 한 프로그램'으로 정의하고, 협의의 게임을 '전자적 수단을 가지고 있는 전자게임', '인간의 놀이가 컴퓨터에 응축되거나 편집된 모니터'로 정의하기도

청소년뿐만 아니라 성인들도 즐겨하는 여가오락 활동의 하나로 정착하였으며, 현대인의 여가생활에서 컴퓨터게임이 차지하는 비중은 갈수록 증가되고 있는 추세이다. 특히 컴퓨터 매체가 게임 장르에 접목되어 적극 활용됨으로써 컴퓨터게임의 장르적 다양화와 세부화가 추진되었고, 그 결과 컴퓨터게임은 과거의 단순한 오락 실용 게임과는 변별되는 독창적인 경지를 구축하게 된다. 이러한 컴퓨터게임의 급성장 이면에는 영화, 애니메이션, 드라마, 뮤직비디오, 판타지 및 무협소설, 출판만화 등 다양한 기존 매체 및 장르의 장단점을 신속하게 분석하고 과감하게 수렴하면서 대중문화의 지류에서 주류로 위상을 정립한 공격적인 개척정신에 있다.

[표 6] 세계 게임시장 현황 및 전망

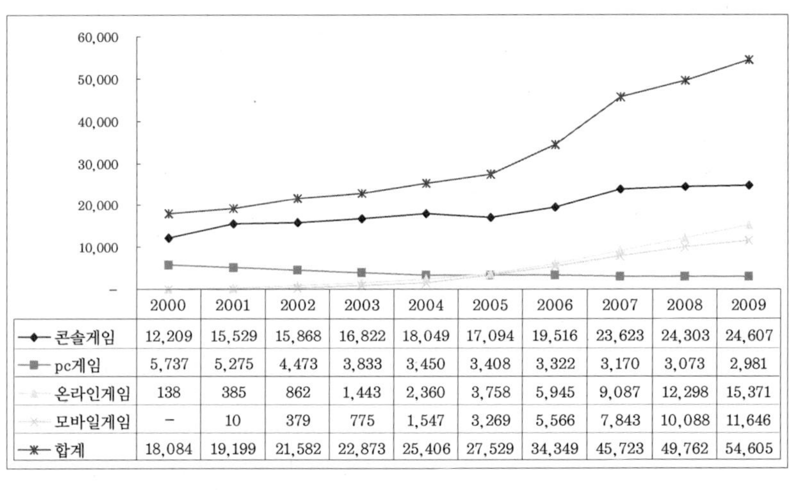

	2000	2001	2002	2003	2004	2005	2006	2007	2008	2009
콘솔게임	12,209	15,529	15,868	16,822	18,049	17,094	19,516	23,623	24,303	24,607
pc게임	5,737	5,275	4,473	3,833	3,450	3,408	3,322	3,170	3,073	2,981
온라인게임	138	385	862	1,443	2,360	3,758	5,945	9,087	12,298	15,371
모바일게임	–	10	379	775	1,547	3,269	5,566	7,843	10,088	11,646
합계	18,084	19,199	21,582	22,873	25,406	27,529	34,349	45,723	49,762	54,605

자료: pwc(2005)

한다. 이때 프로그램이란 약속된 룰과 소재, 테마 등을 포괄하는 의미이며, 따라서 컴퓨터게임은 지성적 혹은 감성적 반응과 육체적 반응의 동반상승, 즉 시너지효과를 도모하는 컴퓨터 프로그램이다.

물론 초기 컴퓨터게임에 대한 기본인식은 단순한 키보드와 마우스의 조작, 그리고 다음 단계로의 진행을 명령하는 일종의 프로세스 기능 정도였으며, 이러한 기본인식이 그대로 적용될 수 있는 단순한 인터페이스의 게임 장르도 있다. 과거 그러한 장르가 게임의 대표 장르였던 것도 사실이다. 컴퓨터게임의 시도는 실제 인간 관계 속에서 오락적인 요소들을 지닌 어떤 규칙이나 행위를 컴퓨터에 도입한 것이다. 따라서 게임은 컴퓨터의 연산 및 사고 능력과 모니터와 같은 영상매체, 그리고 마우스나 조이스틱과 같은 제어 도구를 이용하여 컴퓨터상에 그대로 묘사함으로써 게임을 통하여 인간이 즐거움을 추구하던 놀이 행위와 동일한 기능과 목적을 가지도록 한 것이다.

[표 7] 국내 게임시장 현황 및 전망

(단위: 억 원)

구분	2000	2001	2002	2003	2004	2005	CAGR
온라인게임	1,628	3,318	4,337	5,303	6,213	6,863	31,7%
PC게임	1,323	1,724	1,974	2,185	2,575	2,986	17.5%
아케이드게임	5,844	5,913	5,916	5,934	5,951	5,968	0.4%
비디오게임	90	299	329	395	426	441	3704%
모바일게임	17	136	212	340	467	578	101.8%
전체	8,902	11,390	12,769	14,158	15,632	16,837	13.6%

자료: 디지털콘텐츠산업 백서, 한국소프트웨어진흥원(2002)

과거의 컴퓨터게임은 일반적으로 서사적 인과성을 인지할 수 없는 그저 단순한 여가나 소일을 위한 청소년층의 오락 중 하나일 따름이었으나, 작금의 컴퓨터게임은 단순한 인터페이스(interface)를 통한 오락에서 그치지 않고, 문학과 애니메이션과 영화적 요소를 포함한 거대한 미디어산업으로 도약하고 있다. 컴퓨터게임 문학의 개념은 비단 컴퓨터게임이 가지고 있는 속성들이 컴퓨터 매개 문학에 적극적으로 반영되었다는 배경적 역할만으로 성립될 수는 없다.[210)

게임산업을 배태한 형이상학적 기반요소를 살펴보면 게임산업의 현주소를 확실히 알 수 있다. 즉 텍스트 기반의 시스템에서 비쥬얼 기반의 시스템으로의 구조적 전환, 멀티미디어의 발달과 초고속 인터넷의 보급, 그리고 IT산업의 낙관적 성장론이 가세하여 게임산업은 촉망받는 미래산업의 총아로 대두되었다. 하나의 산업이 탄생하고 성장하기 위해서는 산업적 기반뿐만 아니라, 문화적 문명적 기반이 바탕이 되어야 함은 물론이다. 게임산업의 눈부신 성장은 단순한 유행성 '현상'이나 '이슈'가 아니라, 엄연한 과학과 문화의 연대적 교점에서 탄생하고 합목적적으로 성장할 미래지향적 산업이라는 점에서, 초고속 인터넷의 보급과 사이버스페이스의 생활화 추세에 편승하여 우후죽순 형성된 기존 기생적 인터넷 관련 업종 현상이나 한시적 유행산업과는 변별된다.[211)

---

210) 컴퓨터게임의 경우는 통상 '작가'라는 명칭보다는 게임디자이너(game designer) 혹은 게임프로듀서(game producer), 게임기획자(game planner)라는 명칭이 자주 사용된다. 즉 컴퓨터게임 문학도 작가가 존재하고 있으나, 기존의 작가와는 그 장르 내의 역할좌표가 다르다.

211) 조은하, "매체 환경변화에 따른 문학의 패러다임 전환", 한국헤세학회 춘계학술대회, 성신여대 인문과학연구소, 2005.

[표 8] 동시 접속자 수에 따른 온라인게임 분류

구분	동시 접속자	정 의
온라인 게임	천 명 이상	게임 소프트웨어 업체가 콘텐츠 공급업자(CP)가 되어 통신서버에 게임을 올려놓고 다수의 사용자가 사이트에 접속하는 형태
네트워크 게임	1 - 8명	PC게임을 기반으로 하며 특정서버를 통해 접속하여 사용자 간의 멀티플레이가 가능한 협의의 온라인 기능을 갖춘 게임
인터넷 게임	1명	브라우저를 통해 인터넷 접속 상태에서만 구동되며, 별도의 인스톨 없이 브라우저에 탑재된 프로그램을 이용하거나 클라이언트 PC에 간단한 설치를 통해 구동이 가능하기 때문에 게임에 대한 접근 장벽이 낮아서 접속방식에 있어서 대중적 확산력을 갖춘 게임

이처럼 게임 환경의 하드웨어 및 소프트웨어적 급속한 발달에 따라 게임개발에 요구되는 정보의 양은 기하급수적으로 증가하고 있으며, 게임개발에 종사하는 연구 및 개발인력 또한 정비례관계로 증가하고 있다. 따라서 게임산업의 육성, 게임기술 및 인력의 균형적 발전과 수급을 도모하기 위해서는 게임산업에 필수적인 정보의 취사선택과 결과물에 대한 정당한 관리 및 평가, 즉 비평문화의 확립이 요구된다. 여기서 비평문화란 비단 문학적인 의미로 국한되는 것이 아니라, 게임의 기획 및 개발, 시나리오의 설정과 전개방식 기능적 효율성과 사회적 기능성, 게임성과 대중성, 확장성(One Source Multi - Use) 등을 총체적으로 파악하고 평가하는 타당한 공적 기준의 확립을 의미한다. 이를 위해 우선 컴퓨터게임의 약사를 국내외로 나누어 살펴보기로 한다.

[표 9] 컴퓨터게임의 역사 – 국외 편

연도	특기 사항
1845	야마우치 후사지로(Fusajiro Yamauchi), 카루타(Karuta) 카드회사 닌텐도 코파이(Nintendo Koppai) 설립.
1848	맨체스터 대학, 최초 데이터저장용 컴퓨터 SSEM(the Small–Scale Experimental Machine) 고안.
1958	부룩해븐 국립연구소(the Brookhaven National Lab.)의 윌리 히긴보텀(Willy Higinbotham), 최초의 컴퓨터게임 *the tennis program* 개발.
1961	MIT의 스티브 러셀(Steve Russell), 최초 메인프레임 컴퓨터게임 *Spacewar* 개발.
1965	'서비스&게임회사(the Service and Games Company)', 아케이드 게임 발전에 편승하여 세가(SEGA)로 개칭.
1966	랄프 바에르(Falph Baer), 스크린상에서 두 점이 서로 쫓는 비디오게임 개발. 세가(SEGA), 최초의 아케이드 전자 슈팅게임 *Periscope* 발매.
1967	최초 PC용 텍스트 기반 어드벤처 게임 *Advent* 발매. 바에르, TV용 테니스게임 개발로 *Pong*의 선구.
1969	릭 블롬(Rick Blomme), 2인용 *Spacewar*로 원격 네트워크를 시도하면서 네트워크게임의 출현을 예고함.
1971	놀런 부쉬넬(Nolan Bushnell)이 디자인하고, 너팅(Nutting Associates)이 참여한 최초 컴퓨터 아케이드 게임 *Computer SPACE*, 제작실패. 마그나복스(Magnavox), *Odyssey* 개발 착수.
1972	마그나복스, 최초 가정용 게임 시스템 *Odyssey* 미국 내 발매. 부쉬넬, 일본 *Go* 게임에 착안하여 아타리(Atari) 창업. 매사츄세츠 대학 타임쉐어링시스템(Time–Sharing System)의 그레고리 욥(Gregory Yob), *Hunt the Wumpus* 개발.
1973	아타리, 최초 *Pong* 아케이드게임 개발. 게리 자이각스(Gary Gygax)와 데이빗 아네슨(David Arneson), 롤플레잉 게임의 효시 *Dungeons and Dragons* 개발.
1975	윌리 크로더(Willie Crowther)와 돈 우즈(Don Woods), 최초의 텍스트 기반 메인프레임 어드벤처 게임 *Adventure* 개발.
1977	아타리, VCS2600(Video Computer System) 발매. 미드웨이게임즈(Midway Games), 배선방식(hard–wired) 대신 마이크로프로세서를 사용한 최초의 아케이드 게임 *Gunfight* 발매.
1978	일본 파친코 회사 타이토(Taito), 움직이는 캐릭터와 점수(high–scores)가 표시는 최초의 아케이드 게임 *Space Invader* 발매.

연도	특기 사항
1977	아타리, VCS2600(Video Computer System) 발매. 미드웨이게임즈(Midway Games), 배선방식(hard-wired) 대신 마이크로프로세서를 사용한 최초의 아케이드 게임 *Gunfight* 발매.
1978	일본 파친코 회사 타이토(Taito), 움직이는 캐릭터와 점수(high-scores)가 표시는 최초의 아케이드 게임 *Space Invader* 발매.
1979	아타리, 최고의 히트작 아케이드게임 *Asteroids* 발매. 인포컴(Infocom), 독립 조작(stand-alone) 가능한 *Zork* 발매.
1980	아타리, 최초 3차원 1인칭 시점의 탱크 시뮬레이션 게임 *Battlezone* 발매. 남코(Namco), 현재까지도 가장 널리 알려진 아케이드게임 *Pac-Man* 발매.
1981	닌텐도(Nintendo), 마리오(Mario) 시리즈의 전신 *Donkey Kong* 발매.
1982	콜레코(Coleco), 콘솔 발매. 미니텔의 선구자 텔레텔(Teletel), 사업진출.
1983	콜레코, 게임기겸 컴퓨터 '아담(Adam)' 발매. 오리진시스템(Origin System), 서사적 롤플레잉 게임 *Ultima Ⅲ: Exodus* 발매.
1984	시에라(Sierra), 어드벤처 게임의 방향을 정립한 *King's Quest* 발매.
1985	모스코바 아카데미 컴퓨터 센터의 알렉스 파지노프(Alex Pajitnov), *Tetris* 개발. 코에이(KOEI), *Romance of the Three Kingdoms* 발매.
1986	닌텐도, NES(Nintendo Entertainment System) 발매. 코모도르(Commodore), '아미가(Amiga)' 발매. 세가, '세가마스터(SEGA Master)' 발매. 아타리, VCS7800 발매.
1987	맥시스(Maxis), 최초의 시스템 시뮬레이션 게임 *Simcity* 발매.
1988	아타리와 닌텐도, 불법적 독점에 관한 법적 분쟁. *Tetris*, 정식 발매. IRC(Internet Relay Chat) 개발. 시에라, *King's Quest IV: The Perils of Rosella* 발매.
1989	닌텐도, '게임보이(Game Boy)' 발매. 아타리, '링크스(Lynx)' 발매. 남코, 최초의 3D 레이싱(racing) 아케이드 게임 *Winning Run* 발매. 불프로그 프로덕션(Bullfrog Production), 갓게임(god game)의 효시 *Populous* 발매.
1990	오리진시스템, 크리스 로버츠(Chris Roberts)의 원작을 토대로 시뮬레이션 게임 *Wing commander* 발표. 스티븐 화이트(Stephen White), 목표 지향적 머드(MUD) 게임 *Master of Orion(MOO)* 발매. 파벨 커티스(Pavel Curtis), *MOO*의 코드를 수정하여 제록스 PARC 기반의 *LambdaMOO* 개발.

연도	특기 사항
1991	닌텐도, '수퍼NES' 발매. 세가, 닌텐도의 마리오(Mario)에 필적하는 대표적 게임캐릭터 <Sonic the Hedgehog> 소개. 테리 프랫체트(Terry Pratchett)의 소설을 원작으로 하는 <the MUD Discworld> 오픈. 마이크로프로즈(MicroProse), 최초의 전투기 시뮬레이션 게임 <Falcon3.0>과 턴제 전략 게임 <Civilization> 발매.
1992	이드소프트웨어(idSoftware), <Wolfenstein 3D> 발매. 트라일로바이트 스튜디오(Trilobite Studio), 밀도 있는 플롯과 복잡한 퍼즐 타입의 어드벤처게임 <The Seventh Guest> 발매.
1993	일리노이 대학, 최초 인터넷용 그래픽 브라우저 '모자이크(Mosaic)' 착수. 이드소프트웨어, 지형파괴형 FPS <Doom> 발매. 인포그램스(Infogrames), 최초의 3인칭 호러 게임 <Alone In The Dark> 발매. 웨스트우드 스튜디오(Westwood Studio), 최초의 RTS <Dune ll: The Battle for Arrakis> 발매. 사이언프로덕션(Cyan Production), 1세대 CD-ROM 히트게임 <Myst> 발매.
1994	세가, '새턴(Saturn)' 착수. 소니, '플레이스테이션' 발매.
1995	닌텐도, <Virtual Boy> 발매. 오리진시스템, FLV(Full Motion Video)의 <Wing Commander Ⅲ: Heart of the Tiger> 발매.
1996	코어디자인(Core Design Ltd.), <Tomb Raider> 발매. 블리자드(Blizzard), 롤플레잉 액션 게임 <Diablo> 발매. 이드소프트웨어, 멀티플레이 슈팅 게임 <Quake> 발매.
1997	오리진시스템, 최초 머드형 온라인 롤플레잉 게임 <Ultima Online> 발매.
1998	밸브소프트웨어(Valvesoftware), 혁명적 1인칭 슈팅 게임 <Half-Life> 발매. 블리자드, 실시간 전략 게임 <Starcraft> 발매. 애플(Apple), '아이맥(iMac)' 발매.
2000	소니, '플레이스테이션2' 개발 착수.
2001	마이크로소프트(Microsoft), 최초의 게임 콘솔 '엑스박스(Xbox)' 개발 착수.
2002	마이크로소프트, '엑스박스' 발매. 닌텐도, '게임큐브(Gamecube)' 발매.
2003	이드소프트웨어, 액션 게임 <Doom Ⅲ> 발매. 빅휴즈게임즈(Big Huge Games), <Rise of Nations> 발매. 코에이, <Romance of the Three Kingdoms Ⅸ> 발매. 블리자드, <Warcraft Ⅲ: The Frozen Throne> 발매.

상기 도표를 통해 알 수 있듯이 컴퓨터게임은 그래픽, 엔진 등 다양한 기술발전에 힘입어 시각적 기술적 측면에서 괄목할 성장을 보여주고 있다. 도표를 토대로 국외 컴퓨터게임의 추이를 살펴보면, 1950년대와 1960년대에도 일부 메인프레임급 컴퓨터에서 초보적 수준의 게임이 제작되었으나, 본격적 의미의 컴퓨터게임은 1972년으로 소급된다. 미국 MIT 대학 타임셰어링시스템(Time – Sharing System)의 그레고리 욥(Gregory Yob)이 개발한 텍스트 게임 《Wumpus》는 메인프레임을 기반으로 만들어졌으며, 다섯 개의 화살로 무장하고 동굴을 탐험하면서 그 과정 중에 다양한 장애물을 극복하고 '움프스'라는 생물을 찾는다는 내용이다. 이 게임은 아르파넷(ARPANET)을 통해 폭발적인 인기를 얻었으며 현재도 웹움프스212)라는 이름으로 웹에서 즐길 수도 있다.

같은 해 윌리 코스터는 최초의 텍스트 기반 어드벤처 게임이라 할 수 있는 <Adventure>를 만들었다. 이 게임은 거대한 동굴을 탐험하면서 많은 보물을 모아 출발점으로 되돌아오는 것으로, 아르파넷을 통해 확산되면서 대학생들을 중심으로 인기를 얻었다. 이러한 텍스트 게임들은 대개 메인프레임 터미널에서 ASCII코드로 만들어진 그래픽을 보면서 직접 텍스트로 명령어를 입력해 게임을 진행하도록 한 것이다. 이 같은 텍스트 기반의 게임시대에서 그래픽 기반의 게임이 등장하게 된 것은 1977년 MIT의 데이브 레블링(Dave Lebling)과 마크 블랭크(Marc Blank)가 개발한 《Zork》의 공로가 크다. 이 게임은 두 명의 사용자가 미로를 돌아다니면서 서로 총을 쏴 맞추는 게임으로 이후 두 개발자는 인포컴이라는 게임회사를 설립했다.213)

---

212) http://scv.bu.edu/htbin/wcl 참조.

1980년에 윌리엄스 부부는 온라인시스템스라는 회사를 만들고 그래픽과 텍스트를 결합한 최초의 애플Ⅱ용 게임 ≪*Mystery House*≫를 발매했다. 추리소설처럼 집 안 이곳저곳을 돌아다니면서 위험한 장애물은 피하고 보물을 찾아내는 게임으로 그래픽 수준은 ≪*Zork*≫에 비해 뒤떨어지지만 텍스트와 그래픽을 동시에 이용할 수 있다는 점 때문에 대중적으로 인기를 얻었다. 이후 온라인시스템스는 시에라온라인으로 개명하고 1984년 IBM의 CGA 그래픽 기능을 갖춘 'PC jr'의 성능을 최대로 발휘한 그래픽 어드벤처 게임 ≪*King's Quest*≫를 발매한다. 이를 기반으로 시에라온라인은 이후 루커스 아츠가 새로운 강자로 떠오르기까지 ≪*Space Quest*≫, ≪*Police Quest*≫ 등으로 그래픽 어드벤처에서 독보적인 위치를 차지했다.

1977년 리처드 개리엇은 텔레타이프 머신을 이용하여 던전게임을 개발하고, 이를 1979년 <*Akalabeth*>라는 던전게임으로 발전시키는데, 1980년 캘리포니아 퍼시픽사에 의해 상용화되어 ≪*Ultima*≫로 발매된다. 1983년 개리엇은 오리진 시스템을 창업하고 한 사람의 플레이어가 4명의 모험가를 제어할 수 있는 ≪*Ultima Ⅲ*≫를 내놓는다. 이어 ≪*Ultima Ⅳ*≫에서는 가상 인격체인 아바타(avatar)를 게임에 처음 도입해 본격적인 롤플레잉게임(RPG)의 출발을 알렸으며, 이후 1097년 머드(MUD)[214] 방식을 적용하여 ≪*Ultima*

---

213) 이 무렵 마이크로컴퓨터가 등장하는데, 탠디의 'TRS – 80'과 '애플Ⅱ'가 대중에 공개되자 조크팀은 Z머신과 ZIL(Zork Implementation Language), ZIP(Z – Machine Interpreter Program) 등을 만들어 PC에서 게임을 운영하도록 ≪*Zork*≫의 포팅작업을 완료했다.

214) 머드(Multi User Dungeon) 게임은 다수의 사용자가 인터넷에 동시 접속, 주어진 역할에 따라 임무를 수행, 최종 목적을 달성하도록 하는 것으로, 텍스트 머드(Test MUD)와 그래픽 머드(Graphic MUD)로 구분할 수 있다. 1980년 영국의 로이 트룹소(Roy Trubshaw)와 리차트 바틀

Online≫으로 성장하면서 RPG 분야의 대명사로 계속 그 명성을 유지하고 있다.

1980년대 하반기에 게임 개발회사들에 가장 큰 이슈는 애플이나 C-64, IBM, 아미가 등 다양한 시스템 플랫폼을 지원하는 게임을 만드는 것이었다. 하지만 88년까지는 역시 PC에서 볼 수 있는 그래픽이 16색으로 한계가 있었기 때문에 게임 발전도 더딜수밖에 없었다. 1989년은 게임산업의 지도를 바꾼 해로 기록된다. 256색 VGA 그래픽이 가능해졌고, 최초의 사운드카드(sound card) 애드리브(Adlib)와 사운드블러스터(Sound Blaster)가 출시되었다. 또한 모뎀을 통해 초보적인 네트워크 게임을 즐길 수 있는 제품도 이해에 처음 나왔고 무엇보다 CD롬을 기반으로 한 최초의 게임인 액티비전사의 ≪*Manhole*≫ 게임이 처음 등장한 해이기도 했다. 1989년을 계기로 PC 게임은 하드웨어의 발전과 함께 멀티미디어의 방향으로 급속하게 진전하기 시작한다.

(Richard Bartle)이 처음으로 선보인 텍스트 머드 게임을 효시로, 1988년 영국의 알랜 콕스(Alan Cox)가 ≪*AberMUD*≫를 개발, 서비스하면서 일반에 널리 알려졌다. 국내 머드 게임의 효시는 1993년 출시된 텍스트 머드 게임 ≪쥬라기 공원≫을 필두로, 이후 ≪퇴마요새≫, ≪단군의 땅≫ 등 텍스트 머드 게임이 인기를 누렸으나, 1995년 넥슨의 그래픽 머드 ≪바람의 나라≫가 출시되자 텍스트 머드에서 그래픽 머드로의 급격한 대이동이 이루어진다. 현재 인기를 얻고 있는 ≪리니지≫, ≪어둠의 전설≫, ≪미르의 전설≫, ≪영웅문≫ 등이 대부분 그래픽 머드이며, 앞으로는 '텍스트냐 그래픽이냐'의 문제가 아니라 '2D냐 실시간 3D냐'의 문제로 귀추가 주목된다. 전 세계적인 파장을 형성한 1997년 미국 오리진사의 그래픽 머드 ≪*Ultima Online*≫이 소니사의 세계 최초의 실시간 3D 머드 게임 ≪*Everquest*≫에 추월당하는 추세에 맞춰 국내에서도 태울, 아이소프트, 인터코리아앤모야 등이 실시간 3D 게임개발에 박차를 가하고 있다.

1991년에 이르면 대부분의 게임 회사들이 CD롬을 적극적으로 활용하기 시작한다. 특히 CD롬의 방대한 데이터 용량을 이용한 동영상 구현이 게임회사들의 가장 큰 관심사가 되기 시작한 것도 이때부터다. 이전까지만 해도 기껏해야 2MB 이하의 용량만 담을 수 있는 플로피 디스크를 이용해야 했지만 한 장에 640MB라는 엄청난 용량을 담을 수 있는 CD 출현은 게임 산업의 본질을 바꿀 정도로 큰 영향을 미쳤다. 오리진사의 ≪Wing Commander≫나 루커스 아츠[215]의 ≪The Curse of The Monkey Island≫이 처음 출시된 것도 1991년이었다. 영화감독 조지 루커스가 1982년 만든 루커스 아츠는 1993년 SVGA 그래픽과 사운드를 이용한 ≪X - Wing≫을 내놓으면서 PC에서 멀티미디어 기반으로 게임업계의 판도를 바꾼다. 스타워즈의 스토리를 기반으로 한 이 작품은 입체감을 살린 화려한 그래픽과 우주비행사가 된 듯한 실감을 주었다.

1994년 발매된 ≪Indi Car Racing≫은 시뮬레이션과 스포츠 게임에 획을 그은 작품으로 실제 스포츠카를 운전하는 것과 거의 똑같은 상황을 설정해 시뮬레이션과 스포츠 게임 매니아를 열광시켰다. 이와 같은 게임과 멀티미디어의 결합이 정점에 이른 사건이 바로 ≪Doom≫의 출시다. ≪Doom≫은 이드소프트사에서 제작한 1인칭 슈팅게임으로, 3차원 게임용 엔진이라는 개념을 처음 등장시킨 게임이다. 즉 이동할 때마다 주위 환경이 눈으로 보는 것처럼 달라지는 3차원 게임의 비전을 제시하게 되면서 이후 ≪Unreal≫, ≪Quake≫, ≪Half Life≫ 등으로 이어지며 1인칭 액션게임이라는 장르와 3차원 게임의 지평을 연 대작으로 평가받고 있다.

---

215) 당시 이름은 '루커스 필름 게임즈'이다.

이상으로 국외의 컴퓨터게임 약사를 살펴보았다. 컴퓨터게임은 컴퓨터를 비롯한 과학기술 여건에 힘입어 발달할 수 있기 때문에 과학선진국 위주로 발달한 것이 사실이다. 그러나 최근 전 세계를 휩쓴 인터넷의 열풍은 게임 산업의 괄목할 발전을 이루었고, 초고속 통신망의 설비에 있어 세계 수준을 능가하는 국내 게임 산업은 이를 계기로 성장가도를 달리기 시작했다. 그 계기는 1998년 출시된 블리자드의 ≪Star Craft≫이며, 성공요인을 살펴보면, 우선 '배틀넷'을 통한 멀티플레이(multi-play) 지원이 가장 주효했고, 다음으로 순위개념을 도입하여 배틀넷 홈페이지 '명예의 전당'에 기록되도록 한 점이다. 이제 국내 게임 산업의 약사를 살펴보기로 한다.

[표 10] 컴퓨터게임의 역사 - 국내 편

연도	특기 사항
1987	미리내소프트웨어, <그날이 오면1> 게임보드 설계 및 개발.
1988	미리내소프트웨어, MSX용 <그날이 오면2> 개발. 판타그람, 국내 최초 MSX 매가롬 게임 <대마성> 개발.
1989	엑스터시, APPLE Ⅱ용 RPG <신검의 전설1> 발매. PC용 게임 <풍류협객> 개발.
1990	16비트 상용화로 MSX 사향세. 국내 최초 게임전문지 <게임월드> 창간.
1991	다우정보, MSX용 <아기공룡둘리> 개발. 선경 SKC 소프트, IBM용 <용쟁호투> 개발.
1992	미리내소프트웨어, IBM용 <자유의 투사> 개발. 소프트액션, 국내 최초 상용 IBM용 <폭스레인져1>와 <박스레인저> 발매. 다우정보, <둘리부라보랜드> 개발. 막고야, 국내 최초 VGA 칼라 게임 <세균전1> 개발. 트윔, 어드벤처 게임 <파더월드> 개발.
1993	미리내소프트웨어, <그날이 오면3>과 <아파차차> 개발. 트윔, 미국 에퍼지(Apogee)와 합작 3D 액션 <임꺽정> 개발. 패밀리프로덕션, <복수무정> 개발.

연도	특기 사항
1994	마리텔레콤, 국내 최초 온라인 MUG <단군의 땅> 상용화. 손노리의 <어스토니시아 스토리> 발매. 소프트맥스, 국내 최초 하드웨어스크롤 지원 <리크니스> 발매. 트윈, 아케이드 <통코1> 개발. 패밀리프로덕션, <피와 기티(Py & Gity)> 개발.
1995	소프트맥스, 국내 최초의 SRPG <창세기전1> 발매. 미리내소프트웨어, <풀메탈자켓1>과 <망국전기> 발매. 에이플러스, 아케이드 게임 <오성과 한음> 개발. 한글과컴퓨터, <천하바둑> 개발.
1996	넥슨, 세계 최초 MUG <바람의 나라> 개발. 소프트맥스, RPG <창세기전2>와 RTS <에이엠포인트(Aimpoint)> 발매. 한글과컴퓨터, <천하수담> 개발.
1997	팬텍네트, 온라인 <마제스티> 유료화. 태울, 정통무협 RPG <영웅문> 상용화. 소프트맥스, 해저 RTS <판타랏사(Panthalassa)> 발매.
1998	제이씨엔터테인먼트, 온라인 <워바이블> 상용화. 태울, 세계 최초 3D 액션 슈팅 <메크로드> 개발. 소프트맥스, <창세기외전> 발매. 넥슨, 온라인 <어둠의 전설> 유료화. 액토즈소프트, 온라인 <마지막왕국1> 상용화. 하이콤, 아케이드 <고인돌> 발매.
1999	태울, 판타지 RPG <슬레이어즈> 상용화. 제이씨엔터테인먼트, 온라인 <레드문> 상용화. 하이콤, 3D액션 게임 <버스터즈>와 3D 아케이드 게임 <드래곤로드> 발매. 하이콤, 이소프넷(e-sofnet) 설립.
2000	이니엄, 온라인 <스톤에이지> 상용화. 이소프트, 온라인 <드래곤 라자> 상용화. 엑토즈소프트, <천년> 상용화. 엑토즈소프트, <마지막왕국2> 상용화. 넥슨, <엘리맨탈사가> 베타서비스.
2001	인터코리아앤모야, <리뉴얼> 상용화. 넥슨, <텍티컬커맨더스>와 <아스가르드> 상용화. 태울, <신영웅문> 상용화. 소프트맥스, <마그나카르타> 발매·리콜. 손노리, <화이트데이> 출시. 하이원, <천상비> 상용화. 위자드소프트, <포가튼사가2> 상용화. 그라비티, <라그나로크> 상용화. KRG, <드로이얀온라인> 상용화. 웹젠, <뮤> 상용화. 커맨조이, <소마신화전기> 상용화. 엑토즈소프트, <미르의전설2> 상용화.
2002	이소프트, <엔에이지온라인> 상용화. 하이원, 무협 온라인 <천상비> 유료화. 소프트맥스, 온라인 <테일즈위버> 베타테스트. 유즈드림, <무홈> 상용화. 나코인터랙티브, <라그하임> 상용화. 조이임팩트, <위드> 베타테스트. 제이씨엔터테인먼트, <프리스트> 베타테스트.
2003	엔씨소프트, <리니지2> 발매. 막고야, <루넨시아> 발매. 조이맥스, <실크로드 온라인> 발매. 그리곤엔터테인먼트, <씰온라인>과 <천랑열전> 발매. 엑토즈소프트, <A3> 베타테스트.

국내 게임시장은 엔터테인먼트 자체의 사업성이나 발전 가능성을 배제한 미국, 일본의 발전에 가려 자체 개발보다는 수입이나 복제에 의존하여 단기간에 수익을 올리려는 투자방식을 한동안 유지해 왔다. 1980년 후반 형식적으로나마 자체개발에 주력하였으나 오락실을 중심으로 일본산 게임류의 전시장을 방불케 하는 정도에 그칠 뿐, 게임 산업을 주력산업으로 추진하는 현상을 그 누구도 예상할 수 없었다. 1989년 애플용 게임 <신검의 전설>이 개발되었으나, 본격적인 게임 역사는 두용실업, 빅컴, 유니코 등이 소규모 업소용 게임개발과 수출에 박차를 가하면서 시작된다.

한편 1990년 정부가 IBM을 교육용 공식 PC로 지정한 이후 국산 게임은 컴퓨터게임의 개념이 도입되면서 일대 변환기를 맞이하게 된다. 물론 당시까지는 업소용 게임이 대표적으로 1991년 걸프전을 배경으로 한 두용실업의 슈팅장르 ≪걸프 스톰≫이 파격적인 판매고를 올렸다. 이후 업소용 슈팅장르의 붐을 타고 ≪폴럭스≫ 등의 완성도 높은 게임들이 연이어 나왔고, 빅컴의 대전장르 ≪극초호권≫이 등장하면서 동서게임 등의 유통사가 등장하였다. 그러나 일본의 앞선 게임산업에는 무력한 상황이었기에 이후 자체 게임개발은 전무하게 되고 1995년 두용실업이 문을 닫으면서 이후 업소용 게임시장에서는 개발보다는 수입에 주력하게 된다.

이후 1995년 국내 애니메이션 제작에 힘입어 게임, 영화에 대한 정부 지원이 확대되는 추세에 따라 게임산업에 대기업들이 진출하였으나 의욕적인 성과를 거두지는 못하고 게임산업에서 일찌감치 손을 떼었으며, 막고야, 미리내, 소프트액션, 패밀리프로덕션 등의 개발사가 설립되어 자체 게임개발에 꾸준한 성과를 보이면서 본격적인 활동을 시작했고, 그 열매는 최초의 IBM 컴퓨터게임이라 일컬어지는 1992년 소프트액션의 ≪폭스 레인저≫를 기점으로 새로운 장이 열리기 시작한 것이다.

사실 국산 컴퓨터게임이 본격적으로 날개를 펴기 시작한 것은 막고야, 미리내, 소프트액션의 개발사 3사가 주름잡던 1992년부터라고 봐야 한다. 물론 소프트액션의 ≪폭스 레인저≫ 이전의 MSX용 ≪대마성≫, APPLE Ⅱ용의 ≪신검의 전설≫ 등 훨씬 거슬러 올라갈 수 있다. ≪신검의 전설≫ 이후 1994년까지 ≪우주전사 둘리≫나 MSX용으로 개발된 미리내의 ≪그날이 오면≫, IBM PC게임이었던 ≪풍류협객≫ 등은 그 시대의 PC관련 잡지를 초토화시킨 대작들이 쏟아져 나왔지만 그 성과는 미미한 편이었다. 그 이유는 상용으로 판매하기엔 당시 국내 정품 시장이나 사용자층의 정품 게임에 대한 인지도가 전무한 까닭에 게임 산업으로 발전하기엔 미약했기 때문이다.

1993년 미리내의 ≪그날이 오면 Ⅲ≫이 전작의 실패를 딛고 큰 성공을 거두었다. 소프트액션의 후속작 ≪박스 레인저≫도 전작에 못지않은 성공을 거두자 자신감을 얻은 국산 게임 업체들이 우후죽순으로 생겨나 막고야의 ≪세균전≫ 시리즈나 패밀리프로덕션의 ≪복수무정≫ 등의 게임들이 발매되었다. 손노리의 ≪어스토니시아 스토리≫는 구성력을 갖춘 시나리오와 수준 높은 그래픽으로 높은 호응을 얻었으나, 대체로 아케이드 게임 일색에 취약한 그래픽과 사운드, 개선되지 않는 고질적인 버그들은 국산 게임의 한계로 지적되며 새로운 변화의 필요성이라는 문제에 직면하게 된다.

1996년 소프트맥스의 ≪창세기전 Ⅱ≫는 뛰어난 시나리오와 특이한 진행방식으로 큰 성공을 거두면서 게임업계의 판도를 바꾸었으며, 이후 ≪자유의 투사≫, 막고야의 ≪요정전사 뒤죽≫, 소프트액션의 ≪박스 레인저≫가 나란히 출시되는 등 국산 PC게임은 마침내 본격적인 발걸음을 시작했다. 통신을 통한 텍스트 머드 게임이 게임매니아 사이에 초기 온라인 네트워크 게임216)의 붐을 조성하기 시작하여 마리텔레콤의 ≪단군의 땅≫ 등이 인기를 얻기 시작한다.

1997년 PC방의 대중화와 1998년 블리자드의 ≪*Star Craft*≫는 국내 게임인구의 괄목할 성장을 유도했으며, ≪*Star Craft*≫를 벤치마킹217)한 게임들이 개발 및 발매되고 프로게이머라는 신종 직종이 생겨난다. 특히 인터넷 전용선의 보급으로 국내 컴퓨터게임 산업은 비약적인 발전을 하게 된다. 1999년 엔씨소프트의 ≪리니지≫는 국내 최고의 온라인 네트워크 게임으로 등극하면서 온라인 게임이 국내 컴퓨터게임 산업의 메이저 플랫폼으로 자리 잡는다.

---

216) 온라인 게임은 접속수당이나 시간대별로 수익을 내는 구조이기 때문에, 최대한 장시간 다수의 접속자를 확보해야만 한다. 사용자를 장시간 붙들 수 있는 게임시스템을 근간으로 하여 다양한 보상관계와 경쟁구조, 갈등은 필수요건이다. 이와 같은 '대규모 멀티플레이 온라인 게임(MMORPG: Mass Multi Online Role Playing Game)'이라면 서비스 중지가 발생하지 않는 한 '엔딩'이 존재하지 않으며 끝없는 패치와 이벤트 등의 서비스로 무한대의 접속자 확보와 게임으로서의 영생을 보장받는다. 이는 '계속 완성되어져 나가는 게임'이자 동시에 '결코 완성될 수 없는 게임'이라고 볼 수 있다.

217) 벤치마킹(benchmarking)은 기업이 목표달성을 위해 설정하는 측정기준(benchmark, 測定基準)으로 미국 기업에서 도입·응용되었다. 타사와의 비교를 통해 자사의 개선점을 부각시켜 명확한 목표를 설정하는 것으로, 타사의 우수한 성과나 업무운영을 지표로 하여 비교분석을 하고, 현상을 개선하는 방법론이다.

이상으로 국내 업소용 게임을 필두로 하는 컴퓨터게임의 약사를 살펴보았다. 국내 게임의 역사는 짧은 기간에도 불구하고 괄목할 만한 성장을 이루었다. 게임 산업의 발전을 위해서는 기술력이나 막대한 자금력보다는 독창적인 아이디어와 탄탄한 시나리오, 전문적인 기획력이 우선이다. 인터넷 네트워크의 발전과 게임기술의 발전, 하드웨어적인 성능 향상이 결합될 경우, 게임은 단순히 놀이나 오락이라는 단일 영역에 국한되지 않고 군사, 의학, 교육, 방송, 경영활동 등 다양한 분야로 응용될 수 있다. 따라서 게임산업은 전자산업의 기술적인 토대인 하드웨어와 소프트웨어의 축적된 기술과, 게임의 내용을 구성하는 문화콘텐츠 산업의 역량과 문화적 창조기술이 조화를 이룰 때 무한 발전의 저력을 가진다.

현재 질적·양적 측면에서 고루 발전하고 있는 컴퓨터게임의 서사성을 영화의 범주로 볼 것인가, 문학의 범주로 볼 것인가의 문제는 미묘하다. 국외의 연구서들은 컴퓨터게임 문학의 특성에 대해 내러티브(narrative)를 강조하고, 국내의 경우는 내러티브와 시나리오(scenario)를 혼용한다. 내러티브는 서사성을 가진 모든 서사물에 해당되는 일반적인 용어지만, 컴퓨터게임에 있어서는 서사물 일반이 아니라 '문학적' 서사물을 지칭하는 의미로 사용한다. '시나리오'의 경우는 컴퓨터게임의 영상성에 초점을 두어 파생된 용어로 국내에서 통용된다. 따라서 컴퓨터게임에 대한 체계적인 접근은 영상성과 문학성, 양측에서 동시적으로 이루어지는 것이 가장 이상적이다.

사실 국내의 경우 컴퓨터게임 문학이라는 용어 자체가 생소하지만, 외국의 경우 '컴퓨터 서사(computer narrative)', '컴퓨터게임 서사(computer game narrative)’, ‘게임 문학(game literature)’ 등으로 꾸준히 연구되어 온 분야이다. 컴퓨터게임 문학에 관한 이론적 배경은 대개 몇 가지 방향에서 전개되는데, 하이퍼텍스트 이론에서 중시되는 비선형성과 인터랙티브 픽션에서 중시하는 상호성, 전통적인 서사의 매체 중 동기와 시간성에 초점을 둔 이론이 그것이다.

컴퓨터게임의 문학적 접근방식은 스토리의 비중에 따라 게임을 기존 서사물의 연장선상에서 이해하려는 서사학(narratology)과 새로운 디지털시대의 산물로 이해하려는 게임학(ludology)으로 구분된다. 서사학자들은 컴퓨터게임을 기존의 선형적 서사의 패러다임을 따르지 않고도 인간의 개성과 영혼을 전달할 수 있다는 점에서 분명 기존과 다른 예술 형태로 게임을 인식한다. 또한 새로운 세계적 공동체와 포스트모던한 생활에서 대결과 난제를 개발하기에 가장 적합한 장(場)으로 평가하면서도 게임의 ‘상호작용적 디지털 경험’을 여전히 ‘아리스토텔레스의 극적 경험’을 토대로 설명한다. 한편 확장서사학파(the expansionist school)는 기존 서사학의 잣대로는 게임을 해석할 수 없다고 주장하면서, 서사란 고정된 것이 아니라 시대나 문화에 따라 얼마든지 변용 가능하기 때문에 게임과 같은 컴퓨터 매개 문학에서는 이 모든 조건이 깨어질 수 있음을 강조한다.[218)

이 밖에도 컴퓨터게임의 미학적 요소에 대해 1990년 테오도르 넬슨은 영화로, 페테르 안데르센(Peter Bøgh Andersen)은 기호론(semiotics)으로, 1991년 브랜다 로렐(Brenda Laurel)은 연출법(dramaturgy)으로, 1992년 죠지 랜도우(George P. Landow)는 후기구

---

218) 한혜원, 디지털 게임 스토리텔링, 살림출판사, 2005, 7면.

조주의 문학이론을 적용했다. 자신의 이론에 새로운 연구 분야를 경쟁적으로 적용하려는 이러한 현상에 대해 1997년 에스판 아세쓰(Espen Aarseth)는 이론적 제국주의(theoretical imperialism)라고 표현하기도 한다.

컴퓨터 내러티브는 컴퓨터 기반에서 쓰인 스토리텔링으로서 전통적인 내러티브에 비해 텍스트 의존도가 현저하게 낮은 것이 사실이다. 컴퓨터 내러티브는 전통적 내러티브가 컴퓨터 매체에 의해 사용자 반응을 거치면서 상호작용적 내러티브로 변환된 결과이며, 스토리 및 이벤트의 세부 설정이나 캐릭터 설정까지도 적극적으로 개입하는 등 사용자(독자)의 역할을 광범위하게 수용하고 반영한다. 다만 게임 자체의 용어정의와 규정에 대해서는 본 고의 연구 분야가 아니기 때문에 컴퓨터게임 문학이라는 생소한 개념을 규정하는 데 있어 필요하다고 판단되는 부분까지만 언급할 것이다.

A. 컴퓨터게임 문학의 명제

컴퓨터로 영화를 보고, TV를 시청하고, 게임을 하고, 문학작품을 감상하는 행위는 더 이상 이질적인 계층의 특기할 행동양식이 아니다.219) 오히려 그 반대의 경우들, 즉 영화는 극장의 스크린으로, TV는 안방의 브라운관으로, 게임은 오락실 게임기로, 독서는

---

219) Aki Jarvinen, "*Stories Powered by Cogwheels and Computers —Abstract*", Short Papers, Digital arts & culture 1998.
http://cmc.uib.no/dac98/papers/jarvinen.html 참조.

종이책으로 하는 것이라는 사고방식이 '아날로그적'이다. 디지털적인 사고방식에서는 컴퓨터로 영화를 보거나 제작하고, TV를 보고, 게임을 즐기고, 독서행위가 이루어진다. 특히 컴퓨터문학이라는 용어보다 컴퓨터게임이라는 용어가 보다 자연스럽게 통용될만큼, 컴퓨터와 게임은 밀접한 관계이다. 컴퓨터 매개 문화 중에서 가장 괄목할 성장가도를 달리는 것도, 가장 대중적인 호응을 얻는 것도 바로 컴퓨터게임이다. 컴퓨터게임의 지난 약사를 살펴보면, 단순한 게임에서 만족하는 것이 아니라 영화와 문학 장르와의 심도 있는 교류와 접목을 시도하였으며, 그 결과 컴퓨터게임은 영상성에 있어서는 영화를, 서사성에 있어서는 문학과 통교한다.

컴퓨터게임의 장르는 국가별 연구자별 평론가별로 매우 분분하여 세분화되어 있으나, 본 고에서는 지나친 세분화를 지양하면서 상위개념과 하위개념으로 포괄적 규정을 위한 방향으로 논지를 전개하고자 한다. 기본적으로 내용이나 인터페이스, 플랫폼 등 다양한 기준에 따라 구분이 가능한데, 대개 일반적으로 진행방식에 따라 크게 보드(Board), 롤플레잉(Role Playing), 액션(Actioin), 스포츠(Sports), 어드벤처(Adventure), 기능성(Serious), 시뮬레이션(Simulation) 등으로 구분할 수 있으며, 각각 세부적인 하위개념을 포함하고 있다.

보드게임은 한 '판(板, board)'의 개념으로 체스나 바둑, 장기와 같이 모니터상에 하나의 판이 형성되어 그 판에서 승패를 가리고 나서야 다음 판으로 선택이동 혹은 강제이동할 수 있는 방식을 뜻한다. 보드게임이란 '적어도 두 명 이상의 게임유저가 직접 대면하여 보드(Board), 카드(Card), 타일(Tile), 말판(Dice) 등 유형의 물리적인 도구를 이용하여 일정한 룰에 따라 승패를 가리는 놀이'라고 정의할 수 있다. 보드게임의 구성요소는 크게 눈으로 볼 수 있는 하드웨어 요소와 눈으로 볼 수 없는 소프트웨어 요소로 나누어 살펴볼 수 있다. 하드웨어 요소로는 보드, 카드, 타일, 말판, 주사위, 점수판, 칩, 매뉴얼, 모형, 상자, 정리함 등을 들 수 있고, 소프트웨어 요소로는 모든 게임에 내재하는 기본적인 게임 룰과 로직, 전략 등이 있다.

롤플레잉 장르는 일종의 역할극으로, 시대와 구현매체에 따라 TRPG(Table-top RPG)와 CRPG(Computer RPG), MMORPG (Massively Multiplayer Online RPG)로 구분된다. 우선 RPG의 기원은 워게임(wargames)에서 찾을 수 있다. 전쟁을 시뮬레이션하기 위한 노력은 이미 19세기부터 진행되어 왔으나, 대중적으로 주목할 만한 발단은 1913년 H. G. 웰즈(H. G. Wells)가 출간한 아마츄어용 워게임 룰 ≪*Little Wars*≫에서 찾을 수 있다. 여기서 웰즈는 미니어쳐 피규어(miniature figure)를 사용해서 군대와 전장을 재현할 것을 제안하면서, 군인들을 배치하고, 진지를 구축하고, 참호를 짓고, 포선을 정하는 등 전략적인 측면을 실감나게 설명한다. 이후 1953년 찰스 로버츠(Chales S. Roberts)는 최초로 상업적인 보드 워게임 ≪*Tactics*≫를 선보이고, 이의 성공을 바탕으로 1958년 현재 대표적인 워게임 및 전략적 보드게임 제작사인 아바론 힐(Avalon-Hill)을 설립한다. 이렇게 워게임은 게임 룰의 외연적 측면에서 완성도를 갖추게 되지만, TRPG로의 내면적 진행은 아직 묘연하다.

그 무렵 1950년대 중반 탁월한 언어학자이자 소설가인 존 로널드 톨킨(John Ronald Reuel Tolkien)[220]의 ≪*The Lord of the Rings*≫

---

220) 존 톨킨은 남아프리카 출신으로 4세에 영국으로 이주하여 옥스퍼드대

가 출간되면서 검과 마법사가 등장하는 롤플레잉의 문학적 기반을 다지는 동시에, 서구 판타지 문학의 초석이 된다. ≪*The Lord of the Rings*≫는 <*The Fellowship of the Ring*>, <*The Two Towers*>, <*The Return of the King*> 등 서구신화 및 전설, 민담을 아우르는 인문학적 상상력을 토대로 구성된 판타지 3부작으로, 발표와 동시에 젊은이들 사이에 높은 반향을 불러일으키면서 판타지를 문학의 장르적 궤도에서 접근할 비평적 근거를 마련하는 계기가 되었다.

이러한 외연과 내연의 균형감각을 토대로 게임사에 획을 그을 작품이 서서히 발아된다. 최초의 RPG 게임은 1960년대 워게임디자이너 게리 지각스(Gary Gygax)가 개발한 중세풍 워게임 ≪*Chainmail*≫과 미네소타 대학의 워게임회(wargaming society)를 중심으로, 데이브 웨슬리(Dave Wesley)와 데이브 아네슨(Dave Arneson)에 의해 조정되면서 윤곽을 드러낸다. 이후 웨슬리와 아네슨은 택티컬 스터디스 룰스(TSR: Tactical Studies Rules)를 설립하고 마침내 TRPG의 대표작 ≪*Dungeons and Dragons: D&D*≫를 발매한다. TSR은 ≪*D&D*≫의 성공에 힘입어 복잡하고 정교한 관련 게임 룰을 상품화하면서 업계에서 강력한 기반을 다지게 된다. 1977년 TSR은 D&D에서 요구되었던 많은 요구사항과 추가 룰 등을 융합하고 스탠다드화한 새로운 룰로 '어드밴스드 던젼스 앤드 드래곤스(Advanced Dungeons and Dragons: AD&D)'를 발표했다. 이후 TRPG의 전성기를 가져오며 AD&D의 영향력은 20여 년 동안 지속됐다.

이처럼 TRPG는 게임 안팎의 환경적 기틀을 마련하고 꾸준히 보완하면서 일정한 모습을 갖춰 갔으며, 플레이어들의 상상력과

학에서 1925년부터 1945년까지 앵글로색슨어 교수로, 1945년부터 1959년까지 영문학 교수로 재직했다.

플레이어 간의 상호작용, 스토리텔링에 기반한 롤플레잉 장르의 전통적 형태인 TRPG를 베이직 롤플레잉 게임(Basic RPG)이라고도 칭한다. TRPG는 컴퓨터를 매개로 하지 않던 당시에는 주로 대화와 기록으로 이야기를 진행시켰다. 최소 2인 이상의 플레이어가 게임에 참가하되, 던젼마스터(DM: Dungeon Master)의 역할을 맡은 사람이 D&D 룰에 따라 맵과 NPC(Non Playable Character)를 관리하고, 이벤트가 발생하면 적절한 상황설명을 덧붙이는 방식으로 진행하면서, 플레이어가 캐릭터를 통해 앞으로 도전할 과제나 행동에 대해 일정한 선언을 하고, 출전하고, 소임을 다하면서 역할연기를 하는 게임이다.

CRPG(Computer Role-Playing Games)라는 용어는 컴퓨터의 도입과 상용화에 힘입어 비디오 게임콘솔에 대응하는 장르로서 부여된 명칭으로, 그 출발은 TRPG의 D&D 룰에 의해 고무된 게임계와 기술발전에 힘입는 바 크며, TRPG의 전통적인 게임플레이 요소를 응용하여 비디오나 컴퓨터 매체에 적용한 것이다. 대표적인 RPG로는 ≪*Ultima*≫ 시리즈, ≪*Wizardry*≫ 시리즈, ≪*Might and Magic*≫ 시리즈 등이 있다. CRPG는 광의로는 게임플레이 스타일이나 엔진 등에서 비디오게임 장르까지 포함하는 개념으로 사용되기도 하는데, 일반적으로 RPG라고 칭할 때는 CRPG를 뜻한다고 볼 수 있다.

CRPG는 다시 직렬식(일본식), 병렬식(미국식)으로 나뉘게 된다. 이는 CRPG의 발전에 기여한 국가에 의한 분류이며, 각각 그 정서적 배경과 물리적 환경에 차이가 있다. 미국과 유럽을 휩쓴 CRPG는 일본으로 건너가 일본의 비디오 게임시장의 발달과 함께

전 세계로 뻗어나갔고, 현재 RPG는 컴퓨터와 비디오 게임을 통해 현재 최고의 인기 장르로 자리 매김하게 된다. 일본식 RPG의 핵심은 '쉽고 재밌고 단순한 것'으로, 게임기의 특성상 단시간에 플레이할 수 있어야 하기 때문에 미국식 RPG처럼 방대한 스케일을 지양하고, 상황이 거의 설정되어 자유도가 적은 반면, 이벤트나 스토리, 캐릭터 위주의 전형적인 재패니메이션(Japanimation)의 영향권 안에 있는 일본식의 RPG가 등장한다.

자유도와 스케일을 포기하는 만큼 캐릭터성이나 전투시스템 위주로 발달하였기 때문에 쉽고 간단하게 플레이할 수 있으며, 게임의 진행이 탄력적이다. 직렬형 RPG는 시나리오의 전달을 우선으로 하는 점과 개발 당시의 초기 기획력 및 프로그램의 미숙으로 인해 굳어진 방식이 하나의 장르를 형성한 것이라 볼 수 있다. 일본식 RPG의 대표작은 당시 애플에 비해 그래픽 사양이 뛰어난 일본의 MSX에 힘입어 높은 비쥬얼을 보여준 ≪*Dragon Quest*≫, 메모리의 한계로 인해 자유도 대신 그래픽과 캐릭터, 스토리로 인기를 얻은 ≪*Final Fantasy*≫ 등이 대표적이며, 이 밖에도 ≪*Phantasy Star*≫, ≪*Grandia*≫, ≪*Lunar*≫ 시리즈 등이 있다.

이에 비해 병렬식 RPG는 서사성은 당연히 떨어진다. 사용자가 임의의 지역을 탐색하면서 시나리오를 만들어 가기 때문이다. 하지만 사용자의 게임에 대한 몰입도, 즉 방대한 자유도를 보여준다. 미국식 RPG는 자유도로 대변되는 ≪*Ultima*≫나 ≪*Wizardry*≫ 시리즈와 같은 광활한 대륙과 다양한 직업, 그리고 많은 이벤트를 가지고 있다. 그것은 ≪*Ultima*≫ 시리즈에서 비롯된 기본적인 개념과 사상이며, TRPG에서 구현되는 그 무한한 자유도와 방대한 스케일을 CRPG, 즉 컴퓨터로 즐기는 RPG로의 역할구현을 최상의 목표로 설정, 직렬식 RPG에 비해 자유도나 변수가 크고 또한 게임 자체의 시스템보다는 전체적인 세계관과 배경에 치중하는 것이 특징이다.

국내의 경우, 여러 가지 이유로 인해 미국의 병렬식 RPG보다 일본의 직렬식 RPG가 유행했다. 다만 그래픽과 스토리가 강화된 일본식 RPG의 경우, 언어의 장벽으로 인해 가장 중요한 요소인 스토리를 이해하기 힘든 단점이 있었기 때문에, 오히려 국내 RPG 산업을 발전시키는 동인이 되었다. 국내 RPG의 대표작으로는 ≪어스토니시아 스토리≫, ≪창세기 외전≫ 등이 있다.

이에 비해 MMORPG는 진행상의 서사성이나 자유도보다는 사용자들이 파티(party)를 구성하여 최대한 다수가 동시에 참여할 수 있는 머드(MUD) ‘커뮤니티’가 강조된다. 물론 최근에는 여러 장르가 혼합되어 정통성이 희미해지고 있으며, 시대의 변화와 게임 장르가 복잡해짐에 따라 RPG에 대한 새로운 정의가 필요하게 되었는데 그 핵심은 ‘성장’이다. 캐릭터는 초기에는 무기력한 존재로 출발하여 끊임없는 전투경험을 통해 경험치, 체력치, 마력치 등 여러 면으로 성장한다. 캐릭터의 성장은 게임의 진행에 있어서 매우 중요하게 작용한다.

액션 장르는 대전 액션(Fighting Action)과 총격 액션(Shooting Action)으로 이분할 수 있다. 다시 대전 액션은 대전 방식의 승리 지향형으로, 쿵푸나 태권도 등 각종 무술을 사용하는 육탄전(Unarmed Fighting), 곤(棍), 검(劍), 도(刀) 등 기타 무기를 이용하는 백병전(Armed Fighting)으로 이분할 수 있다. 대전 액션은 영화

적인 스토리라인에 따라 임무(mission)를 달성하기 위해 각각의
퀘스트(quest) 혹은 라운드(round)마다 등장하는 단수 혹은 복수의
캐릭터를 상대로, 총이나 검 등과 같은 적절한 무기를 선택하여
결투를 벌이는 방식으로 이루어지며, 각 라운드의 배정시간은 지
루하지 않을 정도로 적절히 안배되어 있다.

대전 액션은 원래 아케이드 장르에서부터 비롯되었으며, 버튼
에 강약을 주어 연속해서 누르는 난이도 있는 조작과 다양하고
복잡한 기술기를 사용하기 위한 인터페이스, 영화나 애니메이션을
방불케 하는 화려한 영상과 그래픽 등 독자적인 장르성을 발전시
킨 지금까지도 아케이드의 속성을 어느 정도 보유하고 있다. 원래
아케이드 장르221)는 동전을 넣고 진행되는 단순한 인터페이스의
업소용과 콘솔(console) 게임을 지칭하며, 최초의 비디오 게임이
≪Pong≫과 같은 아케이드 게임인 관계로 아케이드 게임의 역사
는 콘솔의 역사와 매우 밀접하다. 아케이드 장르는 매우 다양하고
게임 장르에 따라 아케이드적 요소를 갖고 있기 때문에 일반적으
로 컴퓨터나 업소용, 콘솔이라는 매체를 막론하고, 대개 조작이
평이하고, 행동력이 중시되는 특징을 가진다.

총격 액션은 인격체를 캐릭터로 일대일 혹은 일대다로 총격전

---

221) 원래 아케이드(arcade)는 건축용어로서 열주(列柱)에 의해 지탱되는 아
치군(群)과 그것이 조성하는 개방된 통로공간을 의미한다. 로마시대에
는 규모가 큰 것이 많았으며, 콜로세움이나 폼페이의 유적, 중세의 교
회나 사원의 회랑(回廊) 등이 대표적인 예이다. 현재는 아치와 관계없
이 상점가 등의 보도 위에 날씨에 구애됨이 없이 쇼핑할 수 있도록
차양·비막이를 위해 아치 모양으로 설치되는 노상시설을 아케이드라
하고 있다. 아케이드가 설치된 미국의 오락실에서 유래된 아케이드
장르는 대개 게임의 초기형태를 갖춘 단순한 인터페이스와 그래픽,
동전을 넣어 가며 즐기는 게임 장르를 지칭한다.

을 벌이는 대인 슈팅(對人, Personal Shooting)과 비인격체를 캐릭
터로 총격전을 벌이는 대물 슈팅(對物, Impersonal Shooting)으로
이분할 수 있다. 일반적으로 시점을 기준으로 1인칭 시점의 FPS
First Person Shooting)와 3인칭 시점의 TPS(Third Person Shooting)
로 구분하기도 한다. FPS는 1인칭 '주인공' 시점의 이점을 살려
사용자들은 스스로 영웅적인 주인공이 되어 미션을 해결한다. 이
에 비해 TPS는 3인칭 '관찰자' 시점으로 주인공 캐릭터의 위치를
비롯하여 주위 사물과 캐릭터들의 상황을 구체적으로 관찰할 수
있다. 경우에 따라 동일한 게임 내에서 FPS 모드와 TPS 모드로
변환할 수 있으며, 두 모드의 공통점은 주인공의 무기가 각 미션
을 해결할 때마다 업그레이드된다는 점과 퍼즐을 해결하거나 일
반적인 행위조작이 가능하다는 점이다.

스포츠 장르는 축구, 야구, 농구, 하키, 스케이트보드, 스키, 하
키, 승마, 테니스, 골프, 익스트림게임(X‑games) 등 스포츠에 관
련된 모든 게임을 총칭한다. 스포츠 장르는 목적에 따라 하위장르
를 구분할 수 있는데, 경쟁요소와 승부근성을 포함한 일반적 의
미의 스포츠게임(Sport game)과, 경쟁요소보다는 여가와 즐거움
(Fun & Enjoy)을 통해 신체단련과 여가선용을 추구하는 레포츠게
임(Leports game)으로 구분된다. 이스포츠(E‑Sports)는 'Electronic
Sports'의 약자로, 인터넷 네트워크를 이용한 각종 스포츠게임 대
회나 리그를 뜻한다. 소극적 의미에서는 관람이 가능한 제한적 조
건의 게임대회 또는 리그만을 지칭하는 의미로 사용되지만, 적극
적 의미에서는 게임대회뿐 아니라, 프로게이머, 게임 해설자, 방송
국 등을 포함한 게임관련 엔터테인먼트 산업을 통칭하는 의미로
사용되기도 한다.

어드벤처 게임은 말 그대로 모험을 즐기는 게임으로 시나리오에 따라 시공을 초월한 가상의 세계에서 숨겨진 보물을 발견하거나, 곤경에 빠진 사람을 구출하는 등 주어진 미션을 해결하면서 영웅의 자격을 인정받는 게임이다. 이러한 어드벤처 게임은 다른 장르와는 달리 상상력이 풍부한 시나리오가 중요하며, 때문에 대체적으로 집중도와 몰입도가 높고 소장가치가 있는 가정용 게임으로 제작되는 경우가 많다. 어드벤처 장르는 캐릭터와 미션의 궁극적 존재이유 측면에서 RPG 장르와 변별된다. 즉 RPG 장르는 캐릭터의 능력치가 미션을 해결하거나 사냥을 통해 경험치를 습득하면서 성장한다는 측면에 포커스를 맞춘다면, 이에 비해 어드벤처 장르는 서사적 완성도가 높은 시나리오의 주인공이 되어 다양하고 극적인 모험을 간접체험함으로써 게임유저들에게 서사적 카타르시스를 제공한다.

어드벤처 장르는 최초로 개발된 게임인 ≪*Adventure*≫의 특성을 계승한 '텍스트 기반'의 어드벤처와 이후 슈팅이나 파이팅 등 장르의 영향을 받은 '액션 기반'의 어드벤처로 구분할 수 있다. 초기의 텍스트 기반 형태는 사용자가 단어나 문구를 직접 입력하는 방식으로 진행됨으로써 이야기를 완성해 나가는 구성인데, 근래에는 '액션 기반'의 어드벤처 장르가 어드벤처 장르의 대표주자로 각광받고 있다. 사용자가 주인공이 되어 게임을 진행시키며 퍼즐을 풀고 위험을 극복하거나 탈출하는 등의 '모험'을 주테마로 다룬다.

주인공이 정해져있고 성격이나 능력이 변하지 않고 고정된 것이 일반적이며, 또한 사건을 위주로 하는 만큼 서사성이 두드러지기 때문에 기존 소설이나 애니메이션 등 서사 장르에서 대중적으로 성공을 거둔 작품을 어드벤처 장르로 게임화하는 경향이 있다. 예를 들어, 영화의 인기에 힘입어 게임으로 제작된 ≪*Indiana Jones*≫ 시리즈, 영화제작의 패키지 마케팅의 일환으로 게임으로 동시개발된 ≪*Harry Potter*≫ 시리즈, 어드벤처 게임장르의 인기에 힘입어 오히려 영화화된 ≪*Tomb Raider*≫ 시리즈, 그리고 애니메이션에서 게임으로 제작된 ≪*Tarzan*≫ 시리즈 등은 서사구조의 밀도뿐만 아니라 애니메이션과 게임의 밀접한 시각적 상관성으로 인해 산업적 연계 현상이 두드러진 분야이다.

기능성 장르는 게임의 순기능을 극대화시킨 장르이다. 잘 만들어진 게임의 경우에는 오락기능과 더불어 매우 훌륭한 교육적 효과를 지닌다. 오락적 기능을 십분 살리면서 게임 외적인 특수목적에 무게중심을 두는 경우를 특히 시리어스게임(serious game)이라고 한다. 예를 들면 테트리스게임과 같은 매우 기본적인 게임에서 구조적인 공간구성 능력이 없던 아동들도 무작위적인 게임의 반복에 의해 일정한 패턴을 습득하게 된다. 이처럼 어학 공부에서부터 장애인 재활까지 그 쓰임새가 다양한 기능성 게임 분야는 게임 장르의 블루오션(Blue Ocean)이라고 할 수 있다.

기능성 게임은 미취학아동을 위한 단계별 학습보조와 일반인을 대상으로 하는 평생교육 시스템의 일환으로 맞춤형 진단학습을 위한 교육용 게임과 치매예방·재활의학 및 정책홍보, 공공복지 등의 특수목적형 게임으로 구분할 수 있다. 국내 기능성 게임 산업은 규모가 영세하고 콘텐츠개발방법론이나 제작프로세스가 표준화되지 못했으며, 기능성 콘텐츠의 필수 구성요소인 동기부여, 몰입요소, 상호작용성이 효율적으로 구비된 콘텐츠와 교육적 효과를 기대할 수 있는 콘텐츠의 함량미달로 인해 수요자의 눈높이를 맞춰 주기 어려운 실정이다. 이에 대한 대안으로 온라인 분야에서 기능성 게임의 돌파구를 찾고 있으며, 특히 온라인 콘텐츠의 전자책·DVD·콘솔용 게임 등의 전환작업이 이루어지고 있어 오프라인 상품으로의 해외진출도 활발하게 모색 중이다.

기존 기능성 게임은 대부분 교육용 게임으로서 아동층을 대상으로 개발된 일종의 '교육용 솔루션'에 가까운데, 대표적인 사례로 이니엄의 《하이둘리》222)는 어린이 영어교육 포탈사이트로서 《파닉스 첫걸음》, 《헬로우 생활영어》, 《도전 퀴즈왕》, 《문법아 놀자》 등 단계별로 영어교육과 게임을 접목시키고 있다. 네 가지 교육 목적형 혹은 게임성을 포함한 교육 콘텐츠는 각각 독립적으로 존재하면서도 실상 학습원리의 측면에서는 모두 긴밀하게 상호 연관되어 있다. 즉 개인의 수준과 필요에 따라 다양한 방법으로 콘텐츠를 접근하였으며 효과적인 방법으로 학습 후 학습 상태를 피드백할 수 있도록 기획되었다.

이에 비해 현재 온라인 연계 영어학습을 주도하는 ESL에듀의 《토익넷》 게임의 경우 '토익'이라는 소재의 특성상 고등학생 이상의 다소 높은 연령대를 주요 타깃으로 한다. 이 게임 역시 문제를 경쟁적으로 푼다는 게임적 발상을 제외한다면 교육 솔루션에 가깝다. 게임에 학습요소를 첨가한 것이 아니라, 학습 효과 증진을 위해 게임을 차용한 것이다.223) 이밖에도 시각장애우를 위해 특수 리더기와 점자 매뉴얼이 개발되고, 절전·절수, 민방위훈련

---

222) www.hidooly.com
223) 이현, "즐겁게 공부하는 세상 창조가 꿈", 클릭 e-기업, 경향게임스, 2005. 5. 2.

등과 같은 정책적 측면의 사회교육 솔루션으로서 기능성 게임분
야가 점차 각광받고 있다.[224]

기능성 장르가 각광받는 사회철학적 배경으로 '에듀테인먼트'가
있다. 에듀테인먼트는 교육(education)과 오락(entertainment)의 합성
어로서, 흥미를 유발하는 동시에 교육효과를 누릴 수 있도록 기획
된 오락의 한 형태를 의미한다. 합성된 어휘나 어순, 사용자의 전
공에 따라 교육적 오락 혹은 오락적 교육이라고도 하는데, 에듀테
인먼트라고 칭할 때에는 오락적 요소의 장점과 효과를 인정하는
의미가 크다.

시뮬레이션 장르는 '모의실험'이라는 용어처럼 현실적으로는 체
험할 수 없는 복잡하고 전문적인 상황이나 경험에 대해서 실제와
유사하거나 비슷한 가상의 환경모델을 사용하여 실험하고, 그 결
과를 계산적으로 처리하는 기법을 모두 총칭한다. 다른 장르들도
대부분 가상의 세계를 소재로 하고 있지만, 시뮬레이션 장르는 공
상적인 내용이 아니라 논리적으로 추론된 사실적인 데이터나 과
학적으로 가능한 실험적인 데이터를 바탕으로 하고 시간이라든지
비용 환경 등 여러 가지 요인을 모델화한 다음 이들 요인을 변화
시켜 가며 모델에 대한 평가, 보강 등을 통해 보다 효율적으로 시
스템 설계를 할 수 있도록 하는 문제 해결 기법을 적용한다. 때문

---

224) ≪영어공략왕≫은 그동안 패키지 형태로 출시되었던 에듀테인먼트 게
임들이 게임에 학습적인 요소를 가미하면서 '게임'에 보다 치중했던
것과는 달리, 학습에 재미를 가미하는 방식으로 '학습'에 보다 무게중
심을 두는 방향으로 개발되었으며, 바로 이러한 점에서 기존까지 출
시된 패키지 에듀테인먼트 게임과의 차별성을 강조한다.(혜욱, "영어
공략왕, 발상의 전환에서 시작 새로운 돌파구", 게임어바웃, 2005. 1.
20. 참조)

에 시뮬레이션은 목적으로서의 게임이 아니라 과정을 즐기는 게임이라고 할 수 있다.

보통 특정한 알고리즘을 이용하여 게임에서 발생할 수 있는 이벤트를 전개하면서 이루어지기 때문에, 최적화된 알고리즘을 구현할 수 있는 방법을 연구해야 하며, 또한 속도나 충돌, 그리고 그래픽 효과에 대한 사전 점검이 필수이다. 특히 모의된 현장감을 플레이어가 느낄 수 있으며, 엔딩의 개념이 약하고 게임 과정에 있어 사용자마다 변별된다. 시뮬레이션 장르의 하위장르는 경영(Management), 육성(Upbringing), 교제(Pair), 생활(Life), 조종(Handling), 전략(Strategy) 등으로 세분화가 가능하다.

경영 장르는 CEO가 되어 회사나 도시를 경영하는 비즈니스(Business)와 건물의 건설, 배치, 보수, 철거 등에 보다 무게중심을 두는 시티빌딩(City-Building)으로 구분된다. 육성 장르는 특별한 목표를 달성하기 위해 주어진 캐릭터를 양육하는 특수목적형 트레이닝(Training)과 일반애완형 브리딩(Breeding)으로 구분된다. 교제 장르는 데이트가 로맨스를 통한 연애를 메인목적으로 하느냐, 아니면 파트너를 찾는 구애를 메인목적으로 하느냐에 따라 연애(Dating)와 구애(Mating)로 구분된다. 생활 장르는 인간의 일상을 다루는 인생(Man's Life)과 전능한 신(神)을 체험하는 신생(God's Life)으로 구분할 수 있다. 조종 장르는 경주(Racing)와 항공기나 비행기를 조종하는 비행(Flight)으로 구분할 수 있다.

전략 장르는 구성 요소 각각에 대한 운용 능력뿐만 아니라 게임 흐름 전체에 대한 플레이 능력, 즉 전략적 사고 능력을 중요시한다. 전략 장르는 구성 요소 각각에 대한 운용 능력뿐만 아니라 게임 흐름 전체에 대한 플레이 능력, 즉 전략적 사고 능력을 중요시한다. 예를 들면, 전쟁을 소재로 한 게임에서 단일 전투는 게임의 일부이자 진행 과정일 뿐이고, 각각의 단일 전투를 승리로 이끌기 위한 준비 과정에서부터 제반 구성 요소들을 얼마나 효과적으로 결합하고 조화시켜 전체를 경영하느냐에 따라 게임의 목적에 도달할 수 있도록 하여 플레이어들의 흥미를 유발시키는 장르이다. 자원 채취, 어떤 유닛 생산 및 순서, 적 공격의 효과적인 방어 및 공격 등 게임의 전반적인 부분을 잘 운용해야 하는 그런 게임들이 전략 장르에 해당된다.

전투방식과 진행방식에 따라 TBS(Turn-Based Strategy: 순차 전략)와 RTS(Real-Time Strategy: 동시 전략)로 구분할 수 있다. TBS는 사용자마다 공격 순서가 이미 정해져 있어서 상대의 공격기회에는 방어할 수 있으며, 자신의 공격기회에는 최대한 그 효과를 극대화할 수 있는 묘수를 고안할 수 있는 게임방식이다. 바둑이나 장기, 체스의 진행방식에 기저를 둔 것으로 전략을 구축할 충분한 시간을 '공평하게' 분배한다는 점에서 전략적이다. TBS의 대표작으로는 트라이엄프 스튜디오(Triumph Studios)의 ≪*Age of Wonders II*≫, 뉴월드컴퓨팅(New World Computing)의 ≪*Heroes of Might and Magic IV*≫, 코에이(Koei)의 ≪삼국지(三國志)≫ 시리즈 등을 들 수 있다.

이에 비해 액션성과 순발성을 강화한 RTS는 사용자들에게 공격이나 방어의 순서가 정해져 있지 않기 때문에 공수(攻守)의 자유도가 높은 만큼, 치밀한 전략을 구축할 시간이 넉넉하지 않다. 따라서 다양한 전략과 전술이 선보이고 연합전선을 구축하는 등의 화려한 볼거리를 제공함으로써 관객들이 관람용으로 즐기기에 적당하다. 대개 RTS의 승리조건은 효율적인 자원생산과 유닛관리, 신속한 건물건설과 배치, 정확한 상황판단과 시간안배에 있으며, 개발자들은 각 종족이나 유닛의 밸런스를 유지하는 것이 최대의 관건이다. 상당한 순발력이 요구되는 만큼 게임을 하는 동안 사용자의 스트레스는 증가하고, 관객들은 스포츠 경기를 볼 때 이상의 흥분상태에 직면하기도 한다. 블리자드의 ≪*Star Craft*≫와 ≪*War Craft*≫, 웨스트우드(Westwood)의 ≪*Command & Conquer*≫ 등을 대표작으로 들 수 있다.

[표 11] 컴퓨터게임의 장르

장르	상세 설명
보드	두 명 이상의 플레이어가 직접 대면하여 보드(Board), 카드(Card), 타일(Tile), 말판(Dice) 등 유형의 물리적인 도구를 이용하여 일정한 룰에 따라 승패를 가리는 놀이다.
액션	액션 장르는 양방 간 또는 다수 간에 서로의 기량을 겨뤄 승부를 가리도록 하는 격투 및 대전 방식의 파이팅 액션과 총이나 대포를 발사하여 목표물을 격추시키는 총격 방식의 슈팅 액션으로 구분된다. 파이팅 액션은 무술을 사용하는 육탄전(Unarmed Fighting), 무기를 이용하는 백병전(Armed Fighting)으로 이분되며, 슈팅 액션은 인격체를 대상으로 하는 대인(Personal)과 비인격체를 대상으로 하는 대물(Impersonal)로 이분할 수 있다.
어드벤처	모험을 즐기는 게임으로 시나리오에 따라 시공을 초월한 가상의 세계에서 주어진 미션을 해결하면서 영웅의 자격을 인정받는 게임이다. 이러한 어드벤처게임은 다른 장르와는 달리 상상력이 풍부한 시나리오가 중요하며, 때문에 대체적으로 집중도와 몰입도가 높고 소장가치가 있는 가정용 게임으로 제작되는 경우가 많다.
스포츠	스포츠에 관련된 모든 게임을 총칭하며, 목적에 따라 하위장르를 구분할 수 있는데, 경쟁요소를 강조한 스포츠(Sports)와 여가선용을 추구하는 레포츠(Leports)로 구분된다.

장르	상세 설명
롤플레잉	TRPG, CRPG, MMORPG로 구분되며, 캐릭터를 정하고, 상황에 따라 주어진 임무를 수행하는 방식으로 진행된다. 특히 TRPG의 경우, 게임 참가자들의 적극성에 따라 임기응변적 대사나 게임 마스터의 능력에 따라 다양한 상황설정이 가능하다. 따라서 어느 정도 일정한 연극적 요소를 가지고 있기 때문에, 내러티브와 다양한 스토리라인의 형성이 가능하다. 이러한 TRPG의 게임 룰을 기본으로 하여 컴퓨터 기반으로 이식한 것이 CRPG이다.
시뮬레이션	현실적으로는 체험할 수 없는 복잡하고 전문적인 상황이나 경험에 대해서 실제와 유사하거나 비슷한 가상의 환경모델을 사용하여 실험하고, 그 결과를 계산적으로 처리하는 기법을 게임적으로 해석하고 활용한 장르이다. 경영(Business / Building), 육성(Training / Breeding), 전략(TBS / RTS), 생활(Man's / God's), 교제(Dating / Mating), 조종(Racing / Flight) 등으로 세분된다.
기능성	게임의 오락적 기능을 십분 살리면서 특수목적을 달성하는 데에 무게중심을 두는 경우이다. 흥미를 유발하는 동시에 교육효과를 누릴 수 있도록 기획된 오락의 한 형태로, 오락적 요소의 장점과 효과를 인정하는 의미가 크다.

이상으로 컴퓨터게임의 장르에 대해 살펴보았다. 컴퓨터게임이 문학의 영역에서 평가받을 수 있는 이유는, 컴퓨터게임에 대해 기존의 사용자들이 문학적 서사성을 요구하기 때문이다. 작가에 의해 의도적으로 배치되고 선형적으로 운용되는 문학적 내러티브에 비해, 컴퓨터게임의 내러티브는 '이야기'나 '스토리'라고 지칭되는 일정한 현상들과는 구분되는 사용자의 '사건 체험'[225] 그 자체를 의미한다. 즉 컴퓨터게임 문학의 가장 중요한 특징은 독서를 통한 단순한 '문학적 감상'이 아니라, 게임을 통한 '문학적 체험'에 있다.

---

225) 최유찬, 컴퓨터게임의 이해, 문화과학사, 2002.

컴퓨터게임 문학의 체험은 본질적인 의미의 체험으로, 단순히 인물들의 행동과 심리를 텍스트 기반으로 추적하는 것이 아니라, 그 인물로서 행동하고 사고하고 판단할 수 있다. 카메라 시점으로 자신이 그 인물이 되어 행동하고 성장하고 변화하는 것을 목도할 수 있다. 이러한 사용자의 체험과 반응은 단순히 텍스트(text-based)나 스토리(story-based)의 기반형성에 영향을 주는 것에 그치지 않고, 나아가 기술적인 부분과 영상적인 부분에까지 광범위하게 영향을 준다. 인터랙티브 스토리텔링(Interactive Storytelling) 혹은 인터랙티브 픽션(Interactive Fiction)에서 독자는 캐릭터와 에피소드에 적극적인 영향을 미치며 상호작용한다. 이러한 상호작용성은 컴퓨터 서사의 가장 기본적이며 중요한 특성으로, 인터랙티브 픽션은 컴퓨터게임 문학에서 그 능동성을 단순화시키고 서사성을 강화한 형태라고 볼 수 있다.

컴퓨터게임의 진행은 목표 혹은 임무를 달성하여 결말에 이른다는 선형성에도 불구하고, 결말까지 이르는 과정에 있어서 무한한 자유와 열린 차원의 경험을 중시한다. 다양한 방법으로 단계마다 임무를 달성할 수 있으면, 혹은 다음 단계로 이동하지 않고 그 이전 단계로 오히려 역행하는 자유도를 누릴 수 있다. 그러한 역행의 선택일 경우에도 서사는 흐른다. 따라서 컴퓨터게임의 서사는 게임디자이너에 의해 고안된 메인 내러티브와 사용자가 매번 선택하여 즐길 수 있는 개별적 내러티브가 항상 중첩되어 공존한다. 즉 현실 공간과 온라인게임의 서사는 선형서사 대 병렬서사, 일방향 인과론 대 상호작용성, 시간중심의 표상 대 공간중심의 표상, 진행하는 자아 대 진화하는 자아226) 등으로 구분된다.

---

226) 연세대 발달심리연구실의 장근영은 이에 대해 부연 설명한다. "≪리

이처럼 컴퓨터게임이 문학의 코드로 검토될 수 있는 이유는, 우선 컴퓨터게임을 기획하는 과정의 최우선으로 문학적 의미의 시나리오 작업이 선행된다는 점, 그리고 상품화된 컴퓨터게임 자체는 완성된 것이 아니며 그것을 구매 혹은 사용하는 사용자(혹은 독자)가 컴퓨터게임을 실행하여 참여하는 과정 중에 개별적이면서 매우 강력한 인터랙티브 스토리텔링이 이루어지면서 비로소 진정한 의미의 완성이 이루어진다는 점을 들 수 있다. 따라서 컴퓨터 매개 문학에 있어 컴퓨터게임 문학이 차지하는 비중은 간과할 수 없으며, 상호작용성, 비선형성, 다중성 등 컴퓨터 매개 문학의 속성에는 컴퓨터게임 문학이 중추로서 자리 잡고 있다고 해도 과언이 아니다.

B. 컴퓨터게임 문학의 실제

컴퓨터게임 문학의 실제를 대표적인 세계관을 중심으로 살펴보면, 시간적 배경과 공간적 배경을 기준으로 몇 가지 구분이 가능하다. 우선 과거 지향적 세계관은 공간적으로 동서양으로 이분되는데, 판타지 소설이나 기존 소설을 원작으로 하는 게임류는 판타지 소설의 주요 배경이 되는 '중세'를 배경으로 신화적 요소와 창의적 요소를 적절히 배합하여 긴 여정의 모험을 다룬다. 대개 이

니지≫에서 아이템 거래시장은 게임 제작자들이 상점을 많이 만들어 놓은 곳에만 생기지 않는다. 가치 있는 아이템이 많이 생산되는 사냥터나 사냥 뒤 휴식을 취하는 마을의 광장에 자생적으로 형성된다. 여기서 사건의 원인과 결과는 불분명하다. 시장을 만든 것은 사용자들의 노고만은 아니고, 그렇다고 기획자의 책임도 아니다. 둘의 화학작용에 의해 만들어진 것이다."

런 중세의 세계관은 그래픽, 캐릭터, 스토리 등 전반적인 기획에 있어서 서구 중세문학의 지배적인 영향권 안에 있다고 해도 과언 이 아니다.

ⓐ 서양의 판타지 세계관

현재 가장 활발하게 제작 및 기획되고 있는 롤플레잉 장르는 중세의 판타지적 세계관을 바탕으로 가장 서사성이 두드러지는 장르이자, 동시에 '온라인' 추세에 편승하면서 가장 서사성에서 멀어지는 특이한 현상을 보여주고 있다. 대표작품으로 손노리의 ≪어스토니아 스토리(*Astonia Story*)≫[227]를 살펴보면, 창세신화에 서 시작된다. 태초 홍해(紅海) 실베니아로부터 아시리아, 바렌시 아, 아시레마, 아이언노스 등 어스토니아의 네 개의 대륙과 섭리 의 여신 에르세느, 젊음의 여신 실베로아, 통제의 신(神) 일키라, 지식의 신(神) 모듀자이넨, 정화(淨化)의 신(神) 렐카 등 다섯 신들 이 탄생한다.

이후 렐카는 인간의 원죄를 치죄해야 한다고 주장하면서 이념 전쟁 혹은 주신전쟁의 발단이 되는데, 이에 대해 에르세느는 섭리 를 어길 수 없다고 반대하고, 실베로아는 새로운 생명을 창조할 것을 제안하고, 일키라는 차원을 나누어 인간을 고립시키자고 주 장하고, 모듀자이넨은 무지한 인간들을 가르쳐야 한다고 이견을 제시한다. 신들은 자신의 주장을 관철시키며 각기 방법론을 간구 했는데, 에르세느는 섭리를 지키기 위해 대지를 비옥하게 하고, 실베로아는 이슬로부터 새로운 생명 엘프를 창조하고, 일키라는

---

227) 개발자: 손노리, 장르: RPG, 출시일: 1994.

어스토니시아의 대륙을 차원분할하고, 모듀자이넨은 인간들에게 마법을 가르치게 된다. 그러나 렐카에 의해 어스토니시아는 불의 재앙을 겪게 된다.

결국 이로 인해 렐카의 정화행위를 저지하기 위한 신들의 전쟁, 즉 이념전쟁이 5일 동안 계속되고 마침내 어스토니시아 대륙 중 일부를 침몰시킨 끝에 렐카를 제압하게 된다. 신들은 렐카의 영혼을 네 개로 나누어 에르세느는 풍요와 번영을 주는 '카이난 지팡이'에, 실베로아는 젊음의 생기와 생명을 주는 '렐카 상(像)'에, 일키라는 모든 힘을 통제할 수 있는 '컬트런 루비' 속에, 모듀자이넨은 강대한 마법의 지식을 담은 '알드레드 수정' 속에 각기 봉인한다. 어스토니시아의 신들의 전쟁이 일단락되고 본격적인 스토리라인이 시작되는데, 이야기는 렐카가 봉인된 네 개의 다른 보물을 잃거나 찾는 과정이 중심이 된다.

라테인 팔미라주의 로이드는 왕가의 보물 '카이난의 지팡이'를 호송하던 중에 페라린의 프란시스에게 습격을 받아 부하를 모두 잃는다. 홀로 살아남은 로이드는 프란시스의 망토에 있던 그리핀 문장을 유일한 단서로 지팡이를 찾아 떠난다. 프란시스 무리들을 찾아 헤매던 로이드는 현자(賢者) 레자일을 만나 조언을 구하려 하고, 그 과정 중에 동료를 만나고 '컬드런의 루비'를 얻은 후, '카이난 지팡이'를 찾기 전에 '알드레드의 수정' 등의 보물들을 순차적으로 찾는 모험을 겪게 된다.

이처럼 ≪어스토니아 스토리≫는 그리스·로마신화의 구체화된 신들과 검·마법이 난무하는 판타지소설의 면모를 적절하게 차용하면서 기본적으로 '아이템' 위주로 이야기가 진행되는 목적성이 강한 작품이라고 할 수 있다. 아이템을 되찾거나 획득하는 방식과 같은 강한 목적성은, 사용자들에게는 당면 '미션(mission)'을 최대한 신속하게 해결하고자 하는 속도감과 사명감을 증폭시키는 순기능을 한다.

가람과 바람의 ≪씰(Seal)≫228)의 배경서사는 크게 창세신화와 슐츠의 건국신화로 구분된다. 창세신화는 기존 창세신화의 전범을 그대로 따르는데, 태초를 무(無), 즉 혼돈의 카오스로 묘사한다. 세계의 신(神) '마르쿠드'가 불의 바다에서 불꽃을 하늘에 뿌리자 작은 것은 별이 되고 큰 것은 태양이 된다. 태양이 끝없이 타오르자 기초의 신(神) '이소드'는 세상을 물로 식히고, 영광의 신(神) '호드'는 흙으로 대지를 만든다. 정의의 신(神) '딘'이 쇠로 기둥을 세우고, 미의 신(神) '티페레트'가 나무를 세우자 비로소 세상이 모습을 갖추게 된다. 창세 직후의 세상은 절대신 '엘리오스'를 중심으로 10명의 선신(善神) '엘림'의 가호로 잠정적 평화가 이루어지지만, 엘림으로부터 10명의 악신(惡神) '발리에'가 파생되면서 균열의 조짐이 나타난다.

인도자 '케테르'로부터 저주의 메타트론, 선지자의 '호크마'로부터 계략의 라지엘, 보호자 '비나흐'로부터 전쟁의 사키엘, 자비의 '헤세드'로부터 권력의 자드키엘, 정의의 '딘'으로부터 힘의 사마엘, 미의 '티페레트'로부터 복수의 지카엘, 성취의 '네자'로부터 피의 하나이엘, 영광의 '호드'로부터 어둠의 라나엘, 기초의 '이소드'로부터 혼돈의 갈라드리엘, 세계의 '마르쿠드'로부터 파괴의 샌달폰이 탄생한다. 발리에의 횡포와 도발229)로 발발한 엘림과 발리

---

228) 개발자: 가람과바람, 장르: RPG, 출시일: 2000. 4. 14.

에의 대전쟁은 7천 일 동안 계속되고, 그들이 창조한 세상이 무너질 때까지 끝나지 않는다.

결국 엘림과 발리에는 죽거나 혹은 죽음의 문턱에 선 상태로 나락 속으로 떨어지게 되는데, 엘리오스가 대지의 한 조각을 붙들어 네 개의 기둥으로 받침으로써 엘림과 발리에를 구한다. 그곳이 바로 '쉴츠'이며, 엘림과 발리에는 힘과 생명력을 잃게 된다. 결국 절대신 엘리오스의 준엄한 선언230) 이후, 엘림과 발리에는 각각 전쟁을 대리할 종족을 선택하여 그들을 수호하게 된다. 엘림이 선택한 종족은 그들의 모습을 닮은 '인간'이었고, 발리에가 선택한 종족은 역시 그들을 닮은 변형생물체 '바일'이었다. 이렇게 해서 쉴츠에서의 인간과 바일들의 전쟁사가 시작된다.

그 무렵 혼돈의 발리에 갈라드리엘이 부활하면서 불행이 예고된다. 갈라드리엘은 인간의 영역을 완전히 파괴시켰고, 살아남은 인간들은 쉴츠의 남단 블루아이 요새로 모여들었으나, 상황은 절망적이었다. 그때 한 소년이 갈라드리엘을 물리치는데 그가 바로 대마법사 에라스네츠이다. 이후 발리에를 신봉하는 교파와 엘리오스파로 분파되어 분쟁이 극심해 지자, 에라스네츠는 크레멘츠 2세가 보낸 사자(使者)에게 쉴츠의 미래에 관한 열 권의 예언서를 준

---

229) 발리에의 샌달폰이 엘림의 마르쿠드를 자신의 동굴로 납치한 사건이 전쟁의 발단이 된다. 이후 어린 마르쿠드가 선대 마르쿠드를 찾기 위해 샌달폰의 서식지에 도착했을 때는 선대 마르쿠드는 이미 죽고 그를 숙주 삼아 샌달폰이 탄생한다. 이에 분노한 마르쿠드가 거대한 번개를 내리 꽂으면서 전쟁이 시작된다.

230) "다시 눈을 떠라. 세계가 다시 살아난 것처럼 너희도 다시 살아나라. 그러나 이제 두 번 다시 이 땅 위에서 너희들의 전쟁을 허가하지는 않겠다. 너희는 두 번 다시 서로를 마주할 수 없게 되리라."

다. 불행히도 예언서는 왕궁으로 오는 동안 바일의 공격으로 소실
되고 그중 몇 장만이 전달된다.

《씰》의 이야기는 여기서 끝나고, 에라스네츠가 세계를 멸망시
키려는 혼돈의 신(神) 갈라드리엘을 봉인(封印)한 이후, 안정을 되
찾은 평화로운 쉴츠를 배경으로 지난 역사에서 무슨 일이 일어났
는지 알아내기 위해 쉴츠의 재상이 과거로 모험자들을 보내는 것
에서 《씰》의 후속편 《씰 온라인(*Seal Online*)》의 이야기가 다
시 시작된다. 사용자는 모든 사건이 시작된 클레어력 5년(305년)의
모험자가 되어 역사의 의문을 밝혀내는 임무를 받는다. 대략 살펴
본 것처럼 《씰》은 각 캐릭터의 세계관의 차이를 부각시켜 운명
론적인 측면이 강조되고 있으며, 판타지 소설 작품과 흡사한 스토
리라인을 가지고 있다. 이러한 치밀한 배경스토리의 전제는 사용
자들에게 게임에 대한 이해와 더불어 작품에 깊이를 부여한다.

　　CRPG 온라인화의 도화선 역할을 한 작품은 단연 NC소프트의 ≪리니지(Lineage)≫이다. 신일숙의 동명 출판만화를 원작으로 이 작품의 특징은 원작의 인기에 힘입어 게임에 대한 초기 거부감과 경계를 대폭 줄일 수 있었다는 점과, 게임시스템적으로는 TRPG를 기본바탕으로 하는 높은 몰입도와 레벨업, 혈맹관계, 공성전, 아이템 획득 등 경쟁심 유발의 상업적 전략에 있다. 'lineage'란 혈통, 계통이라는 뜻으로 사용자는 정당한 혈통을 깨뜨리고 군림해 있는 반왕(反王)을 물리치기 위해 적당한 신분을 선택하게 되는데, 왕족의 신분이 되면 직접 반왕에 대항하게 되고, 기사, 요정, 마법사의 신분이 되면 왕족의 신분을 가진 자를 보좌하게 된다. 이러한 관계를 ≪리니지≫에서는 '혈맹(血盟)'이라 명명하고 매우 중시하게 되고, 게임의 최종목적은 유능한 군주가 되거나 유능한 군주를 추종 및 보좌하여 반왕을 물리치는 것이다. 게임 ≪리니지≫의 주요 스토리라인은 당연 신일숙의 원작에 기대고 있으며, 그로 인해 다른 롤플레잉 작품에 비해 철저한 서사성으로 충분한 공인을 받게 된다.

　　배경이 되는 아덴 왕국의 국가적 위기에 처해 있을 때 엘모어 출신의 용병 '듀크 데필'은 왕 '데컨'을 도와 전쟁을 승리로 이끈 공로로 '가드리아' 공주와 결혼하여 데컨의 사위가 된다. 아들 '데포로쥬'가 태어난 후 듀크 데필은 죽음을 맞게 되고 장례식에 그의 사촌임을 자처하는 '켄 라우헬'이 나타난다. 사실 켄 라우헬은 영주에 대한 농노(農奴)인 어머니의 초야권으로 태어난 천출(賤出)로서 영주의 아들 '아리아드 켄 라우헬'에게 모진 핍박을 받고 자유의 신분이 되기 위해 그를 대신하여 토너먼트에서 우승을 하지만, 배신당하게 되자 그를 제거하고 스스로 '켄 라우헬'을 자처

하며 그의 행세를 하는 가면의 인물이다. 가드리아는 켄 라우헬에 반하여 사랑에 빠지고, 급기야 켄 라우헬은 혈맹 5인에게 왕자 데포로쥬가 성인이 되면 왕위를 넘겨주겠다는 맹세를 하고 결혼을 한다. 결국 반왕(反王)이 된 켈 라우헬을 피해 데포로쥬는 아버지 듀트 데필의 '혈맹 5인', 즉 대마법사 '하딘', 평민출신의 기사 '발센', 엔데의 '세바스챤', 트리아의 '어레인', 시멜린의 '카스톨' 등의 비호를 받는다.

이후 듀크 데필의 혈맹 5인이 차례로 반왕과 반왕을 돕는 흑마녀 '케레니스'에 의해 죽음을 당하자, 데포로쥬는 간신히 '말하는 섬'으로 피신하여 왕위찬탈을 결심하는 '피의 맹세(혈맹)'를 한다. 16세 생일을 앞두고 아덴으로 돌아온 데포로쥬는 자신의 혈맹 5인, 즉 왕실의 수호기사이자 달의 기사 '질리언', 마법사 하딘의 제자 '조우', 인나드릴의 공주이자 백조의 기사 '이실로테(로엔그린)', 카스톨의 아들이자 그림자의 기사 '크리스터', 발센의 아들이자 철의 기사 '아툰' 등과 만난다. 혈맹 5인을 결성한 데포로쥬는 4월 18일 자신의 생일날, 왕성에서 열릴 왕실 토너먼트에 참가하기 위해 왕성을 떠난다. 이처럼 출판만화를 원작으로 하는 작품은 김진의 동명 작품을 원작으로 하는 ≪바람의 나라≫와 황미나의 동명 작품을 원작으로 하는 ≪레드문≫ 등이 있다.

손노리의 ≪강철제국≫231)은 전략적 요소를 가미한 던젼이 없는 CRPG이다. 게임의 목적은 자신의 군대와 국가적 부흥에 있으며, 이를 위해 여러 전투와 다양한 임무를 수행해야 한다. 게임의 배경을 살펴보면, 대현자 '솔론' 탄생 후 1800년 되는 해, 아시레

---

231) 제작사: 손노리, 장르: 전략 · RPG, 출시일: 1999.

마 대륙에서는 최초로 인력이나 축력에 의존하지 않는 석탄으로 움직이는 증기기관이 탄생한다. 그로부터 57년 후 가솔린 엔진이 발명되면서 과학기술의 발달은 척박한 아시레마 대륙에 힘을 불어넣는다. 동력기관을 바탕으로 대량생산을 실시하여 도시 단위의 새로운 경제 질서를 창출하게 되고, 산업과 경제가 점차 고도화되자 신대륙 확보에 열을 올린다. 천연자원과 판매시장의 확보를 위해 동방제국에 대한 침략전쟁이 시작되고, 영속적인 부와 명예를 얻기 위해 도시 국가의 상단(商團)과 용병단이 원정에 적극 동참한다. 그러나 1890년대 이후 동방제국들은 국방력 강화를 통한 정치적인 안정을 이룩하는 데 성공하고, 아시레마 대륙의 군대는 장기간의 원정과 수뇌부의 부패, 군 기강의 문란 등으로 대규모 원정은 소강상태에 빠지게 된다.

이후 아시레마 대륙의 국가들은 재정파탄과 지도력 분열로 인해 치열한 내전을 겪게 된다. 전쟁의 장기화는 용병단의 전성시대를 가져와 내전과 동방제국의 전쟁터에서 수많은 용병들이 활약하기 시작했으며, 후세의 역사가들은 이 시기를 '강철'의 무기와 '제국주의'가 만연했던 시기라 하여 '강철제국시대'라 부르게 된다. 이처럼 제국주의 논리와 산업화시대에 대한 비판적인 주제의식을 바탕으로 하기 때문에 여타 다른 판타지 장르에서 파생된 롤플레잉 작품들과는 확연히 변별되는 지점에 있다. 사용자는 동방원정에 참여하여 혁혁한 공과를 올리는 아시레마 대륙 출신 화이트울프 용병단의 단장 비트만이 되어, 아버지의 병환을 알리는 비보(悲報)를 받고 귀향하면서 시작된다. 비트만에게 아버지는 용병도시 포룸을 유산으로 남겼으나, 포룸은 채무로 인해 국제은행에 의해 차압 직전의 상황이다. 귀국시간의 지연으로 상속거부권도 행사하지 못한 채 거액의 채무를 상속받은 비트만은 화이트울프 용병단을 이끌고 빚을 갚기 위한 아시레마 대륙에서의 용병생활을 시작한다.

이 밖에도 그라비티와 손노리의 합작 ≪악튜러스(*Arcturus*)≫[232]는 시나리오를 2부작으로 별도 출판을 구상할 정도로 서사성에 충실한 작품이다. 전체 스토리를 위한 텍스트량은 원고지 2만 장 분량으로 서사의 흐름에 상당한 노력을 기울였음을 알 수 있다. 롤플레잉에 있어서 스토리의 표현은 캐릭터와 세계관의 설정, 아이템의 설정, 시나리오 구성, 배경에 대한 방대한 자료를 토대로 구현[233]되는데, ≪악튜러스≫는 비단 분량의 월등함만이 아니라, 전개방식의 유연함이 여타 작품과 변별되는 장점이다. 이처럼 판타지 소설과 신화적 요소를 대부분 차용하는 관계로 유사한 작품군이 양산되는 판도에서 롤플레잉 장르의 서사는 매우 중요한 요소이며 작품의 수준을 판별하는 결정적 근거가 된다.

b 동양의 무협적 세계관

이러한 중세의 세계관에 비해 ≪수호전(水滸傳)≫, ≪삼국지(三國志)≫, ≪봉신연의(封神演義)≫, ≪신조협려(神雕俠侶)≫, ≪의천도룡기(倚天屠龍記)≫, ≪7인의 사무라이(七人の侍)≫, ≪귀무자(鬼武者)≫, ≪바람의 나라≫, ≪열혈강호(熱血江湖)≫, ≪머털도사≫ 등 고전소설이나 출판만화를 원작으로 하는 게임류는 강호를 배

---

232) 제작사: 손노리, 장르: RPG, 출시일: 2000. 12. 23.
233) 엄정현, 리뷰, 게임스팟, 2001. 1. 2. http://www.gamespot.co.kr/pc/review
　　참조.

경으로 동양철학과 역사를 창의적으로 재구한 무협의 세계관을 따르고 있다. 이러한 무협적 세계관은 한국, 중국, 일본 등 각국의 무협서사가 변별되기보다는, 무협서사의 원조격인 중국식 무협서사의 지배적인 영향권 안에 있다고 할 수 있다.

≪열혈강호(熱血江湖)≫[234]는 내용면에서 양재현의 동명 출판만화를 원작으로 하고, 형식면에서 마다(MADA: Matial arts Action - Drama Adventure) 장르를 지향한다. 마다는 기존의 롤플레잉, 대전 액션, 어드벤처 등의 게임 장르에서 무협 활극의 특징을 살릴 수 있는 요소를 융화시켜 하나로 만든 새로운 게임장르이다. 이 작품의 플롯구조를 살펴보면, 무협세계의 중심이 되는 '중원'은 무공을 통해 심신을 단련하고 궁극적인 인간의 완성, 즉 도를 이루려는 무림고수들로 가득하다. 이들은 각자의 무공과 신념에 따라 문파를 짓고, 속세를 멀리하며 심산유곡에서 그들만의 도를 추구하며 살아간다. 그러나 문파의 세력이 확장하면서 각 문파 간의 알력이 생기게 되고, 결국 지방의 유력한 세가들과 야합하여, 그들에게 협력하였던 세가들과 중소 문파들을 정파(正派) 연합에 포함시켜 '정무련'을 결성한다.

정무련은 자신에게 반기를 든 세가나 토착종교 세력, 소규모 문파나 자신의 신념에 반하는 문파들을 사파(邪派)라 규정짓고 탄압하여 이권을 빼앗는 등 속화된다. 그 과정에서 동악과 북해의 교역을 통해 막대한 이윤을 누리던 '은화상회'는 정무련의 표적이 되어 몰살당하고, 중상을 입은 은화장주의 소주인 '번옥비'는 아들과 탈출에 성공하여, 마지막 숨을 거두기 직전 아들에게 정파에

---

234) 개발사: KRG소프트, 장르: RPG, 출시일: 2001. 6. 22.

대한 복수를 맹세시키면서 이름을 '천마(天魔)'로 개명한다. 천마
는 복수를 다짐하며 무공연마에 전념하고, 내공을 증진시키는 영
약을 구하던 중, 동악의 '신검교단'을 발견한다. 천마는 신검교단
의 마검 '복마화령검'과 신도 '화룡도'를 손에 넣기 위해 교단에
잠입하고, 교주 '검마'의 주화입마를 기회로 삼아 화룡도를 얻는
데 성공한다. 화룡도의 열양지기를 터득하기 위해 천마는 북해로
떠나 그곳에서 신공을 이루고, 북해빙궁의 소궁주 '단우헌'과 만
나 겨루다가 친구가 된다. 중원으로 돌아온 천마는 '천마신궁'을
거점으로 사파세력을 규합하고, 무림일통을 기치로 내세워 정파세
력을 제압한다.

한편, 신검교단의 교주 검마는 내상을 회복하고, 화룡도의 행방
을 좇아 중원에 도착한다. 공교롭게도 검마는 마침 천마에 대항하
여 정파를 지키려고 하산한 검황, 도제, 약선, 괴개, 신공의 천하
오절(天下五絶)과 마주치게 되어 마검을 '검황'에게 빼앗긴다. 이
후 정파는 천하오절을 중심으로 전세를 가다듬는다. 이 무렵 서막
의 '광사풍', 북해의 '북해빙궁', 남림의 '남림야수족' 등도 중원으
로 진출할 기회를 엿본다. 이후 정파연맹 정무련과 사파의 중심
세력 천마신궁은 긴장 속에서 대치상태를 지속한다.

이 작품은 원작만화를 바탕으로 하면서도, 원작에서는 자세하
게 다루지 않는 소소한 인물과의 관계나 배경스토리 등을 게임시
나리오상에서 오히려 상세하게 다룸으로써, 사용자를 만족시키는
한편 기존 원작의 독자를 흡수하는 청출어람의 마케팅 전략을 보
여준다. 앞에서 살펴본 것처럼 게임시나리오는 중원, 문파, 천마,
화룡도, 천하오절 다섯 가지 에피소드로 세분화된다. 따라서 사용

자는 게임을 플레이하면서 중원의 존재감과 정파사파의 대결, 천마신군 캐릭터의 과거와 천하오절, 그리고 화룡도와 복마화령검을 둘러싸고 치열한 쟁탈전을 벌이는 무림고수들을 추체험할 수 있다. 이 작품은 강호를 배경으로 자신을 지키고, 자신이 속한 문파를 위해 희생하고, 상대를 제압하기 위해 절정무공을 연마하는 등 다양한 에피소드를 경험하게 된다.

ⓒ 현재 · 미래지향적 세계관

이처럼 중세적 세계관과 무협적 세계관이 시간을 소급하는 과거 지향적인 플롯이라면, 이에 비해 현재 진행형의 세계관을 지향하는 작품도 있다. 감동적인 실화[235]를 바탕으로 한 ≪하얀마음 백구≫[236]는 애니메이션 TV 시리즈의 플롯과 시나리오, 이미지와 동영상을 십분 활용하여 제작되었으며, 공감대를 검증받은 플롯을 토대로 게임화에 성공하였다. 특히 단순히 한 마리의 강아지에만 의존한 단편 일률적인 아케이드 액션게임이 아닌 애니메이션의 따스한 감동과 강아지가 주는 전통적인 친숙함의 매력을 한데 집

---

235) 이 이야기는 1993년 진도군에서 있었던 진돗개 백구의 실화를 바탕으로 전개된다. 천연기념물 53호 세계명견 334호인 진도개의 충성심과 귀가본능의 특성을 전형적으로 보여준 실화로, 1988년 진도군 의신면 돈지리에서 백구로 태어나 5살이 되던 1993년 대전으로 팔려 갔으나 할머니와 손자, 손녀의 따사로운 정과 은혜를 잊지 못하여 목줄을 끊고 도망쳐 대전에서 부산으로, 부산에서 고성으로, 고성에서 다시 해남까지 7개월 동안 300㎞의 거리를 달려 옛 주인과 만난다. 자신을 키워 주고 보살펴 준 주인의 은혜를 잊지 못해 험한 여정을 견딘 백구의 귀향은 감동적이다.
236) 개발사: 한빛소프트, 제작사: 키드앤키드닷컴, 장르: 액션, 출시일: 2000. 12. 08.

중시켜 주목을 끌었던 작품이다.

게임의 특성상 게임의 서사는 게임 속에서 사용자마다 다소 다르게 체험되는 것은 감안해야 할 것이지만, 이미 기존에 기획단계에서부터 이러한 서사구조는 시놉시스로서 소개되기 때문에 대부분 사용자들의 서사체험은 기획에 따라 선형적으로 이루어진다고 볼 수 있다. 아케이드 장르에 있어서 '이야기' 진행의 가장 중요한 특징은 '동화적'인 상상력에 의거하고 있다는 사실이다. 때문에 아케이드 장르는 동화의 파장에 힘입어 '국적'이나 '주제'에 무관하게 다양한 연령층과 전 세계적인 시장성을 확보할 수 있다.

손노리의 '심령 학원 생존 게임' ≪화이트데이: 학교라는 이름의 미궁(*White Day*)≫237)은 사용자가 게임의 시작과 함께 한밤중 정체불명의 적들에 의해 이유도 모른 채 학교에 갇히게 되는 1인칭 시점의 게임이다. 주인공은 연구고등학교의 학생이 되어 전학생 소영에게 화이트데이 전날 밤 그녀의 자리에 몰래 사탕을 놓아둘 의도로 학교에 들어오는데, 순간 모든 출입문이 닫히고 갇히게 된다. 아무도 없을 거라 생각했던 학교에는 그 시각 몇몇의 아이들이 각기 다른 이유로 남아 있으나, 이것은 사실 의도된 각본에 의한 함정이다.

게임이 진행되고 시간이 경과할수록 학교와 학생들의 비밀이 밝혀지고, 위험을 무릅쓰고 해결해야만 미궁 속에서 탈출할 수 있다. 따라서 상당히 사소한 동작 하나도 게임의 서사에 큰 영향을 주게 된다. 음식을 먹거나 정보를 수집하거나, 소리를 낼 때나 문

---

237) 제작사: 위자드소프트, 개발사: 손노리, 장르: 어드벤처, 출시일: 2001.
 9. 21.

을 열 때도, 교실의 불을 켤 때에도 신중을 기해야 할 만큼 세밀한 구조를 가지고 있다. 학교를 벗어나기 위해서는 교내에 있는 세 명의 학생들의 얽힌 비밀을 밝히고 그들을 위험에서 구해내야 하는 등 여러 가지 다양한 서사의 흐름이 존재한다. 또한 사용자의 능동적 선택에 따라 결말이 달라지는 멀티엔딩(multi‑ending)으로, 성아의 해피앤딩(happy‑ending)·노멀앤딩(normal ending), 지현의 해피앤딩·노멀앤딩, 소영의 해피앤딩·노멀앤딩·배드앤딩(bad ending)의 총 7개의 엔딩 등이 제공된다.

이 작품은 국내 게임 시장에서는 익숙하지 않은 한밤중의 학교를 게임의 주무대로 삼았다는 점에서, 그리고 평범한 의미의 공간이 아님을 암시하는 초반 오프닝 화면에서부터 심상치 않은 분위기를 풍긴다. 학교는 단순히 배움의 장을 넘어 우리의 생활과 밀접한 관련을 지닌 공동의 공간임에도 불구하고, 이 작품은 학교라는 친숙한 공간을 통해 자기 자신의 내면의 공포와 만나는 다른 의미의 공간성을 도출해 내는 데 성공한다.

작품의 배경이 되는 학교는 단순한 공간이 아니라, 일상적으로 반복되면서도 하루하루 동일하지 않는, 사소하면서도 매시간 달라지는 다양한 사건이 변주될 수 있는 가능성의 공간이다. 이 작품은 학창 시절 누구나 경험했거나 혹은 공감하는 이성 간의 미묘한 감정을 시발점으로 하면서, 완만한 공포의 전개를 통해 학교가 가진 공포성[238]을 극대화한다. 교육환경의 압박이나 주입식 교육,

---

[238] ≪화이트데이≫는 메인 테마곡으로 황병기의 <미궁>이 사용되어 한 층 기괴한 분위기를 고조시킨다. 1975년 초연(初演)되어 그 전위성과 파격성으로 세상을 놀라게 한 <미궁>이 30년의 세월을 거슬러 컴퓨터시대의 메카, 게임의 효과를 극대화시키는 데 기여한다는 것은 컴

개성의 억제, 학생인권의 유린 등의 사회적 문제성과 개인의 내면
에 도사리는 심리적 병상을 자극함으로써 공포를 유발하는 동시
에 극복할 수 있도록 유도한다.

　이에 비해 미래 지향적인 세계관도 존재한다. 프로게이머라는
신종 직종의 탄생과 함께 한국 디지털 문화의 위상과 온라인게임
시대의 개막에 기여한 명실상부한 전략게임의 선두 ≪*Star Craft*≫,
애니메이션과 게임의 경계를 무너뜨린 ≪*Final Fantasy*≫, 공존할
수 없는 별개의 영화 속 캐릭터를 게임에서 대결하게 한 ≪*Alien
VS. Predator*≫, 유명한 애니메이션의 로봇 캐릭터를 게임으로 초
혼한 ≪*Super Robots War*≫ 등이 그것이다.

　상기 언급한 것처럼 컴퓨터게임의 문학적 요소는 전통적인 문
학의 잣대로는 온전하게 판단 및 평가하기 힘든 영역에 속한다.
다만 컴퓨터게임의 작가와 독자의 경계를 넘나드는 자유도 등의
독특한 내러티브와 인터랙티브한 시스템은 소설의 기법적 측면에
시사하는 바가 크다. 그 일례로 소설가 김원보는 컴퓨터게임 문학
의 기법을 소설기법으로 적용한다. 즉 인물, 사건, 배경 식으로 플
롯을 짜나가는 게 아니라 이미 미분화된 전체를 상정한 다음에
단계적으로 조각해 나가면서 시작과 끝의 절대성을 갖지 않는다.
또한 사건의 설명이 아니라 구상된 세계를 언어로 풀어가는
것[239]에 의의를 둔다. 컴퓨터게임 문학의 현주소를 논하는 자리에
서 김원보에 주목하는 이유는 그가 정통적인 소설과는 대조적인

　퓨터 매개 문학에 있어서 전통과 기존 예술작품과의 활발한 교류와
　연계성을 보여주는 좋은 예라고 할 수 있다.
239) 이러한 관점은 박경리의 ≪토지≫를 게임의 지각방식으로 접근한 최
　유찬의 논문과 일치한다.

기법과 상상력으로 창작하기 때문이다.

김원보는 1999년 통신문학 작가로 데뷔하여 SF장르의 ≪엑시드 맨≫을 연재하였으며, 괴테의 <마왕>을 모티브로 한 단편소설 <마왕의 기원>[240]을 발표했다. 그는 국내 최초의 온라인게임 <단군의 땅>의 제작에 참여했던 전력에 걸맞게 컴퓨터게임의 진화에 따라 성장했다고 당당히 주장한다. 그의 주요한 관심사는 게임 자체보다는 게임의 기호 체계와 알고리즘이었으며, 이러한 게임적 모티브와 상상력을 문학적으로 수용하기 위한 방법론을 고민하게 되었다.[241] 이러한 작업은 컴퓨터게임의 패턴, 특징, 유형, 요소를 소설기법의 관점에서 분석함으로써 텍스트 위주의 장르나 영상 위주의 장르와는 다른 컴퓨터게임의 독창성을 적극적으로 창작에 반영한 사례이다.

C. 컴퓨터게임 문학의 과제

컴퓨터게임 문학은 본격적인 문학과는 변별된다. 컴퓨터게임 문학은 텍스트 의존도가 낮을 뿐만 아니라 읽고 인지하는 전통적

---

240) 이 작품에 대해 최유찬은 "일관된 줄거리로 제시되는 이야기가 아님에도 불구하고 전체적으로 통일되고 완결된 형상이 빚어지고 있다"며 "기억의 단편들을 제시해 독자들에게 그 전체를 완결시키도록 하는 서술기법은 결코 우연히 사용된 게 아니며 파편적인 데서 총체를 인식할 수 있게 하는 수법을 원용한 것으로 서사의 속도, 정보 전달량, 적응 범위를 넓히는 데 유력한 방법"이라고 평가했다.
241) 이성욱, "게임에 빠진 다른 문화", 인터넷 한겨레21. http://www.hani.co.kr 참조.

독서방식이 적용될 수 없으며, 서사의 진행은 단속적이며 순발적이다. 따라서 서사의 흐름에 따르는 논리적 긴장감은 결여 혹은 미흡한 반면, 시각적 자극으로 인해 극적 효과는 증대된다. 이러한 차이점은 비단 컴퓨터게임 문학만의 문제가 아니라, 컴퓨터 매개 문학의 경우 그 정도의 차이가 있을 뿐 모두 해당된다고 볼 수 있다. 하이퍼텍스트 문학의 경우를 보면, 시작(starting point)은 있으나 끝이 없다. 끝으로 향하기 위한 도정과 끝을 찾기 위한 과정 자체에 의의가 있으며, 그것이 바로 하이퍼텍스트 문학의 가장 중요한 특성 중 하나인 비선형성이다.

이에 비해 컴퓨터게임 문학은 시각과 청각, 영상 등 디지털기술에 힘입어 작가 혹은 디자이너의 의도를 전달한다는 점에서 하이퍼텍스트 문학의 발전된 형태인 하이퍼미디어와 흡사하다. 다만, 컴퓨터게임 문학은 시작도 있고 끝도 있다. 그런 의미에서 선형적이다. 컴퓨터게임 문학은 서사에 기반을 두지 않는다. 결말을 알고자 하는 욕망이 독자를 자극하는 서사와 달리, 행동을 기반으로 하는 게임의 결말은 처음부터 예고된다. 예고된 결말을 향해 보다 효율적으로 접근하여 목표를 달성하는 것이 게임의 본질이기 때문이다. 또한 서사의 틀은 게임에 정확히 들어맞지 않는다. 물론 이것은 어디까지나 '비유'일 뿐이며, 일단 본격적인 컴퓨터게임에 임하게 되면 서사보다는 시각 영상과 이벤트로 인해 스토리를 무시하게 된다. 즉 어떤 서사적 요소 없이도 컴퓨터게임을 즐길 수 있다는 점에서 컴퓨터게임 문학의 위상은 모호할 수밖에 없다.

특히 시간의 문제에 있어서 게임의 시간은 현재적인 반면, 서사의 시간은 과거적이다. 여기에서 게임의 일시성과 서사 간의 갈

등이 기인한다. 또한 공간의 문제에 있어서 게임의 공간은 목표를 달성하거나 혹은 주변을 탐사하는 등 사용자의 목적이나 상황에 따라 무제한으로 확대될 수 있는 반면, 서사의 공간은 독자로 하여금 중요한 부분에만 집중하도록 인도한다. 여기에서 게임의 자유성과 서사의 자율성이 변별된다. 게임은 사용자가 명령을 내리거나 참여하는 동안만이 아니라 단순히 '접속'이나 '실행'되어 있는 상태에서도 게임이 진행되고 있다. 이는 종이책을 펼쳐 놓는 것만으로 독서행위가 이루어지지 않는다는 사실과 비교해 보면 상당히 대조적이다.

컴퓨터게임은 경제적인 서사의 틀을 통해 수의적인 참여를 유도한다. 게임 사용자의 경험과 숙련도, 선택과 결정에 따라 각기 상이한 과정과 경우에 따라서는 상이한 결말에 이르게 된다. 물론 컴퓨터게임 문학은 기존의 문학적 통념에 비추면 문학의 범주 안에서 언급할 만한 가치판단을 내리기 힘들다. 우선 컴퓨터게임의 문학 혹은 서사는 텍스트화되어 있으면서 동시에 하이퍼텍스트의 일정 차원까지도 넘어서고 있으며, 동시에 인간과 프로그램의 상호작용에 의해 운용되기 때문이다.

문학 행위를 인간과 책의 상호작용이라고 표현할 수 없는 만큼, 컴퓨터게임의 서사행위가 '상호작용'을 통해 이루어진다는 점은 전통 문학과는 다른 범주에 존재하고 있음을 보여준다. 오히려 독서행위가 발상하는 형식적 측면에서 하이퍼텍스트나 하이퍼미디어와 유사성을 보여주고 있으며, 단순히 텍스트의 행간(行間)을 이해하는 것이 아니라, 마치 영상체험을 통해 서사를 면간(面間)으로 이해하는 영화감상법과도 유사하다. 따라서 컴퓨터게임은 문

학의 관점에서는 여전히 비문학이지만, 컴퓨터게임의 제작에 있어
서 문학의 비중이 지대하며, 문학성이 관건이 되고 있다.

사이버스페이스, 네트워크로 연결된 가상현실 속에서만 작동되
는 컴퓨터게임은 또 하나의 분명한 '이야기'를, 삶의 '단면'을 보
여주는 형이상학적 '가상현실'을 구축한다. 이것은 중첩된 가상적
현실의 엄연한 층위이다. 박상우242)는 왜 사람들이 컴퓨터게임에
매혹되는지를 비교적 명료하게 설명하고 있다. 사용자들은 자신에
게 주어진 역할을 현실 세계와의 갈등 없이 충실히 반응하면서
컴퓨터게임에 빠져든다. 관객이 영화나 다른 매체에서 단지 수용
자의 입장에 서 있었다면, 게임의 사용자는 컴퓨터게임 속에서 적
극적인 이야기의 창조자가 된다. 컴퓨터게임의 경험에 기반을 둔
의사 체험은 컴퓨터게임이 끝난 후에도 컴퓨터게임에 대해 말하
고자 하는 욕망을 증폭시키면서 스스로를 주체화시킨다. 바로 이
러한 상상적 효과 때문에 그토록 많은 사람들이 컴퓨터게임에 빠
져든다. 따라서 하나의 컴퓨터게임에 '빠져 든다'는 것은, 또 다른
하나의 현실 혹은 삶을 '살아간다'는 의미가 된다.

그렇다면 왜 사람들은 컴퓨터게임에 중독되어 실상(實像)이 아
닌, 가상 혹은 허상에 갇혀 있기를 원하는가. 사용자들은 자신이
선택한 컴퓨터게임이라는 가상현실을 살아가는 것이며, 그 속에서
해야 할 경험치(공부)를 쌓고, 퀘스트(업무)를 완수하고 있기 때문
이다. 따라서 컴퓨터게임을 외부의 압력에 의해 중단한다거나 방
해받는 것은 중차대한 일신상의 문제가 된다. 오프라인의 실제현
실에서도 삶의 방식을 '선택'한다. 그러나 그 선택은 대단히 획일

---

242) 박상우, "게임이 이야기하는 전쟁", 창작과비평, 여름호, 2003.

적이며, 선택을 강요하는 사회와 가정의 잣대는 때로는 교조적이기까지 하다.

이에 비해 컴퓨터게임은, 비록 실상의 관점에서는 가상에 불과하지만, 스스로 선택하는 현실이며, 얼터에고(alter-ego)에 해당하는 각자의 아바타(Avatar)를 통해 대신 살게 하는 어떤 의미에서는 완전한 자립과 독립의 공간이다. 이러한 게임이 만들어 내는 독특하고 창의적인, 그리고 혼돈스러운 세계를 상징하는 이름으로 가장 적당한 것은 사이버스페이스도 가상현실도 아닌, 일종의 '아발론(Avalon)'이라고 할 수 있다. 아발론은 북유럽의 전설과 아더왕의 전설에 나오는 전사들의 안식처로서, 아더왕의 시신이 안치된 섬으로 알려져 있다. 이후 컴퓨터게임 장르 중 특히 RPG 장르는 "아더왕의 전설"에서 모티브를 발전시켰으며, 상처 입은 영웅들이 아발론에서 부활하여 다시 거친 현실의 삶 속에 뛰어들 힘을 재충전하듯이, 컴퓨터게임 속에서 수많은 아바타들은 싸우고, 상처입고, 죽고, 치유하고, 부활한다.

컴퓨터게임에 중독되는 많은 청소년들은 실상 컴퓨터게임을 '즐기거나' '시간을 보내는' 것이 아니다. 그들은 현실의 잣대로 보면, 무능하고 열등하며 앞날이 캄캄한 인생의 '어린 낙오자'로 치부될 수도 있다. 그러나 그들은 컴퓨터게임 속에서 나름대로 '살아가고' 있으며, 그러한 가상적 삶을 통해서 현실이라는 '레드 오션(Red Ocean)'으로부터 조난당한 자신의 내상(內傷)을 치유하는지도 모른다. 현실 속에서 인정받지 못하고 혹은 충족되지 못한 부분을 대체하고 대리만족하기 위해 컴퓨터게임 속에서 제2의 자아를 창조하고 수많은 난관과 모험을 통해 성장하여 마침내 영웅이 된다. 현실에서는 기성의 질서 속에 속박당하는 '유한의 노예'이지만, 컴퓨터게임 속에서만큼은 '무한의 주인'이 된다.

결국 세속적인 잣대로 천편일률적인 재단된 삶만을 강요당하는 매정한 현실에 의해 상처 입은 '어린 영웅'들이 영혼의 내상을 치유하는 블루 오션(Blue Ocean)의 아발론이야말로 컴퓨터게임의 문학적 내성이다. 문학의 본질이 허구를 통해 인간의 영혼을 위무하는 것이라면, 가상을 통해 현실의 고통을 치유하고 회복 혹은 부활을 도모하는 컴퓨터게임문학은 컴퓨터를 매개로 하여 게임화된 문학이라고 할 수 있다.

이처럼 컴퓨터게임 문학의 논의는 기존 컴퓨터 매개 문학의 일반론을 두루 통해 이루어져야 하기 때문에, 컴퓨터게임 문학은 컴퓨터 매개 문학에 있어서 매우 특별한 위상을 지닌다. 특히 컴퓨터게임을 문학적으로 접근할 수 있는 근거는 시간상(temporal situations)에서 구조적으로 서사성을 가진다는 점과 인터렉티브 픽션이나 하이퍼텍스트·하이퍼미디어에 비해 참여도가 월등하다는 점이다. 즉 서사성을 유발하는 요소와 그 관계에 대한 세부적 연구를 바탕으로 컴퓨터게임 문학에 대한 이론적 접근이 가능하다는 것을 제시하는 목적과, 컴퓨터게임 문학이 전통적인 문학작품으로 자리 매김한다거나, 반대로 문학의 범주에 속하지 않는다는 등의 결정론을 배격한다. 컴퓨터게임 문학의 자리 매김은 아직 온전하지 않다. 기존의 문학적 토양이 아닌, 새로운 영역을 마련할 수도 있지만, 잠정적으로 컴퓨터 매개 문학의 한 현상으로서 바라보는 시각이 무난하리라 본다.

에필로그

　디지털의 괄목할 발전은 매체의 유형과 전달방식의 변화를 유도하고, 매체의 진화는 문학의 생산과 수용, 그리고 유통과정과 방식에도 지속적인 영향을 준다. 문학과 미디어와의 관계는 문학이란 형태가 탄생하면서부터 불가분의 관계를 맺고 있다. 문학은 궁극적으로 소통을 지향하며, 매체는 이러한 소통을 원활하게 혹은 효율적으로 전달하기 위한 수단으로서, 다양한 정보와 자료를 다양한 방식으로 저장 및 유통하는 기술적 장치를 의미한다. 그러므로 문학은 매체와 불가분의 관계일 수밖에 없다. 본 고는 컴퓨터가 지닌 매체성에 주목하여 이를 '컴퓨터 매개 문학'이라 규정하고, 컴퓨터의 매체성에 대한 이해와 매체환경 변화에 따른 문학의 전환양상에 대해 컴퓨터 매개 문학의 시발점이라고 할 수 있는 커뮤니티 문학, 이론적 토대를 형성하는 하이퍼텍스트 문학, 그리고 새로운 매체성으로 대두되는 컴퓨터게임 문학을 통해 진단했다.

　우선 커뮤니티 문학은 소규모 동호회 중심으로 탄생된 만큼, 장르적으로 편중되어 있으며, 문학성보다는 대중성을 중시하는 등 유행에 민감하게 반응하는 양상을 보여주고 있다. 좋은 작품은 장르성을 바탕으로 심도 있는 주제의식과 문학성을 내포하기 위한 적절한 장치를 마련해야만 한다. 그런 의미에서 커뮤니티 문학에서 발아되어, 정통문학을 대리모로 성장한 작가들의 작품을 주목해 볼 필요가 있다. 커뮤니티 문학의 시발점이 된 동호가 단순한 동락의 차원에 머물지 않도록 적절한 비판적 검토와 성찰이 이루어져야 할 것이며, 이는 매체의 변화에 따라 도태되지 않는 새로운 문학의 질서를 감당하는 첩경이다.

하이퍼텍스트 문학은 하이퍼텍스트를 이용한 문학으로 하이퍼텍스트가 기술적 측면이라면 하이퍼텍스트 문학은 예술적 측면이다. 하이퍼텍스트 문학이 진정으로 텍스트를 포월하기 위해서는 수많은 네트의 얽힘과 풀림이 존재해야 하며, 그러한 문학적 타래의 감김과 매듭의 과정을 반복함으로써 독자는 진정한 하이퍼텍스트 사고방식을 체득할 수 있게 된다. 작금의 하이퍼텍스트는 멀티미디어를 통한 하이퍼미디어를 지향하고 있다. 미학적 감수성과 매체를 능숙하게 다루는 기술의 조화가 잘 어우러질 때 하이퍼텍스트 문학의 진정한 자리 매김이 가능해질 것이다.

컴퓨터게임 문학은 텍스트 의존도가 낮을 뿐만 아니라 읽고 인지하는 전통적 독서방식이 적용될 수 없으며, 서사의 진행은 단속적이며 순발적이다. 따라서 서사의 흐름에 따르는 논리적 긴장감은 결여 혹은 미흡한 반면, 시각적 자극으로 인해 극적 효과는 증대되어 하이퍼미디어와 흡사하다. 이처럼 컴퓨터게임 문학의 논의는 기존 컴퓨터 매개 문학의 일반론에 맞물려 전개되므로, 컴퓨터 매개 문학에 있어서 매우 특별한 위상을 지닌다.

이처럼 디지털의 괄목할 발전은 컴퓨터 매개 문학의 토양이 되고, 매체의 유형과 전달방식의 변화를 유도하면서, 결과적으로 매체의 진화는 문학의 생산과 수용, 그리고 유통과정과 방식에 지속적인 영향을 주게 된다. 문학과 미디어와의 관계는 문학이란 형태가 탄생하면서부터 불가분의 관계를 맺고 있다. 문학은 궁극적으로 소통을 지향하며, 매체는 이러한 소통을 원활하게 혹은 효율적으로 전달하기 위한 수단으로서, 다양한 정보와 자료를 다양한 방식으로 저장 및 유통하는 기술적 장치를 의미한다. 이에 따라 정보제공자와 정보편집자의 관계를 통해 제공된 정보를 '검색'하고 '선택'하고 '편집'함으로써 지식 및 정보의 저장과 공유가 가능하게 되었다.

한 시대의 지배적인 언어 코드와 전승 방식은 당대시대와 매체, 과학기술의 발달에 따라 영향을 받기 마련이다. 이에 따라 작가는 구술문화나 문자문화시대와 달리, 창작에 대한 기존의 권좌에서 물러나 독자의 적극적인 참여와 편집적 개입을 수용해야 하는 등 생산방식의 변화를 겪게 된다. 독자의 경우, 디지털시대 지식의 정보화·공유화·편집화 추세에 따라 단순히 작가에 의해 창작된 작품을 제공받는 수동적인 입장에서 진일보하여, 지식과 정보를 검색하고, 재편집함으로써 정보수집력과 편집능력을 확보해야 할 책임과 창작에 능동적으로 개입하는 권리를 확보하는 등 수용방식의 변화를 주도한다.

이러한 추세에 따라 출판문화도 패러다임의 전환기를 맞고 있다. 특히 매체에 대한 출판적인 이해와 다양한 매질 연구 등을 통해 기존 인쇄출판물 형태에서 벗어나 영상과의 결합, 전자출판물의 시도 등 변신을 도모하고 있다. 더불어 유통구조의 혁신을 가져오면서 제작비와 유지비를 절감하고, 재고로 인한 부담을 해소

하는 등 순기능을 담당하고 있다. 또한 이러한 출판 환경의 변화
는 단순한 정보운영 도구로써 디지털화된 장서를 수록하는 기존
도서관의 확장형태에서 보다 구체적으로 자료·정보·지식에 대
한 생성·사용·보존의 전 사이클을 지원하는 장서, 서비스 그리
고 사람을 포함하는 전자도서관을 구축하기에 이르렀다.

　결론적으로 컴퓨터 매개 공간에서 이루어지는 컴퓨터 매개 문
학은 디지털시대를 가장 효과적으로 반영할 수 있는 문학 형태로
서, 정보 및 지식의 코드화·편집화 과정을 적극적으로 문학화함
으로써 실제현실뿐만 아니라 가상현실로 문학적 상상력의 공간성
을 확장했으며, 전자매체를 활용한 새로운 창작방법론과 독서방법
론의 필요성을 인식시켰을 뿐만 아니라, 전자문화시대의 작가와
독자 역할에 대한 재조명, 그리고 출판 및 유통방식의 긍정적 변
화와 비전을 제시했다는 데에 의의가 있다. 이제 컴퓨터는 정보사
회의 메카로서 일체 매체의 구심점이라 해도 과언이 아니다. 컴퓨
터를 매개로 하는 매체의 급속한 성장은 하이퍼미디어와 미디어
믹스, 자동복제 및 무한재생의 새로운 방식을 배태했으며, 컴퓨터
매개 매체의 혁명은 문학의 생산과 수용, 유통에 지대한 영향을
미치게 된다. 따라서 이제 디지털 문화에 대한 다방면의 이해와
연구, 멀티미디어시대에 대한 영상적 상상력과 발상의 전환, 매체
의 적극적 활용을 위한 창작방법론의 개발, 하이퍼텍스트와 하이
퍼미디어, 내러티브에 대한 학문적 접근 등 매체 변화에 따른 능
동적이고 지속적인 노력이 요구된다.

참고문헌

ⓐ 자료: 출판·출시

강철제국. 손노리. 1999.
김도현. 로그인. 창작과비평사. 1996.
김민영. 옥스타칼니스의 아이들. 황금가지. 1999.
김온영. 사과전쟁. 세명출판사. 1996.
복거일. 파란 달 아래. 문학과지성사. 1992.
씰. 가람과바람. 2000.
악튜러스. 손노리&그라비티. 2000.
어스토니아 스토리. 손노리. 1994.
열혈강호. KRG소프트. 2001.
염승호. 하이브리드. 홍익출판사. 1995.
용대운. 태극문. 뫼. 2001.
유재용. 청룡장. 시공사. 2001.
이성수. 스핑크스의 저주. 고려원미디어. 1993.
이성수. 아틀란티스 광시곡. 햇빛출판사. 1991.
이수영. 귀환병 이야기. 황금가지. 1998.
이영도. 드래곤라자. 황금가지. 2001.
이우혁. 퇴마록. 들녘. 1994.
전동조. 묵향. 명상. 1999.

조진행. 천사지인. 청어람. 2001.

최후식. 표류공주. 시공사. 2000.

하얀마음백구. 한빛소프트. 2000.

화이트데이. 손노리&위자드소프트. 2001.

황세연. 나는 사랑을 믿지 않는다. 홍익출판사. 1996.

황유선. 마지막 해커. 두리. 1998.

목진요. A Circular Story. www.geneo.net/story

목진요. Rabbit & Peach. www.geneo.net/flash/flashcover.html

박경일. Hello Book. www.hellobook.org

설은아. 5.Jan.2000. www.seoleuna.com/2nd/glance/glancestart2.htm

설은아. a thought −out of plan. www.seoleuna.com/2nd/glance/glancestart8.htm

설은아. fever. www.seoleuna.com/2nd/glance/glancestart3.htm

설은아. the casting. www.seoleuna.com/2nd/glance/glancestart9.htm

설은아. tracks. www.seoleuna.com/2nd/glance/glancestart1.htm

설은아. what's wrong? www.seoleuna.com/2nd/glance/glancestart1.htm

장영혜. Jongno. www.yhchang.com/JONGNO_KO.html

장영혜. Lotus Blossom. www.yhchang.com/LOTUS_BLOSSOM_KO.html

장영혜. The End. www.yhchang.com/THE_END_KO.html

장영혜. The Sea. www.yhchang.com/THE_SEA.html

언어의 새벽. eos.mct.go.kr

디지털 구보 2001. www.wisebook.com/booktopia/contents/hypertext

Ben Benjamin. Super Bad. www.superbad.com

David Schwartz. Ma Jolie. www.cyberartsweb.org/cpace/111/jolie/first_page.html

Han Hoogerbrugge. Modern Living. www.hoogerbrugge.com

Lew Baldwin. Red Smoke. www.redsmoke.com

Mark Amerika, www.grammtron.com

Michael Joyce. Afternoon, A Story. www.eastgate.com/catalog/Afternoon.html

Stuart Moulthrop. Victory Garden. www.eastgate.com/catalog/VictoryGarden.html

ⓑ 인쇄물: 단행본 · 논문

강심호. 디지털 에듀테인먼트 스토리텔링. 살림. 2005.

강진숙 · 김기태 · 김성벽 외. 출판@디지털 커뮤니케이션. 이진출판사. 2001.

권택영. 다문화시대의 글쓰기. 문예출판사. 1997.

김병익. 무서운, 멋진 신세계, 문학과지성사, 1999.

김성도. 디지털 언어와 인문학의 변형. 경성대출판부. 2003.

김유정. 컴퓨터 매개 커뮤니케이션. 커뮤케이션북스. 1998.

김재국. 디지털시대의 대중소설론. 예림기획. 2002.

김종회 편. 사이버 문화 하이퍼텍스트 문학 – 이론편. 국학자료원. 2005.

김종회 편. 사이버 문화 하이퍼텍스트 문학 – 작품편. 국학자료원. 2005.

노르베르트 볼츠. 구텐베르크 – 은하계의 끝에서. 윤종석 역. 문학과 지성사. 2000.

노르베르트 볼츠. 컨트롤된 카오스. 윤종석 역. 문예출판사. 2000.

니시오 쇼지로 外. 정보의 공유와 통합. 김재명 · 김진천 역. 2001. 한 국학술정보.

니시오 쇼지로 外. 정보의 구조화와 검색. 김후곤 · 조재원 역. 2001. 한국학술정보.

니콜라스 네그로폰테. 디지털이다. 백욱인 역. 커뮤니케이션북스. 1999.

다니엘 벨. 정보화 사회와 문학의 미래. 서규환 역. 디자인하우스. 1993.

다이안 맥도웰. 담론이란 무엇인가. 임상훈 역. 1994.

데이몬 나이트. 소설창작법. 김달용 역. 신구문화사. 1996.

데이브 모리스 · 앤드류 롤링스. 게임아키텍쳐&디자인1. 한쿨임 역. 제우미디어. 2001.

데이비드 하워드 外. 시나리오 가이드. 심산 역. 한겨레신문사. 1999.

들뢰즈 · 가타리. 소수집단의 문학을 위하여. 조한경 역. 문학과 지성 사. 1992.

디자인문화실험실. 판타지 스케이프. 안그라픽스. 2002.

디플. 플롯. 문우상 역. 문학비평총서, 10. 서울대학교출판부. 1984.

라도삼. 비트의 문명 네트의 사회. 커뮤니케이션북스. 1999.

로널드 B. 토비아스. 인간의 마음을 사로잡는 스무가지 플롯. 김석만
      역. 풀빛. 1997.

리차드 루즈. 게임 디자인 이론과 실제. 최현호 역. 정보문화사. 2001.

린다 카우길. 시나리오 구조의 비밀. 이문원 역. 시공아트. 2003.

마크 포스터. 뉴미디어의 철학. 김성기 역. 민음사. 1994.

미하일 바흐친. 바흐친의 소설미학. 이득재 역. 열린책들. 1988.

박기순. 인간 매체 커뮤니케이션. 커뮤니케이션북스. 2000.

브릿지 패트로브스키 外. 온라인 게임기획 이렇게 한다. 송기범 역.
      제우미디어. 2003.

빌렘 플루서. 디지털시대의 글쓰기. 윤종석 역. 문예출판사. 1998.

삐에르 부르디외. 혼동을 일으키는 과학. 문경자 역. 솔. 1994.

사이버문화연구소. Cyber is. 역사넷. 2001.

성동규 · 라도삼. 인터넷과 커뮤니케이션. 한울아카데미. 2000.

아나톨리 일리치 라키토프. 컴퓨터 혁명의 철학. 이득재 역. 문예출
      판사. 1996.

안영순 · 노시훈. 영화와 애니메이션을 위한 36가지 극적 플롯. 동인. 2002.

안자이 유이치로 外. 정보의 창출과 디자인. 이호숭 · 권만우 역.
      2001. 한국학술정보.

안토니 이스트호프. 문학에서 문화연구로. 임상훈 역. 현대미학사. 1994.

앤드류 롤링스 · 어인스트 아담스. 게임기획개론. 송기범 역. 제우미
      디어. 2004.

앤드류 호튼. 캐릭터 중심의 시나리오 쓰기. 주영상 역. 한나래. 2000.

앤소니 이스트호프. 문학에서 문화연구로. 임상훈 역. 현대미학사. 1996.

앨빈 토플러. 제3의 물결. 이규행 역. 한국경제신문사. 1989.

어스틴 그로스만. 성공으로 이끄는 게임개발 스토리. 이강훈 역. 에

이콘. 2004.

월터 J. 옹. 구술문화와 문자문화. 이기우 역. 문예출판사. 1995.

웨인 C. 부우드. 소설의 수사학. 최상규 역. 새문사. 1985.

이남호. 문화제국쇠망약사. 생각의 나무. 2004.

이용욱. 사이버문학의 도전. 토마토. 1996.

이인화 外. 디지털 스토리텔링. 황금가지. 2003.

이재현. 인터넷과 사이버사회. 커뮤니케이션북스. 2000.

이재홍. 게임 시나리오 작법론. 정일. 2004.

자넷 머레이. 인터랙티브 스토리텔링. 한용환·변지연 역. 안그라픽
    스. 2001.

쟈크 아탈리. 21세기 사전. 전혜원 역. 중앙 M&B. 1999.

전경란. 디지털 게임의 미학. 2005. 살림.

정영미·안현수. 전자도서관 구축론. 구미무역출판부. 1998.

제랄드 프랭스. 서사학. 최상규 역. 문학과지성사. 1988.

제임스 버크. 우주가 바뀌던 날 그들은 무엇을 했나. 장석봉 역. 지
    호. 1999.

제임스 버크. 지식혁명이 남긴 위대한 유산. 박정현 역. 청아출판사. 2001.

조은하. 게임 시나리오 작법: 구성편. 한국게임산업개발원. 2005.

조은하. 게임 시나리오 작법: 인물편. 한국게임산업개발원. 2004.

조형제. 한국사회학. 민음사. 1996.

최영. 뉴미디어 시대의 네트워크 커뮤니케이션. 커뮤니케이션북스. 1998.

최혜실. 디지털 시대의 문화읽기. 소명출판. 2001.

출판문화산업진흥법 공동대책위원회. 출판문화산업진흥법제정방안. 1999.

크리스토퍼 보글러. 신화, 영웅, 그리고 시나리오 쓰기. 함춘성 역.
    무우수. 2005.

탁석산. 한국의 정체성. 책세상문고. 2000.

톰 메이그스. 실제로 쓰이는 게임기획 이렇게 한다. 최혁준 역. 제우
    미디어. 2004.

팀 조단. 사이버파워. 사이버문화연구소 역. 현실문화연구. 2001.

폴 길스터. 디지털 리터러시. 김정래 역. 해냄. 1999.

한기호. 디지털과 종이책의 행복한 만남. 창해. 2000.

한혜원. 디지털 게임 스토리텔링. 살림. 2005.

강내희. "디지털시대의 문학하기." 문화과학, 6(1996. 봄).

강내희. "문학의 힘, 문학의 가치." 문화과학. 13(1997. 겨울).

고장원. "파란 달 아래를 읽고." 월간 SF웹진. 2002. 2.

권상희. "다사용자 온라인 롤플레잉 게임(MMORPG)의 인터페이스의
　　　의미작용 연구." 한국방송학회 춘계 정기학술대회 논집. 2004

권성우. "PC통신과 비평의 역할." 버전업, 5(1997).

권택영. "이영도, 판타지에 녹여낸 인문학 소양." 동아일보, 2000. 12. 17.

김대익. "하이퍼텍스트 – 비순차적 글쓰기, 코드변환", 아크포럼, 9910
　　　(1999. 10).

김병익. "신세대와 새로운 삶의 양식, 그리고 문학." 문학과사회,
　　　30(1995. 여름).

김보영. "지식정보의 의미에 관한 단상." 정보트러스트센터. 2003. 9. 28.

김성곤. "대중매체와 글쓰기." 현대비평과 이론, (1992. 가을 / 겨울).

김성곤. "멀티미디어 시대와 미래의 문학." 문학사상, 11(1994).

김성곤. "문자매체 – 전자매체의 공존과 대화." 동아일보. 2000. 5. 9.

김성재. "문학과 멀티미디어." 문학정신, 91(1994. 5).

김영민. "종이책의 운명 – 정보혁명과 뿌리깊은 진보." 출판저널, 1997.

김정근. "한국문헌정보학의 재건 – 전술전환과 관련하여." 도서관문화,
　　　41(2000).

김진량. "소설과 컴퓨터 게임에서 시간의 서사적 재현 양상." 내러티
　　　브, 8(2003).

김진량. "하이퍼텍스트 연구 1." 한민족문화연구, 2집(1997).

김태수. "변환기의 문헌정보학." 제8회 공동학술대회 논집. 한국정보
　　　관리학회. 2000.

김홍년. "통신문학에 대해." 한국통신작가협회 심포지움. 1997.

노병성. "한국 전자출판산업의 현황과 영향에 관한 연구." 출판학연구. 1997.

도태현. "한국 문헌정보학과 도서관의 당면문제." 한국도서관정보학회학술회, 2000.

박동숙·최정윤. "온라인게임의 가상현실경험에 관한 연구", 프로그램텍스트, 3(2000).

박상우. "게임이 이야기하는 전쟁." 창작과비평(2003. 여름).

박준식. "정보환경의 변화와 사서의 역할 변용." 한국도서관·정보학회지, 31(2000).

박준식·김정현. 뉴미디어와 도서관. 계명대학교 출판부. 1992.

백욱인. "21세기 디지털문명을 이해하는 12가지언어." 중앙일보. 2000. 3. 28.

브왈로 나르스. "추리소설의 기원." 미스테리하우스, 2001. 11. 26.

서정옥. "정보기술의 현재와 미래." 과학사상, 18(1996).

송충식. "매스 미디어 혁명." 경향신문, 1999.3.1.

신용언. "E-Book현황 및 정책적 대응방안." 국제E-Book포럼, 7(2000).

우리히 브로이히. "추리문학에 대하여." 미스테리하우스, 2001. 11. 26.

우찬제. "디지털시대의 새로운 감각, 그 인공화학적 합성지도." 비평공간.

우찬제. "정보화시대의 문학." 정보예술의 미래. 한국정보문화센터. 1995.

유종윤. "디지털 테크놀로지 시대의 문학." 사이버문화연구소, 2000.

유종윤. "새로운 출발점에 선 사이버문학론." Viewing, 빈터문학동인회, 2002.

윤성노. "디지털 북 바람몰이-종이책의 틈새를 뚫는다." 경향신문, 2000. 5. 5.

윤준수. 인터넷과 커뮤니케이션 패러다임의 대전환. 커뮤니케이션북스. 1998.

이동연. "문학실천의 전환을 위한 구성조건." 문화과학, 6(1994. 여름).
이용준. "온라인출판과 정보서비스업으로서의 출판산업." 출판연구, 9(1997).
이제환. "전환기 한국문헌정보학의 새로운 패러다임 모색", 도서관학 논집, 28(1996).
이종도. "인터넷시대의 글쓰기." 주간조선, 1629(2000. 11. 23).
이택수. "디지털타임즈." 한국첨단게임산업협회.
장석주. "글쓰기와 글읽기 혁명적 전환－PC통신과 미래 문학." 문학사상, 265(1994. 11).
정동열. "지식기반시대 대학도서관의 역할", 도서관정보세미나, 사립대도서관회, 2000.
조미숙. "사이버소설의 미적 구조 연구." 문학 한글, 17(2003.12.30).
진교훈. "정보화 사회의 윤리문제", 과학사상, 18(1996).
최정윤. "다사용자 온라인 게임의 상호작용과 가상현실 경험에 관한 연구." 이화여대 신문방송학과 석사학위논문, 2000.
호승희. "멀티미디어문학－중세의 마법과 판타지." 한국문화예술진흥원.
호승희. "멀티미디어문학－의협의 세계 무협소설." 한국문화예술진흥원.
호승희. "사이버스페이스의 문학－통신문학 또는 온라인문학." 한국문화예술진흥원.
황선열. "통신문학의 소통성과 단절성에 대하여." 작가홈페이지.
황찬욱. "컴퓨터와 문학." 문학정신, 90(1994. 4).

Andrew Glassner. *Interactive Storytelling*, AK Peters, Ltd., 2004.
Annette Simmons. *The Story Factor*. Perseus Books Group, 2002.
Blake Snyder. *Save The Cat!*. Michael Wiese Productions, 2005.
Brian Arnold. *Exploring Visual Storytelling*. Thomson Delmar Learning, 2006.
Carolyn Handler Miller. *Digital Storytelling*, Focal Press, 2004.

Charles F. Urbanowicz. *Anthropology*, Cyberspace, and the Internet. Chico, 1996.

Cynthia Goodman. *Digital Visions: Computers and Art*. New York: Harry Abrams. 1987.

David A. Lauer. *Design Basics*. Harcourt Brace College, 1995.

Dusti Howell · Deanne Howell. *Digital Storytelling*. Linworth Publishing, 2003.

Espen J. Aarseth. *Cybertext*. The Johns Hopkins University Press, 1997.

Felix Guattari. Chaosmosis: an ethico−aesthetic paradigm. Power Publications. 1995.

Geoffrey Nunberg. *The Future of the Book*. University of California Press, 1996.

Gerald Mast. *Film Theory and Criticism*. Oxford UP. 1992.

Gerald Prince. *A Dictionary of Narratology*. University of Nebraska P, 1987.

Gunther Kress. *Literacy in the New Media Age*. Routledge. 2003.

Harold Borke. "*Information Science*", American Documentation, 19(1969).

James Paul Gee. *What Video Games Have to Teach us about Learning and Literacy*. Palgrave Macmillan. 2003.

Jean Ann Wright. *Animation Writing and Development*. Focal Press, 2005.

Jennifer Van Sijll. Cinematic Storytelling. Michael Wiese Productions, 2005.

John Walsh. *The Art of Storytelling*. Moody Publishers, 2003.

Joseph Bruchac. *Tell Me a Tale*. Harcourt Children's Books, 1997.

I. R. Hoos. "*Paperwork control.*" Society, 16(1978).

Kenneth Portnoy, *Screen Adaptation*, Focal Press, 1998.

Kristin Thompson. *Storytelling in Film and Television*. Harvard University Press, 2003.

Lee Sheldon, *Character Development and Storytelling for Games*. Course

Technology PTR, 2004.

Linda Seger, *The Art of Adaptation.* Owl Books, 1992.

Marie−Laure Ryan, *Narrative Across Media*, University of Nebraska Press, 2004.

Mark Stephen Meadows, *The Art of Interactive Narrative.* New Riders Press, 2002.

Martin Heidegger. *Hebel −der Hausfreund.* Pfullingen: Neske, 1957.

Martin Heidegger. *Parmenides.* Gesamtausgabe, Bd.54. Vittorio Klostermann, 1942.

Mike Wellins. *Storytelling through Animation.* Charles River Media, 2005.

Nicholas Negroponte. *Being Digital.* Hedder & Sttoughton, 1995.

Noah Wardrip−Fruin & Pat Harrigan, *First Person*, The MIT Press, 2004.

Peter Lunenfeld, *The Digital Dialectic*, The MIT Press, 2000.

Raph Koster, *Theory of Fun for Game Design*, Paraglyph, 2004.

Robert Sklar. *Film.* PrenticeHall Harry N. Abrams, 1993.

Robert Stanton. *An Introduction To Fiction.* Holt, Rinehart & Winston, Inc, 1965.

S. Aronowitz. *"On Cultural Studies, Science, and Technology"*, Technoscience and Cyberculture. Routledge, 1996.

Silvio Gaggi. *From Text to Hypertext: Decentering the Subject in Fiction, Film, the Visual Arts, and Electronic Media.* Philadelphia: University of Pennsylvania Press, 1997.

Steven Johnson,ed. *Virtual Culture: Identity and Communication in Cybersociety.* London and Thousand Oaks. CA: Sage Publications, 1997.

Tom Wilson. *"Towards aninformation management curriculum"*, Information Science, 15(1989).

Tony C. Caputo. *Visual Storytelling.* WatsonGuptill Publications, 2002.

Will Eisner. *Comics & Sequential Art.* Poorhouse Press, 1995.

Will Eisner. *Graphic Storytelling*. Poorhouse Press, 1996.

© 전자물: 웹사이트 · 웹진 · 웹페이지

게임문화연구회 http://www.gamestudy.org
교육마당21. http://www.madang21.or.kr
디지털문학웹진 사이버리즘. http://www.cyberism.co.kr
문예연구. http://www.literarystudy.net
미스테리하우스. http://mysteryhouse.co.kr
비평공간. http://www.critics21.com
사이버문화연구소. http://cyberculture.re.kr
도시건축웹진 아크포럼. http://www.archforum.com
아트센타나비. http://www.nabi.or.kr
월간SF웹진. http://home.bawi.org/~sfwebzin
이노블타운. http://www.enoveltown.com
인터넷문학신문. http://imoonhak.com
작가네트. http://www.zaca.net
정보공유연대. http://www.ipleft.or.kr
커런트인사이드. http://www.currentinside.net
포엠토피아. http://www.poemtopia.co.kr
프랑크푸르트도서전2005. http://www.enterkorea.net
하이텔문학관. http://story.hitel.net
한국교육학술정보원. http://www.keris.or.kr
한국문화예술위원회. http://www.arko.or.kr
한국문화예술진흥원. http://www.kcaf.or.kr
한국인터넷문학상. http://www.ijakga.com
한국인터넷역사박물관. http://www.i-museum.or.kr
한국첨단게임산업협회. http://www.game.or.kr

Anti－Linear Logic. http://www.anti-linearlogic.com

British Educational Com.&Tech. Association. http://www.becta.org.uk

Cinema Sense. http://elokuvantaju.uiah.fi

Curmudgeon Gamer. http://www.curmudgeongamer.com

Designer's Notebook. http://www.designersnotebook.com

Digiplay Initiative. http://www.digiplay.org.uk

Digital Games Research Association. http://www.digra.org

Game|Tech. http://www.game-tech.com

Games for Change. http://www.seriousgames.org/gamesforchange

Geme Matters. http://dukenukem.typepad.com/game_matters

Institute for Cultural Studies. http://www.culturelestudies.be

Intelligent Artifice. http://www.intelligent-artifice.com

Interactive Storytelling Tools for Writers. http://www.erasmatazz.com

International Game Developers Association. http://www.igda.org

Kotaku: the Gamer's Guide. http://www.kotaku.com/

Ludology Videogame Theory. http://ludology.org

MIT Games To Teach Project. http://www.educationarcade.org.

MIT Media Lab. http://www.media.mit.edu

N. America Simulation & Gaming Association. http://www.nasaga.org

Serious Games. http://www.seriousgames.org

Social Impact Games. http://www.socialimpactgames.com

Stanford University Media X. http://mediax.stanford.edu

Teachers Evaluating Educational Multimedia. http://www.teem.org.uk

The Cyberpunk Forum. http://vfte.cyberpunk.co.uk

The Education Arcade. http://www.educationarcade.org

The Learning Federation. http://www.thelearningfederation.org

Twitchspeed: DIgital Game－Based Learning. http://www.twitchspeed.com

Water Cooler Games: Video Games. http://www.watercoolergames.org

• 저자 •

조은하　　•약　력•

고려대학교 대학원에서 문학 석사 및 박사 학위를 받았으며,
현재 우송대학교 게임멀티미디어학과 교수로 재직 중이다.

•주요논저•

저서로 『시나리오작법-인물편』, 『시나리오작법-구성편』, 『스토리텔링』,
『애니메이션스토리텔링』, 『게임시나리오쓰기』 등 다수가 있으며,
'매체환경변화에 따른 문학 패러다임 전환양상', '한국 게임시나리오
평가와 전망', '인터렉티브 스토리텔링', '디지털 스토리텔링', '스토리
텔링과 스토리리텔링', '애니메이션 스토리텔링', '에듀테인먼트 게임연
구', '청소년 게임문화의 이해', '시뮬레이션 게임의 모의성 연구' 등
다수의 연구논문이 있다.

디지털 리터러시

• 초판 인쇄	2008년 3월 20일
• 초판 발행	2008년 3월 20일
• 지 은 이	조은하
• 펴 낸 이	채종준
• 펴 낸 곳	한국학술정보㈜
	경기도 파주시 교하읍 문발리 513-5
	파주출판문화정보산업단지
	전화　031) 908-3181(대표)·팩스　031) 908-3189
	홈페이지　http://www.kstudy.com
	e-mail(출판사업부)　publish@kstudy.com
• 등　　록	제일산-115호(2000. 6. 19)
• 가　　격	27,000원

ISBN　　978-89-534-8322-4 98800 (Paper Book)
　　　　　978-89-534-8323-1 98800 (e-Book)